書下ろし

初代北町奉行 米津勘兵衛⑤

臥《が》月《げつ》の竜《りゅう》

岩室 忍

祥伝社文庫

目次

第一章　真葛《さねかずら》

慶長《けいちょう》二十年（一六一五）、江戸の正月は、上方《かみがた》から続々と帰還する旗本《はたもと》六万騎で連日にぎわっている。行きには急いだ幕府軍だが、帰りはのんびりしたものだ。

徳川家康《とくがわいえやす》は大将不在の大阪城《おおさかじょう》を裸城にして、難攻不落の巨城を一発の砲撃で風前の灯火《ともしび》にした。あの偶然の砲弾以外、大阪城本丸に届いた砲弾はない。

結局、茶々《ちゃちゃ》の小心《しょうしん》が大阪城を絶望的にしたと言える。それは茶々の心の中に、家康は豊臣秀頼《とよとみひでより》を殺さないだろうと甘い考えがあるからだ。

だが、家康はそんな温《ぬる》い男ではない。

いつでも秀頼を殺せる状態にして家康は引き上げたのだ。

これ以上長引くと、二十万の大軍を食わせる兵糧がなくなり、すごすごと撤兵しなければならないぎりぎりだったのだ。

そんなきわどい戦いだったことは、ごく一部の重臣しか知らないことだ。もちろん、それは極秘事項で漏《も》れることはなかった。

あと半月戦いが長引いたら、家康は一旦《いったん》撤退を決意したかもしれない。

二十万の大軍が一日に食べる兵糧は半端《はんぱ》な量ではない。

それが半月も長引けば、三万石ほどが必要になる。一ケ月では六万石となり、名古屋《なごや》城《じょう》とか駿府城《すんぷじょう》から船で運ぶしかない。

三ケ月も戦うことになれば、二十万石近い兵糧が必要だ。

その危機を大砲が救った。

実は、一方の大阪城も内実はひどい状況になっていた。

秀吉《ひでよし》が残した黄金七十万枚、七百万両が底をつき始めていたのだ。軍資金がなければ戦いを継続することは難しい。

十万の大軍の兵糧が、幕府軍と同じように足りなくなってきていた。

太閤《たいこう》秀吉が、二十万の大軍で半年も小田原《おだわら》征伐ができたり、二十二万の大軍で一年近い九州平定《へいてい》ができたり、十六万の大軍を易々《やすやす》と朝鮮《ちょうせん》に渡海させたりできたのは、秀吉の側近に、数字の天才石田三成《いしだみつなり》と長束正家《なつかまさいえ》がいたからである。

どこから兵糧を調達するか、その調達に黄金はどれほど必要か、その兵糧を何でどのように運ぶか、馬なら何頭必要か、船なら何艘《そう》必要か、即座に計算したのだ。それゆえに家康は石田三成を恐れたのである。

この大阪城の戦いで、それをすぐできたのは家康だけだった。大阪城にはそんな頭の切れる武将はいなかった。真田幸村《さなだゆきむら》でも、用兵は抜群にうまかったが銭勘定《かんじょう》は得意とはいえない。

秀頼や茶々は論外で、何もわかっていない。金蔵にどれだけの黄金が残っているかすら、知らなかったのかもしれない。

もう大阪城の黄金七百万両が、数万両しか残っていなかった。

攻める家康だけは、そんな大阪城の苦しい実態をわかっていたのかもしれない。

大砲によって、なんとか幕府は危機を斬《き》り抜けた。

将軍秀忠《ひでただ》も無事帰還した。

この頃、江戸に真葛《さねかずら》という盗賊が現れた。

万葉集《まんようしゆう》などの古歌にさなかづら、さねかづらと詠《うた》われ、苦苺《にがいちご》のような真っ赤な実をつける。この実は乾燥すると南五味子《なんごみし》という滋養、疲労回復の漢方薬になった。

真葛は美男葛《びなんかずら》ともいう。

上方では美女葛《びじょ》と言われている。蔓《つる》が他の木に絡まり、雌雄異株《しゅういしゅ》、しばしば雌雄同株《どうしゅ》という不思議な木だ。

この盗賊が美男葛なのか美女葛なのか誰も知らない。

真葛という賊の本当の名前も、どこから来たかもわからなかった。ただ、真葛という木は関東から西の花で北には咲かない花だ。

真葛は奪った小判の後に「名にしおはば逢坂山《おうさかやま》のさねかづら人に知られでくるよしもがな」という、三条右大臣《さんじょううだいじん》の歌を残している。

粋《いき》というか上品というか、学があるというか困ったものだった。

上方で仕事をしていたが、東海道《とうかいどう》や中山道《なかせんどう》にも出没していた。絶世の美女だという人もいれば、まれに見る美男だという人もいる。

どうも、美女も美女過ぎると美男に近づく、美男も美男過ぎると美女になってしまう。美男美女は目鼻立ちが一致してしまうらしい。

ちょっと白粉《おしろい》でもぬると雌雄がわからなくなる。

江戸ではまだ歌が残されたところはない。真葛がまだ仕事をしていないということだ。

風が冷たくなってきた日、同心松野喜平次《まつのきへいじ》は、江戸城の南、愛宕《あたご》神社の石段の下で茶屋の縁台に腰を下ろした。

「温かい茶をくれるか……」

「はい、いらっしゃい、今日は寒くなりましたねえ……」

「どうだ近頃、参拝客が多くなったような気がするが？」

「はい、なんですか、もう正月になりましたが、秋ごろにはこの山からの月の眺《なが》めが良いなどといいまして……」

「ほう、月見とは風流なことだ。ところで、少し小腹が空《す》いているんだが、何かあるか？」

「団子《だんご》、焼き団子はいかがでしょうか、一皿二本ですが？」

「それはいいな、二皿もらおう」

「ありがとうございます」

この愛宕神社は武蔵野《むさしの》台地の南端で、高さ十四、五間（約二五〜二七メートル）の一つ峰の小高い山にある。山というには大袈裟《おおげさ》かもしれない。小高い丘であろうか。

その小高い丘に、十二年前の慶長八年（一六〇三）に、家康は、信仰する勝《しょう》軍地蔵菩薩《ぐんじぞうぼさつ》を勧請《かんじょう》して神社を建立《こんりゅう》した。

人々は勝利の神とか天下取りの神と呼んで親しんでいる。

これから大きくなる江戸には、こういう神社とか寺がいくらでも必要だった。

愛宕神社の正面階段は男坂《おとこざか》と言われ、見上げるような急勾配《こうばい》である。

後年、三代将軍家光《いえみつ》は増上寺《ぞうじょうじ》参詣《さんけい》の帰り、この石段の上に咲いている梅の花を見て、「馬に乗ってあの梅の花を取ってまいれ!」と命じた。

家光の近習《きんじゅ》はあまりの急勾配で誰も名乗り出ない。

石段から馬ごと転げ落ちたら怪我《けが》では済まず、死ぬことすら考えられた。ところが、四国丸亀藩《まるがめ》の曲垣平九郎《まがきへいくろう》が、見事にそれをやってのけた。

家光は大いに喜び、天下一の馬術の名人と褒《ほ》める。以来、この男坂は出世の石段とも呼ばれるようになる。

松野喜平次は見廻《みまわ》りの途中に、その石段の見える掛茶屋で一休みしたのだ。

その茶屋の縁台に美女が座った。

「茶をください……」

喜平次はちらっと見て二十三、四の小年増《こどしま》かと思った。ちょっと着崩した風情は何《な》んともいえず色っぽい。

空を見ながら美味《うま》そうに茶を飲んで「ここに置きますよ……」と、銭を置いて喜平次に小さく会釈《えしゃく》して立ち去った。

「この辺りの人かね？」

「今の方ですか？」

「うむ……」

「二度目かしら、四、五日前に一度お見えになりました」

「そうか、ここに置くよ」

喜平次は銭を置き、縁台から立ち上がって女の後を追った。

半町（約五四・五メートル）ほど離れて追うと、女は武蔵野の葉の落ちた林の中を、街道から細い道を一町半（約一六三・五メートル）ほど行って、竹林の中の別邸風の屋敷に入って行った。

「妾《めかけ》のようだな？」

喜平次が立ち去ろうとすると、潜《くぐ》り戸が開いて十四、五の女の子が出てきた。

「お武家さま……」

「うむ？」

喜平次が足を止めて振り返った。

「お立ち寄りくださいとのことですが？」

「わしにか？」

「はい、お願いいたします」

喜平次は女の子に近寄ったが、不審に思って立ち止まった。

「ここは誰の家だ？」

「それは、先ほどの方のおうちにございます。どうぞ……」

喜平次の足が前に出ない。

「お願いします。叱《しか》られますので……」

「わしが行かないとお前が叱られるのか？」

小さくうなずいて女の子が喜平次の傍《そば》に寄ってきた。微《かす》かに微笑《ほほえ》んでうなずいた。

「どうぞ……」

喜平次は腹を決めて、あの茶屋で会った女と話してみようと思った。

「どうぞ……」

女の子が先に立って潜り戸から中に入った。

喜平次は太刀を鞘《さや》ごと抜いて手に持つと、女の子に続いて潜り戸から中に入った。玄関の敷台にあの女が座っていた。

「お連れいたしました」

「ありがとう、お酒を……」

「はい……」

「どうぞ、お上がりください」

女が喜平次に頭を下げた。

「そなた一人か？」

「はい……」

「不用心ではないか？」

「ええ、でも何もない家ですから……」

微笑んだ顔が一段と美しい。二十六、七と見た。白粉の匂いが女の色香をほっと包み込んでいる。

「どうぞ……」

女が先に立って喜平次を奥に案内した。香がたかれていて廊下にまで匂いが流れている。

「こちらへ、どうぞ……」

喜平次を六畳ほどの小部屋の主座に座らせると、女が傍に座った。刀を引き付けて喜平次は油断していない。

「澪《みお》にございます」

「それがしは長野金之助《ながのきんのすけ》と申す」

喜平次は咄嗟《とっさ》に嘘《うそ》を名乗った。

長野半左衛門《はんざえもん》と村上《むらかみ》金之助を拝借して長野金之助にした。

「長野さまはお役人さまですか？」

「いや、主家は言えぬが主持《しゅうも》ちでござる」

「そうですか。先ほどの茶屋では失礼いたしました。あの茶屋の焼き団子はいかがでございましたか？」

「あれか、美味いな……」

喜平次の答え方が面白かったのか、例の笑顔でお澪が無邪気に微笑んだ。男の心にとろっと溶け込んでくる笑顔だ。

そこに女の子が酒の膳《ぜん》を運んできた。

「何もなく、恥ずかしいのですが……」

「いや、酒は……」

「金之助さま、澪に恥をかかせないでくださいね？」

盃《さかずき》をそっと喜平次に渡す。その盃に酌《しやく》をするが、喜平次が飲むのをためらった。すると、その盃を持ってお澪が酒をクッと飲んだ。

「どうぞ……」

またニッと微笑む。毒ではないと言っている。喜平次がそんなお澪に苦笑した。気持ちが通じた瞬間だ。

お澪が黙ってまた酌をする。それを喜平次が飲む。上等な下《くだ》り酒だ。

「お流れを……」

「うむ……」

二人だけの静かな酒宴が始まった。

酒が入れば男と女の間はあってなきがごとし、飲むほどに酔うほどにもつれ合い絡み合うことになった。

半刻《はんとき》（約一時間）もしないでほんのりとお澪の頬《ほお》に紅が浮かんできた。

ふらっと立ち上がるとお澪が喜平次の胸に崩れ落ちた。首にすがりついて起き上がろうとする。紅の口が喜平次の唇《くちびる》を奪った。

「行きましょ……」

喜平次の手を握って一緒に立つと寝所の戸を開けて、二人は折り重なるように褥《しとね》に倒れ込んだ。

「優しく、お願い……」

「お澪……」

二人はたちまち夢中になった。

その日、喜平次が女の子に送られて潜り戸を出ると、西の空が赤く燃えていた。

喜平次が急いで奉行所に戻った時は夜になっていた。

「松野、見廻りご苦労……」

「はッ、終わりましてございます」

「うむ、変わったことはなかったか？」

「はい、ございません」

「そうか、帰って休め、ご苦労だった」

半左衛門が喜平次をねぎらった。いつもの喜平次のような笑顔がないと思った。喜平次は八丁堀《はっちょうぼり》の役宅で、老母お近《ちか》と二人で暮らしている。

翌日も喜平次は愛宕神社の掛茶屋の縁台に座った。すると待っていたかのように、お澪が現れた。二人は茶を飲んだだけで竹林に向かった。

「今度は、茶屋じゃなく、ここに来て……」

「うむ……」

喜平次は周囲を見渡してから潜り戸を潜った。

「お帰りなさい……」

女の子が玄関の敷台で挨拶《あいさつ》する。お澪に言ったようだが喜平次に言ったとも取れる。

「お酒ね……」

「はい……」

うれしそうに立って行く。

「まだ幼いな……」

「お夕《ゆう》っていうの……」

喜平次とお澪は昨日の続きのように、二人だけのささやかな酒宴を始めた。その日も、喜平次はお澪の地獄極楽に溺《おぼ》れた。

「泊まって……」

「いや、今日は帰る」

「嫌ッ、怒っちゃうから……」

褥に転がったお澪がわがままを言う。

「今度、必ず……」

「ほんとだよ、約束だから……」

お澪が喜平次の首にすがって口を吸う。

約束はしたが、喜平次はこんなことは終わりにしなければならないと思っていた。奉行所の役人として許されないことだ。お澪が何者なのかもわかっていないのだ。

「何を考えているの？」

「いや、別に……」

「もう。お澪に飽きた？」

「そんなことはない」

「ほんとだね？」

喜平次の首にすがって抱きしめると、褥に転がって喜平次の腹に乗った。

「嘘だったら殺すから……」

キッとにらんだが笑顔になって喜平次の口を吸う。二人は巳《み》の刻《こく》（午前九時〜

一時）から未《ひつじ》の刻（午後一時〜三時）まで三刻も寝所にいた。

その日、役宅に戻ると喜平次は母のお近に呼ばれた。

「昨日から白粉の匂いがしますが？」

「白粉？」

「どこかの悪所ではありませんか？」

「母上、それがしは悪所に上がれるようなお足は持っておりません……」

「それでは……」

「白粉の心当たりなどありません」

喜平次はきっぱりと嘘を言った。お濡のことを話せるはずがなかった。もう愛宕神社には行かないと決めた。

そのうち、見廻りの区域が変わる。

長野金之助などと偽名を使って女を抱くなど言語道断だ。一度ならず二度までも、言い訳のできないことだ。

翌日から愛宕神社を避けて見廻りをした。

愛宕神社に近づくと、お濡とのことが頭いっぱいになる。わずか二日の間にお濡の女毒が喜平次の全身を犯していた。

喜平次は頭からお澪を振り払った。

逃げるように愛宕神社の傍から離れる。

「これでいい、これで……」

喜平次はお澪を振り切ったかと思えたが、それは甘い考えだった。五日目になって喜平次は、あの竹林の屋敷の前に立っていた。

お夕が出てきて「おかえりなさい！」と言ってニッと小さく微笑んだ。

第二章　お澪《みお》

江戸は上方から帰還した兵で相も変わらず異常に混雑していた。

腰兵糧《こしびょうろう》の干《ほ》し飯《いい》だけで一ケ月も過ごすと、猛烈な食い気に襲われ、兎《と》に角《かく》、美味いものを食いたくなる。

お文《ぶん》の舟月《ふなづき》などに押し寄せて、五杯も六杯もとろろ汁を貪《むさぼ》って「食ったッ、食ったぞッ！」と歓喜する。腹が膨《ふく》れれば次に行くところは決まっている。

日本橋吉原《にほんばしよしわら》は大混乱になっていた。

「ありがてえ、ありがてえ……」

惣吉《そうきち》は吉原中を駆けずり回っている。二町四方の吉原に続々と人が集まってきて、次々と妓楼《ぎろう》に吸い込まれていった。

客のあふれた妓楼は、順番待ちになった。

「こんなにひどいのは初めてだ……」

並んでいる若い男が愚痴《ぐち》っぽく言う。

「このところ、日に日に混んできて、あっという間にこのありさまだ」

「そうですかい。この椿楼《つばきろう》という見世《みせ》に、新しく入った小波《さざなみ》というのがいいと聞きましたので、並んでみたのですが？」

「ここは初めてかい？」

「ここといいますか、吉原が初めてでして……」

「お堅《かた》いことで、上方から？」

「そうです、帰りが遅くなって昨日戻ってきました……」

「わしは七日ほど前に帰ってきたのだ」

「そうでしたか？」

「ここにはもう三度目だ」

「ほう、上方から戻って三度目ですか、やはり小波で？」

「いや、わしは明石《あかし》という女だ」

「もう、馴染《なじ》みですな？」

「そうだな、三度目だからもう馴染みだろう」

若い男は自慢げに言う。

「明石というのは京《きょう》から来た女でな、西田屋《にしだや》の華紫《はなむらさき》、橘屋《たちばなや》の浮舟《うきふね》、花月楼《かげつろう》の夕《ゆう》顔《がお》、それにここの明石、この四人が吉原の四天王だな……」

「なるほど……」

「この四人の女はみな十六だ。次の五年はこの女たちの時代だな。いい女が現れれば別の話だが……」

「そうですか、女は五年ですか？」

「そこから良くなるのもいるが珍しい。西田屋の貴船《きぶね》というのがそういう女だ」

「いいですな。わしは貴船の方がいいかもしれん」

「小波を抱いてからにしなさいよ。折角《せっかく》、並んだんだから……」

「そうですな」

「こういうところは、浮気者は嫌われますぜ、ここは二町四方だから二、三日で端《はし》っこまで噂《うわさ》になりますから……」

「そんなもんですか？」

「ええ、そんなもんですよ、この世界は……」

そんな話があちこちで花を咲かせている。

「それじゃ、お先です……」

若い男が椿楼に入って行った。そんな客の中に、どこの武家の子息か近習かと思わせる男がいた。美男を通り越してその美しさは美女だ。

それが西田屋の夕霧《ゆうぎり》の客だった。

夕霧は幾松《いくまつ》の妻になったお元《もと》の同僚で、天下一の美女ともてはやされた。その夕霧も貴船と華紫に一番を奪われそうになっている。

男は西田屋に現れると必ず泊まっていくが、吉原は奉行所と、客を連泊させないと約束している。

こういうところの客は、用が済めばさっさと引き上げる男と、長《なが》っ尻《ちり》でだらだらと帰らない男の二種に分かれる。

その男は左内《さない》と名乗って前者だった。

夕霧と左内が並ぶと、何んともいえない色っぽさで周囲が急に明るくなる。

左内は必ず一人で西田屋に現れる。

客に惚《ほ》れない夕霧も、左内には一目惚れをしてしまったようで、遊女は男を知っているだけに惚れると情が濃い。夕霧のような遊女が惚れるのは珍しい。

左内は、夕霧と二人で静かに酒を飲む男だった。

派手に騒いだりすることが苦手なようで、そういうところが夕霧の気に入りでもある。それでいて左内の酒は、決して暗い酒ではない。

夕霧と差しつ差されつ一晩語り合い、明け方近くに夕霧を抱いて、一刻（約二時間）ほど仮眠を取ると、寝ている夕霧をそのままに帰って行く。

いつも二人には後朝《きぬぎぬ》の別れがない。夕霧は疲れて寝てしまっているからだ。

「また、お越しくださいやし……」

「惣吉さんはいつも早いね？」

「へい、それが毎日の仕事でござんすから……」

「なるほど、少なくてすまないが……」

左内が二分金を一枚惣吉に渡す。

「いつもすみませんです」

「それじゃ……」

左内は決して気前よく小判をばらまいたりはしない。上客だが地味な方で、こういう遊び方をする男は玄人《くろうと》に好まれる。

派手に小判をばらまいて遊ぶ客も上客だが、夕霧などは顔にこそ表さないがそういうのは大嫌いなのだ。売り物の女でも心がないわけではない。

惣吉たち忘八《ぼうはち》も、左内のように「すまないねえ……」と、じわりと寄られると、やはり人だから「とんでもねえことでござんす」と弱いのだ。

左内は日本橋から品川《しながわ》に向かった。

街道沿いの浄圓寺《じょうえんじ》という曹洞宗《そうとうしゅう》の寺に入って行った。

「お帰りなさい」

境内《けいだい》の掃《は》き掃除《そうじ》をしていた小僧がペコリと頭を下げる。

「いつも熱心だね？」

「修行ですから……」

「そうか、和尚《おしょう》さんの教えか？」

「はい、座禅より庭掃除の方が大切だとおっしゃいます」

「なるほど……」

左内はこの寺の裏にある離れを借りている。相州《そうしゅう》浪人黒木《くろき》左内と名乗っているが、既《すで》に武家は捨て、この頃京で流行《はや》りの男歌舞伎《かぶき》という役者だった。

幕府はこれまで大人気だった阿国《おくに》歌舞伎を風紀を乱すものとして、女歌舞伎を禁止する方向だった。

そこに現れたのが、男だけで演じる男歌舞伎である。

その男歌舞伎はまだ京の六条河原《ろくじょうがわら》が中心で、江戸には来ていなかった。

左内はその男歌舞伎の興行で来たわけではない。

「文七《ぶんしち》、戻ったぞ……」

「はいッ！」

「八重《やえ》はどうした？」

「近くの浜で魚を分けてもらうと行きました。戻り次第早速、朝餉《あさげ》にします」

「頼む……」

左内は炉端《ろばた》にゴロッと横になった。眠いのだ。

「いかがでした？」

「夕霧か？」

「はい……」

「いい女だ。行く度に良くなる」

「別れられなくなるんじゃ？」

「そうだな。そうなるかもしれない。その時はその時だ……」

左内がクーッと寝てしまった。だが、半刻ほどで目を覚《さ》ます。

「腹が空《す》いたな八重……」

「はい……」

八重が囲炉裏で魚を焼いている。

「もう、焼きあがりますから……」

「ここは海に近くていい、いつでも美味い魚が食える」

「ええ、左内さまは魚が好きですから……」

八重は文七の妹だ。

三人は遅い朝餉を取ると、左内はまた炉端で寝てしまい、文七と八重が二人で出かけて行った。

昼頃、左内が目を覚ますと炉端に武家が座っている。

「角太郎《かくたろう》……」

「不用心だな？」

「こんな寺の離れに誰も来ないよ……」

「そうだが、寒くないか？」

「少し寒いな、もっと火を大きくしてくれ……」

「うむ、そろそろやるのか？」

「そうだな、いいところがあればだが、文七と八重が当たっている」

「江戸では大きくやれるんじゃないか？」

「千両か？」

「二千じゃ、重くて逃げられないだろう？」

「二千……」

「そうか……」

「千でも厄介《やっかい》なんだ。人数を六、七人に増やせばいいが、数が増えると他に厄介なことが起きるぞ」

「それは御免《ごめん》だ。分け前で揉《も》めるのは嫌《いや》なことだ」

「千でいいだろう？」

「そうだな……」

「一杯やるか？」

角太郎があっさり納得する。

「いや、ちょっと行くところがある」

「そうか、昨夜、泊ってきた」

「夕霧か？」

「いつも同じだ……」

「わしは海老屋《えびや》の入舟《いりふね》だ」

「菊屋《きくや》の柏木《かしわぎ》じゃなかったのか？」

「あの女とはうまくいかなかった。銭ばかり取りやがって……」

角太郎は女の扱いが荒っぽいのか、あまり好かれないようで失敗ばかりしている。

「やる時は知らせてくれ……」

「承知した」

角太郎が吉原に行くと言って出て行った。

その夜、暗くなってから文七と八重が戻ってきた。

二人は毎日、朝から夕方まで江戸の商家を見て回る。仕事の下見で、これが何より大切なのだ。

商家を見て、この商売だとどれぐらいの貯《たくわ》えがあるか、どのあたりにその黄金を仕舞《しま》ってあるか、入りやすい家か難しいかなど細かく調べ上げる。

これがなかなか難しい。

左内は決して殺しをしないからだ。

殺して黄金を奪うのは外道《げどう》のすることで、血を見る仕事は美しくないというのが左内の考えだ。血の匂いのする小判は使いたくない。

「どうだ。よさそうなところはあるか？」

「それがどこも難しそうなのです」

「じっくり探せばいい、慌《あわ》てて仕事をすると失敗する」

以前、文七と八重は六条河原を住み家にし、京の町家で盗み働きをしていたが左内に拾われ、一緒に仕事をするようになった。

二人は傀儡師《くぐつし》と傀儡女だった。唄から禊《みそぎ》や祓《はら》い、操《あやつ》り人形、えびす舞いや呪術《じゆじゆつ》まで、客の喜ぶことならなんでもする。

時には客と閨《ねや》を共にし、体を売ることさえあった。

そんなところから抜け出せたのは、左内に拾われたからだ。古くは傀儡芸人として公家《くげ》や武家に庇護《ひご》されたこともある。

乱世ではそうもいかなかった。ただ、恵まれていたのは、兄妹二人とも足が速く身が軽いことだった。

左内と出会った時、二人とも十六、七と若かった。文七はなかなか賢い男で、商売柄、人を見たり町家の品定めなどは得意だった。

これまで見当外れだったことはない。

「文七、江戸はよそとは違う。じっくり構えていいところを探せ……」

「はい、そうします」

「寝るか？」

「うん……」

無口な八重が左内にうなずいた。

騒然とした正月もだいぶ落ち着いて、二月になると喜与《きよ》が臨月を迎えた。

喜与の産所は急遽《きゆうきよ》、溜池《ためいけ》の屋敷に用意され、お幸《さち》とお志乃《しの》、お登勢《とせ》とお滝《たき》たちが、お産の手伝いのため溜池に移って行った。

息子の勘十郎《かんじゆうろう》の事件で用人の井上宗右衛門《いのうえそうえもん》が切腹して、家老の林田郁右衛門《はやしだいくえもん》は宗右衛門の代わりに、彦野文左衛門《ひこのぶんざえもん》の父軍大夫《ぐんだゆう》を派遣してきた。

大急ぎで溜池の屋敷に移った喜与は、安産で女の子を産んだ。

無事の出産が奉行所に知らされると、北町奉行の米津勘兵衛《よねづかんべえ》は望月宇三郎《もちづきうさぶろう》、青木藤九郎《あおきとうくろう》、彦野文左衛門の三騎を従えて溜池に駆けつけた。

「喜与ッ！」

このところ、勘兵衛は喜与が可愛《かわい》いのだ。喜与も勘兵衛が恋しい。

この夫婦はおかしな夫婦で、この娘が生まれると次々と子が生まれて、一男三女を授かるのだ。

勘兵衛はもう五十三歳だった。めでたいのか、喜与が言うように御免なさいなのか、いずれにしても、いい年をして火がついてしまったというしかない。

喜与も喜与で、領地の酒々井《しすい》からさっさと乳母《うば》を探し、たっぷりと乳が出るのを確認すると、一ヶ月もしないでお幸を連れて奉行所に戻ってきた。

「おう、戻ったか……」

「はい……」

乳の出が悪いのは言いわけで、喜与は産みっ放しのようになった。

勘兵衛に会いたくてたまらないのだから、乳など出るはずがなかった。遂《つい》に、喜与は小娘に戻ってしまった。

そんな時、事件が起きた。

塩問屋の上総屋島右衛門《かずさやとうえもん》に賊《ぞく》が入って、千二百両が消え「名にしおはば逢坂山のさねかづら人に知られでくるよしもがな」の紙片が残されていた。

左内の仕事だった。

文七が一度忍び込んで、開けられる錠《じょう》なのかを確認してから、角太郎を見張りに、左内と文七と八重の三人で忍び込んだ。

四人は黄金を背負って浄圓寺に逃げると、左内だけを残して、三人は東海道を上って上方に向かった。

左内は落ち着いたもので、住職に挨拶《あいさつ》すると、例によって「少ないが……」といって二両を置いて立ち去った。

和歌の紙片以外、手掛かりがなく奉行所もお手上げだった。

「お奉行、遅いと思いますがいつものように？」

「うむ、半左衛門、正蔵《しょうぞう》やお駒《こま》からも話を聞いてみろ……」

「承知いたしました」

勘兵衛は上方の真葛のことは聞き知っていたが、見事にやられたと思う。

いつもの年とは違う騒然とした正月が終わって、ほっとした間隙《かんげき》を狙《ねら》われたようだと苦笑するしかない。

同心たちが聞き込みに回った。

浅草《あさくさ》の正蔵、上野《うえの》の直助《なおすけ》、神田《かんだ》のお駒、品川の三五郎《さんごろう》などからも、何か手掛かりになることはないか話を聞いた。

そんな時、松野喜平次は五日ぶりに愛宕神社に行った。

このところ、お濘のところに行くのが渋《しぶ》くなっていた。母親のお近から再三れた。


「白粉の匂いがする」と小言を言われたからだ。

　奉行所でも「喜平次は時々白粉くさいな、いい女ができたのか？」などと言われた。

　いつものように雑木林の中を通って、竹林のお澪の屋敷の前に立った。

　喜平次はしばらく立っていたが、サワサワと竹林がしなやかに揺らぐだけで、人の気配がない。

　お夕が出てきて「お帰りなさい」と言うのだが、そんな気配がまったくない。

「おかしいな？」

　門に近づいて潜り戸を引いたが、喜平次を拒否してカタッとも動かない。これまでになかったことで戸惑った。

「御免！」

　声をかけたが屋内は森閑《しんかん》としている。屋敷の周りを歩いてみたが、人の気配がまったくない。喜平次は愛宕神社の茶屋まで戻ってきた。

「あら、お武家さま？」

「少々聞きたいが、この先の竹林にある屋敷は誰の家作《かさく》か知らぬか？」

「あのお屋敷はそこの名主《なぬし》さまの隠居所です」

関東では名主、上方では庄屋《しょうや》というが、この頃、十万石の大大名より大きいと言われる名主や庄屋がいた。

「その家か？」

「はい……」

「大きいな？」

「これです……」

茶屋の女が片手を開いた。

「五千石か？」

「お武家さま、これは五万石ですよ」

女が自慢げにニッと笑う。

「ほう、ここの名主は五万石か？」

「嘘かほんとか知らないけど、あの竹林の中のお屋敷は、名主の隠居さまが使っておられたのだが、二年前に亡くなられてその後に、ほら、あの美しいお澪さまが住まわれたのです」

「名主と関係のある女か？」

「名主の？」

「さあ、隠居さまのお妾さんだとの話もありましたが、隠居さまは八十を超えていましたから、お妾さんなんていらないと思うんだけど、これだけはねえ……」

茶屋の女が小さく微笑んで首を傾《かし》げた。

「ところで、あの屋敷にはお夕という娘がいたはずだが？」

「あれ、お武家さまがお夕ちゃんを知っているということは、お澪さまを抱きなすったということかな？」

「お夕を知っているのか？」

「知っているなんて、お夕ちゃんはおらの友だちの娘さんだもの……」

「なるほど、お夕の住まいはこの辺りなのか？」

「ええ、この神社の山の裏に百姓家が五軒ばかりあります。庭に大きな柿の木があるから、行けばすぐわかります」

「そうか……」

「あの竹林の屋敷にはもう、お澪さまはいませんです、お夕ちゃんが家に帰ってきましたから……」

「何かあったのか？」

「それはお夕ちゃんに聞けばわかるんじゃないですか、お武家さまが聞けば話すと思いますがねえ……」

茶屋の女は気さくで話好きだ。

何があったのか、喜平次はお夕に聞いてみようと思った。お澪がいなくなったと思うと、惜《お》しいことをしたと思う。

男はそんな勝手な生き物だ。

何かいわくのある女だとは最初から思っていたが、お澪にそれを問い詰めることはしないできた。

奉行所の同心としては大いに問題ありだが、そんなことも吹っ飛んでしまうほど、お澪という女は二度と会えないだろう美女だった。

第三章　元和偃武《げんなえんぶ》

「ありがとうよ……」

松野喜平次は茶屋の女に礼を言って、愛宕神社の裏に、南から大きく迂回《うかい》して歩いて行った。愛宕山は江戸では一番高い山といわれる。

この辺りは江戸城が近く、坂の多い地形になっていた。

武家屋敷と雑木林と百姓家が混在している。

「大きな柿の木とはこれだな……」

坂の途中に立って柿の木を見上げた。柿の実は暖かい地ほど甘く育ち、寒い地ほど渋《しぶ》くなるという。江戸の柿は渋かった。干し柿にするのが常だ。葉は伸びているが、花が咲くまでにはしばらくある。

「あッ、お武家さまッ！」

家の傍の畑にいたお夕が、鍬《すき》を放り投げて走ってきた。

「お武家さま、御免なさい……」

「どうしたのだ？」

「あの……」

お夕が困った顔をしたがニッと微笑んだ。

「白湯《さゆ》でも差し上げます？」

「いや、ここでいい、少し話を聞かせてくれ、何があったのだ？」

「はい、前回、お武家さまが帰られましてから、間もなくです、お八重さんという人が見えられて、すぐ帰られたのですが、しばらくすると、急に屋敷を引き払うと言われまして……」

「お八重？」

「初めてではありません。一年半ほど前にも一度……」

「それで、お澪はどこへ行くと？」

「それが何も言いませんでした。紙包みを下さって、少ないが取っておいてと……」

「それだけか？」

「他に、名主さまにわたしておくれと、もう一つの紙包みを……」

「そうか、それでお澪はどこへ行ったかわからないのだな？」

「はい、きっと京に戻られたのではと？」

「なぜそう思う？」

「お澪さまが大切にしておられた匂い袋を下さったのですが、京の匂いがいたします」

「ほう、京の匂いか……」

「ご覧になりますか？」

「いや、それは大切に持っておればいい……」

「はい！」

お夕にとってお澪の匂いは京の匂いなのだ。喜平次はお澪がもう戻らないだろうと直感した。

「お武家さまはお役人さまですか？」

「どうしてそんなことを聞く？」

「いつだったか、お澪さまが、きっとお武家さまはお役人さまだろうと言っておりましたので……」

「そうか、いつ頃のことだ？」

「あれは、二月頃だったと思います。名前も違うだろうと……」

喜平次は、お澪が正体に気づいても抱かれていたのかと思う。

それとも正体を端《はな》から知っていて近づいたのか、それによってお澪が何者か大きく違ってくる。

「二月か……」

「やっぱりお役人さまですか？」

「いや、また寄ってみるから……」

「うん、きっとだよ、母と兄と三人だけだから……」

「そうか、三人だけか？」

喜平次は、お夕と分かれて東海道に出ると奉行所に向かった。

この頃、駿府城の大御所家康に、京の所司代《しょしだい》板倉勝重《いたくらかつしげ》から、大阪の浪人の乱暴《らんぼう》狼藉《ろうぜき》や、徳川軍が壊した堀や塀《へい》の復旧、京や伏見《ふしみ》での放火の噂など、不穏な動きがあると知らせが入った。

家康の動きは速かった。

ついに、大阪城を攻めて秀頼を殺す時が来た。

四月一日に、家康は畿内《きない》の諸大名に対し、大阪から脱出する浪人をすべて捕縛するように命じ、小笠原秀政《おがさわらひでまさ》には伏見城に入り守備するよう命じた。

四日には、名古屋城の九男義直《よしなお》の婚儀に出るという名目で駿府城を出発。その一方で、六日には、諸大名に鳥羽《とば》伏見に集結するよう命じた。

江戸の将軍にも出陣を命じ、江戸城の留守居には再び福島正則《ふくしままさのり》が当たるよう命じた。

突然の出陣に、江戸の天地がひっくり返るような騒ぎになった。

「大阪との戦いだッ！」

「またかッ！」

「馬鹿野郎ッ、もたもたしてんじゃねえッ！」

「出陣だッ！」

「十日に出陣だッ！」

「何ッ、十日だとッ、馬鹿野郎ッ、そんなことができるかッ！」

「江戸城に行って文句を言ってきやがれッ！」

「三日しかねえッ！」

「兵糧だッ、残っている兵糧はあるかッ！」

「そんな物あるかッ！」

「馬鹿者ッ、さっさと兵糧を作れッ！」

「焼き味噌《みそ》と塩だッ！」

あまりに急な出陣に、江戸城も旗本屋敷も大名屋敷も町家も、大騒ぎだ。

「大御所さまは出陣されたッ、遅れるなッ！」

将軍秀忠は関ケ原の失態が頭にこびりついている。遅参したら今度こそ腹を斬ると覚悟していた。

「急げ、急げッ！」

昼夜を分かたず出陣の支度が行われた。

「お奉行ッ！」

「出陣は十日と決まった。見廻りを厳重にしろッ！」

「承知しました！」

奉行所も上を下への大騒ぎだ。

四月十日早暁、将軍秀忠は強引ともいえる出陣を敢行した。米津勘兵衛は、夜のうちに大手門に向かい将軍の出陣を待った。

旗本が続々と出てくる。

「勘兵衛ッ、行ってくるぞッ！」

「大勝利のご帰還をお待ち申し上げますッ！」

将軍が二度うなずいてニッと笑った。

家康は、十二日に義直の婚儀に顔を出しただけで、そのまま京に向かい、十八日に二条城《にじようじよう》に入った。

将軍秀忠は急ぎに急いでいたが、関ケ原の二の舞を恐れ、藤堂高虎《とうどうたかとら》に早馬を出した。それは、自分が到着するまで開戦を待ってくれるよう、高虎から大御所に伝えてくれという依頼だった。

大急ぎの秀忠は、二十一日に二条城に飛び込んできた。兎に角、早い到着だ。

翌二十二日には家康、秀忠、本多正信《ほんだまさのぶ》、正純《まさずみ》親子、土井利勝《どいとしかつ》、藤堂高虎が二条城に集まって軍議を開いた。

この時、徳川軍は十五万五千人だった。

家康はこの大軍を大和路《やまとじ》と河内《かわち》路に二分する。

家康のあまりに早い出陣に、大阪城は大混乱になっていた。

大野治長《おおのはるなが》が味方に襲撃されたり、大慌てで浪人衆に金銀を配ったり、埋められた堀を掘り起こしたり忙しい。

裸城になった大阪城では、もう勝ち目がないと逃げ出す浪人が出るなど、大阪城の兵力は七万八千人ほどに減少していた。

こういう戦いになると籠城兵《ろうじょうへい》が逃げ出して半減、ひどい時には数千人しか残らないことなど当たり前だが、家康の思惑より多く大阪城には浪人が残っていた。

それは浪人五人衆という真田幸村など五武将が、逃げずに残っていたからだ。

家康を倒す一念で残っていた。

これが家康の誤算だった。

五月五日に家康は京を発《た》った。

出発前、兵に対し家康は「腰兵糧は三日分でいい」と命じた。裸城など一日で落とせるということだ。行きに一日、帰りに一日、三日で決着をつける。

これはもはや籠城戦ではなく、大阪城決戦という野戦だ。籠城するにも城がないだろうというのが家康の考えだ。

家康は野戦の用兵が得意である。

大阪方は籠城する城がなく、全軍が埋められた堀の城外に出て、真田幸村を先《せん》鋒《ぽう》に徳川軍と戦う布陣をした。

この時、盗賊の時蔵《ときぞう》一味の時蔵こと伊織《いおり》と小雪《こゆき》こと雪《ゆき》の軍団は、別動隊の明石《あかし》全登《てるずみ》軍の中にいた。

五月六日に道明寺《どうみょうじ》の戦いが始まり、後藤又兵衛《ごとうまたべえ》軍二千八百人が、伊達政宗《だてまさむね》軍など三万五千人に突撃、後藤又兵衛が討死する。

遅れて戦場に到着した明石軍と薄田兼相《すすきだかねすけ》軍三千六百人も参戦、幕府軍と壮絶な戦いになった。

「雪さま、伊織さま、神の聖名において、まいります！」

「お婆《ばば》ッ！」

「兜《かぶと》、お婆ッ、兜だッ！」

「そんな重いものをかぶって神さまの前に行けるかッ！」

薙刀《なぎなた》を担いだお杉《すぎ》が馬腹を蹴って伊達軍に突進して行った。

「お婆に遅れるなッ、行くぞッ！」

仁右衛門《にえもん》と左近《さこん》が、雪と伊織の左右から、それぞれ五十騎ばかりを率いて突進して行った。あちこちからバリバリと銃声が響いた。

仁右衛門が馬上から吹き飛んだ。

「仁右衛門ッ！」

「姫、この戦いはまだにございます！」

「わかっている……」

武者面から伊織の眼光が鋭い。雪は突進して行く神の軍団を見ている。胸の前で十字を切った。

「仁右衛門……」

寡兵と大軍の戦いで明石軍、薄田軍が全滅しそうになった。明石全登が負傷して戦いの中から戻ってきた。

その時、遅れた真田幸村軍と毛利勝永《もうりかつなが》軍一万二千人が突っ込んできた。真田軍が伊達軍の先鋒片倉重長《かたくらしげなが》軍と戦っている間に、明石軍、薄田軍が残兵を回収して後退、幕府軍も疲労していて追撃できなかった。

左近は返り血に染まって戻ってきた。

仁右衛門、お杉などが討死、突撃した百人のうち戻ってきたのは半数だった。

豊臣方はこの戦いで後藤又兵衛と薄田兼相を失った。

この日は八尾《やお》方面でも戦いが行われた。豊臣軍一万千余人が幕府軍十二万と激突し粉砕された。

豊臣軍は、壊された大阪城の周辺に追い詰められた。

「姫、いよいよ明日が決戦にございます」

「はい……」

「左近、もし、わしに万一のことがあった時は、姫を九州へ案内するように……」

「承知！」

その夜、一部の豊臣軍が、岡山口《おかやまぐち》の前田《まえだ》軍二万七千余人に夜襲を仕掛けた。

慌てた前田軍が混乱、大将の前田利常《としつね》の本陣が狙われた。死に物狂いの豊臣軍の襲撃に、前田軍の本陣が崩れた。

大将の利常が危険になった時、鎧兜《よろい》に身を包み、馬に乗って左手に蠟燭《ろうそく》を持ち、右手の太刀を振り上げた不気味な騎馬が現れた。

押してくる豊臣軍の中に突進すると、次々と豊臣軍の首を刎《は》ね斬って行った。

無言で武将は武者面をつけている。

三人、五人、十人と兵の首を刎ねると、豊臣軍の突撃が止まった。ひとしきり暴れると前田軍の本陣に戻ってくる。左手の蠟燭の灯が消えていない。

「越後《えちご》ッ！」

利常が叫ぶと一礼して、再び、豊臣軍に突進して行った。

「追い払えッ！」

利常が自軍に采配を振って叫んだ。

武者面の騎馬はまた三人、五人と首を刎ね斬り、十九人まで斬り捨て、利常の前に戻ってきた。

「越後!」

「殿、ご安心ください」

「うん!」

前田利常が越後と呼んだ武将こそ天下一の剣客、名人越後とも生摩利支天《いきまりしてん》とも呼ばれている富田《とだ》越後守重政《しげまさ》である。

前田家から一万三千六百七十石という、大名並みの所領を与えられている剣術師範だった。盲目の剣豪富田勢源《せいげん》の弟子で、巌流小次郎《がんりゅうこじろう》とは兄弟弟子である。

この頃、名人越後の右に出る者なしといわれた。

大坂の陣の戦場には新免武蔵《しんめんむさし》こと宮本《みやもと》武蔵も、水野勝成《みずのかつなり》軍の中に陣借《じんが》りし、客将としていたが、大きな活躍はしていない。

富田流の剣豪、富田越後守は、この大坂の陣の折には、既に、家督を息子に譲って隠居していた。しかし、前田家にとって大切な戦いであることから、生摩利支天と兵たちから慕われ、守護神である越後守は、戦場に出てきていた。

この夜、一人で豊臣軍を追い払ったようなものだ。

前年の冬の陣、この夏の陣には多くの剣豪剣客が参戦していたが、もう一人の天下の剣客柳生宗矩《やぎゆうむねのり》は、この翌日の決戦において、将軍秀忠の危機を救うことになる。

翌五月七日は早朝から凄《すさ》まじい決戦になった。

追い詰められた豊臣軍は大逆転するべく、大御所家康を狙って突撃を繰り返すことになる。

家康は戦場のほぼ中央、天王寺《てんのうじ》口の本多忠朝《ただとも》軍一万六千人の後ろに、一万五千人の軍を率いて本陣を構えていた。

岡山口には前田利常軍二万七千人が陣取り、その後方に将軍秀忠が二万三千人の大軍で本陣を置いた。

真田幸村軍、毛利勝永軍、大野治房《はるふさ》軍は乾坤一擲《けんこんいってき》、家康の命を狙ってこの決戦で形勢逆転を狙っている。追いつめられた豊臣軍にはそれしか勝つ方法はなかった。

幸村軍は家康の本陣を確認すると、一気に突撃を開始した。

茶臼山《ちやうすやま》から幸村軍は、家康本陣の前にいる本多軍に突進して行った。赤備《あかぞな》えの幸村軍は、戦場の野火のように一万六千人の大軍に襲い掛かった。

幸村の十文字鎌槍《かまやり》は、槍で敵兵を突き刺し、鎌で敵兵の足、腕、肩、腹、首などどこでも引っかけて掻《か》っ斬る。恐ろしい武器だった。

その上、幸村の十文字鎌槍は、名人が使う、しなる槍だった。しなってくる槍は扱いが難しいが、しなる分だけ勢いが違う。触れただけでどこでもスパッと斬れた。

その槍を馬上で振り回すのだから凄まじい勢いで、近寄れば唸《うな》りを生じてしなる槍が襲ってくる。

「突っ込めッ、狙うは家康の首一つッ、邪魔するなッ！」

赤鬼が叫びながら本多軍を蹴散らす。六文銭《ろくもんせん》の真田軍は猛烈に強い。本多軍の先鋒を粉砕、二段目、三段目と突破していく。

「家康の本陣だけを狙えッ！」

真田軍の怒濤《どとう》の突撃を誰も止められなかった。八段目、九段目と破られ、本多軍は幸村の突破を許してしまった。

こういう勢いは、名人越後のような鬼神でない限り、止められない。

家康の本陣に、幸村は真っ直ぐ突っ込んできた。

疲れてきただろうから突進も止まる、と甘く考えていた。どんなに強い軍団でも、三万人からの大軍を突破できるとは思えない。

ところが幸村軍の勢いが衰《おとろ》えないばかりか、家康の本陣が見えてくると、逆に勢いが強まった。

「突っ込めッ！」

「家康の首に手が届くぞッ！」

「蹴散らせッ！」

真田軍の騎馬隊が、家康軍一万五千人を次々と踏みつぶして突っ込んできた。

赤備えの鬼の軍団だ。幸村は家康を探した。

「佐渡《さど》、これは駄目だなッ！」

「御意ッ、逃げるにしかずかと？」

「馬鹿者ッ、腑抜《ふぬ》けどもがッ、当てにならんッ！」

本多正信を罵《ののし》って、家康は小姓衆と近習《きんじゅ》だけで南に逃げた。撤退はしない。

この時、家康は金扇の大馬印《うまじるし》は将軍秀忠に渡し、自分は金ふくべに切裂《きりさき》の下がった、小馬印を立てていた。その馬印が見つかった。

「家康だッ！」

赤鬼の幸村が十文字鎌槍を抱えて馬を飛ばした。太っている家康は、慌てて馬に乗り損《そこ》ない徒歩で逃げていた。傍を本多正信が走っている。

「佐渡、仕舞いにするか？」

「弱気なッ、天下の大悪人とも思えぬかな？」

「何ッ！」

この二人の老人は、煮《に》ても焼いても食えないのだ。互いに腑抜けだ、大悪人だと罵りながらも励まし合っているのだ。

「役に立たぬ旗本どもめッ！」

「大御所さまの戦《いくさ》はいつもこんなもんでござる！」

「こんな時にぐずぐず言うかッ！」

「逃げろッ、尻をまくって逃げろッ！」

家康を守っている小姓と近習は百人もいない。

「殺せッ！」

「家康を殺せッ！」

「追えッ、追えッ！」

「家康だぞッ！」

赤鬼の幸村が突進してきた。小姓と近習が次々と鎌槍に引っかけられて大怪我をする。

「家康ッ、覚悟ッ！」

正信が体当たりして家康を藪《やぶ》の中に突き飛ばした。これが家康の命を救った。

幸村の槍は十文字鎌槍だから、鎌が引っ掛かって藪を突き通せないのだ。

「くそッ、命冥加《いのちみようが》なッ！」

幸村は藪の前で馬を止め、家康をにらんだ。鎌槍を無理に突っ込めば抜けなくなる。家康に届けばいいが、届きそうになかった。

一本鎗だったら、家康は突き抜かれて絶命していた。

「大御所さまッ！」

小姓と近習五、六十人が家康の傍に集まってきた。既に、家康の馬印は倒され、黄金ふくべが泥に汚れ踏みつぶされた。

家康が馬印を倒されたのは二度目だ。一度目は信玄《しんげん》と戦った三方《みかた》ケ原《はら》の戦いで大敗北、九死に一生を得る壮絶な戦いだった。この大阪城ではもっと状況が悪かった。

幸村は一旦半町ほど引いた。

「殿ッ！」

「よしッ、もう一度家康を追うか？」

「御意ッ、もう一押しかと！」

家康は汚された金ふくべの馬印を立てて二町（約二一八メートル）ほど先を逃げていた。逃げるにも馬印を立てないのは大将として大恥だ。

「追えッ！」

再び、赤鬼が家康を追い始めた。

家康を守る兵はだいぶ増えていたが、千人に満たない。

「突っ込めッ！」

逃げる家康を六文銭が追っていく。追撃は数が少なくても、追う方が圧倒的に有利だ。

「佐渡、もういい加減にしよう……」

「足にきましたか？」

「馬鹿者ッ、足などピンピンしておるわい！」

「やせ我慢を、大御所さまを戸板に乗せろッ！」

「馬鹿野郎ッ、わしはまだ死んでいないぞッ、戸板にはうぬが乗れッ！」

怒った家康がよろよろと走り出す。その頃、家康の逃亡に気づいた幕府軍が救出に向かっていた。それを毛利勝永軍が追っていた。

反撃に出た豊臣軍は必死で、午前中は強かった。あちこちで果敢《かかん》に戦っている。

雪と伊織は、負傷した明石全登を後方に残して、毛利勝永軍の中にいた。

この頃、将軍秀忠の本陣も、毛利勝永軍や大野治房軍に襲われ大混乱している。秀忠の本陣近くまで攻め込まれると、秀忠の前に柳生宗矩が立ち塞《ふさ》がった。

宗矩は腰の太刀を抜くと、突っ込んでくる敵の槍首を跳ね上げ、一瞬で敵に身を寄せて胴を抜き斬った。

左右に目配りをして、将軍に敵を近づけない。

この時、柳生宗矩は、将軍に近づこうとした敵の武将と兵を七人斬り倒した。

柳生新陰流《しんかげりゅう》の総帥宗矩は、剣を抜いて人を斬ったのは、生涯でこの時の七人だけである。

柳生新陰流は、宗矩の父柳生石舟斎《せきしゅうさい》の頃から、人を斬らない活人剣《かつじんけん》を標榜《ひょうぼう》して、無刀取《むとうど》りを秘剣としてきた。

幕府軍はあちこちで苦戦している。

逃げ切ったかと思われた家康は、再び赤鬼の幸村に追われた。家康を倒したい幸村は、しつこく追撃してくる。

「佐渡よ、もういいだろう、この辺りで腹を斬らせろ……」

正信は知らんふりだ。

総大将として、戦場で討ち取られるようなみっともないことだけは、断じてできない。逃げきれなければ、潔《いさぎよ》く腹を斬ることが武家の定めだ。

「腹を斬らせろ！」

「これしきの事で情けない。腹を召されるなど、お好きになさるがよろしい！」

正信が怒った。

幕府軍十五万人を放り投げて腹を斬りたいなら勝手にしろということだ。

「くそッ！」

七十四歳の家康は、よたよたと走るが、歩いているより遅い状況だ。

「触るな！」

助けようとする近習を叱る。七十八歳の正信も立ち止まって腰を伸ばす。この老人二人は、秀頼を殺すという執念だけで戦場に出てきた。

「くそ爺《じじい》が！」

家康が罵る。そこに幸村率いる真田軍が、百騎ほどに激減して突っ込んできた。

「大御所さまを守れッ！」

小姓や近習が槍襖《やりぶすま》で防戦する。その槍襖を薙《な》ぎ払って、幸村の十文字鎌槍が大暴れしている。

再び家康の金ふくべの馬印が倒され、馬蹄《ばてい》に踏みにじられた。

「家康ッ、覚悟ッ！」

赤鬼の幸村が突進してくる。家康と正信が慌てて藪に隠れた。今度は幸村も躊《ちゅう》躇《ちょ》しない。家康を倒す千載一遇《せんざいいちぐう》の時だ。

十文字鎌槍が思いっきり藪を突いた。鎌が邪魔で深く突き刺さらない。幸村は強引に槍を押し込んだ。藪の枝が邪魔で手ごたえがわからなかった。

そこに家康を救出する軍団が続々と駆け付けた。

幸村は鎌が引っかかった槍を思いっきり引いた。その時、片鎌が折れた。しめたと思った幸村は、逃げる前にもう一度、家康目掛けて槍を突き刺した。

やはり藪に引っかかった。だが、この時、幸村の槍は家康に届いていたのかもしれなかった。藪に邪魔されて、手ごたえは感じなかった。

家康はここで重傷を負い、堺《さかい》の南宗寺《なんしゅうじ》に駕籠《かご》で運ばれて亡くなったとか、後藤又兵衛に槍で突かれて死んだとか噂が立った。

大御所家康には影武者がいたとか、双子の弟が瓜《うり》二つだったとか、戦いの後、鯛《たい》の天ぷらを食べ過ぎて死んだという頓馬《とんま》な噂まで、まことしやかにささやかれた。

その原因は、この大阪城の夏の陣のぴったり一年後に、実にうまい具合に死んだからではないかと思われる。

こんなにうまく人生を終わらせることができれば誰も苦労しない。そんなところから生まれた疑惑だろう。やはり家康は神さまだったのかもしれない。

真田幸村は、家康を追うのはこれまでだと決断した。

「引けッ！」

真田軍は一斉に引き上げる。追撃してくる敵はいない。激しい戦いで生き残った幸村軍は天王寺付近まで引いて、生國魂《いくくにたま》神社の傍で昼の休息を取った。

そこを越前松平《えちぜんまつだいら》忠直《ただなお》軍に包囲され、死を覚悟した幸村は逃げることなく、西《にし》尾宗次《おむねつぐ》に易々と討ち取られた。

その頃、雪と伊織も天王寺の安居《やすい》神社の近くまで戻って、三十人ほどになった生き残りと休息を取っていた。もう、十兵衛《じゅうべえ》も亀太郎《かめたろう》も直次郎《なおじろう》も於勝《おかつ》も、お園《その》も銀次《ぎんじ》も万太《まんた》も三次《さんじ》もいない。

戦場の露と消えた。

その生き残りが、越前松平の鉄砲隊に包囲された。

「放てッ！」

伊織は雪を抱きしめて庇《かば》った。伊織は何発も弾丸を食らって蜂の巣になった。

「伊織ッ！」

「姫、左近ッ、無事か？」

「はい！」

「姫を九州にお連れしろ、大矢野島《おおやのじま》の甚兵衛《じんべえ》のところに隠せ……」

それだけを言い残して伊織は息絶えた。

「兄上ッ！」

「伊織ッ！」

「姫ッ、逃げましょうッ！」

南蛮太郎《なんばんたろう》が生き残った者たちを集める。

「伊織……」

「姫さま、まいります！」

「伊織を置いていくのか？」

「ここは戦場にございます。一刻も早く脱出しないと逃げられません！」

「嫌じゃッ！」

「姫ッ！」

左近が怒った。

「お立ちくださいッ、敵が来ます。馬だッ！」

嫌がる雪を強引に連銭葦毛《れんぜんあしげ》の上に押し上げると、生き残った八騎が、南蛮太郎を先頭に北に向かい、戦場を駆け抜けて戦線から離脱する。

時蔵は戦死して勘兵衛との対決はなくなった。だが、この勝負は逃げられたのだから、明らかに勘兵衛の負けである。

武将としても勘兵衛より時蔵の方が上だったかもしれない。その死を勘兵衛は知らない。

豊臣軍は幕府の大軍に押し潰されるように壊滅した。

十五万人の大軍が、じりじりと無残な姿の大阪城に押し寄せてくる。

毛利勝永は、生き残りの豊臣軍を回収すると、広々とした平地に、ぽつんと天守だけが建っている大阪城に総撤退を始めた。

大阪城は遂に力尽きた。

秀頼と茶々は近臣に守られ、山里丸《やまざとまる》に避難していた。

愚《おろ》かにも茶々はまだ生き延びることを考えている。それは、家康の孫娘千姫《せんひめ》に、秀頼の助命嘆願をさせることだった。

そんなことが叶《かな》うなら、端から家康は攻めてきたりはしない。

家康の狙いが、秀頼を殺すことだと気づいていないのだから困る。この親子は見苦しい振る舞いになりつつあった。

その夜、大阪城の天守に火がついた。

豊臣家の命脈を断つ赤い炎が、狼煙《のろし》のように暗い夜空に燃えた。

何もなくなった大阪城の後に、焼け残った金蔵や籾《もみ》蔵などいくつか建っていたが、どこもかしこも幕府軍であふれていた。

そんな籾蔵の一つに秀頼と茶々は生きていた。

千姫が、家康と秀忠に助命嘆願して許しが出ると思っている。

その頃千姫は、茶々に命じられ助命嘆願に行き、父の将軍秀忠にひどく叱られていた。

「自害もせず、のこのこ助命嘆願に出てくるとは何事だ。城に戻れ!」

秀忠の剣幕はひどかった。

ことここに至って、秀頼の命を助けることなどできない。

糒蔵には毛利勝永がいた。

「秀頼さま、恐れながらご最期の時かと存じます」

勝永が武家の作法として秀頼に切腹を勧めた。茶々が驚いた顔で勝永を見たが、覚悟を決めたようにうつむいた。

「介錯《かいしやく》を頼む……」

「はい、すぐお供仕《つかまつ》りまする……」

「大助《だいすけ》……」

「先に仕りまする」

幸村の息子真田大助は、糒蔵の隅《すみ》に行って腹を斬り加藤弥太郎《かとうやたろう》が介錯する。その直後、大助を道案内に、秀頼は腹を斬り勝永が介錯した。

秀頼の後を追って、茶々たちが次々と自害する。

ここに栄華を誇った太閤秀吉家は、二代で滅亡することになった。

秀頼の子国松《くにまつ》は、一旦大阪城から脱出させられたが、捕縛され、京の所司代板倉勝重によって六条河原で処刑される。八歳だった。

その小さな遺骸は引き取り手がなく、秀吉の側室京極竜子《きょうごくたつこ》が引き取った。

秀頼の娘は尼になることを条件に、千姫の養女になり、天秀尼《てんしゅうに》となって鎌倉《かまくら》東慶寺《とうけいじ》に入ることになった。天秀尼に同行したのは、秀吉の側室甲斐姫《かいひめ》だった。

天秀尼は三十七歳で死去する。

もう一人の次男求厭《ぐえん》は、江戸に逃げて僧となり、八十歳の長寿を得たという。他にも秀頼には子がいたというが不明だ。

大阪城の焼け残った金蔵には、黄金一万八千枚と銀二万四千枚が残っていた。七十万枚の黄金は消えていた。結局、豊臣家は何《な》んの計画もなく、秀吉の遺産を湯水のごとく使い、軍資金が尽きて息絶えたといえる。

ここに応仁《おうにん》の乱以来、戦国乱世といわれた百五十年が終焉《しゅうえん》した。

これを元和偃武《げんなえんぶ》という。

戦いが終わると大阪城は完全に埋められ、すべてこの世から姿を消した。その上に、幕府が新しい大阪城を再建することになる。

幕府軍は帰国する前に、行きがけの駄賃で略奪や強姦など、大阪城下でしたい放題に暴れまわった。

太閤秀吉の死後に、天皇から下賜《かし》された豊国大明神《とよくにだいみょうじん》の神号が廃され、豊国神社と秀吉の廟所《びょうしょ》である豊国廟は閉鎖、放置されることになった。

家康と幕府は、信長と秀吉の業績を徹底して消し去ることにした。

その信長は明治《めいじ》二年（一八六九）になって、天皇が「信長の功績で外国の植民地にならなかった」と評価、建勲《たけいさお》の神号を賜り、織田信長命《のみこと》となって神階《しんかい》に昇った。

秀吉の豊国大明神も京の東山に豊国神社として復活することになる。

第四章　お夕《ゆう》

ふたたび、上方《かみがた》から幕府軍が続々と江戸に戻ってきた。

幕府は家康の命令に従い、閏《うるう》六月十三日に一国一城令《いっこくいちじょうれい》を発する。諸大名は居城以外の城をすべて廃城にしろという強い命令だ。

幕府に対する反乱や、大名同士の戦いを封じるためだった。

ことに家康は、西国の大名の軍事力を奪う策として考えた。毛利家などは周防《すおう》と長門《ながと》の二国で、萩《はぎ》に一城ということになった。

十三日以後、数日で全国の城、大小四百ほどが廃城になった。

続いて七月七日には、十三条からなる強烈な武家諸法度《ぶけしょはっと》を制定した。

勝手に城を修復するな、大名は勝手に婚姻を結ぶな、などなどだが、最も強烈だったのは、諸大名参勤《さんきん》の作法のことだった。

諸大名は江戸城の将軍に参勤しろという。

この命令は元和令で、寛永令《かんえい》、寛文令《かんぶん》、天和令《てんな》、宝永令《ほうえい》、享保令《きようほう》などと、将軍が変わるたびに改定されて厳しくなった。

参勤は毎年四月とか、五百石積より大きな船は作るな、所領一万石以上の領主は勝手に結婚するな、など細かなことまで幕府は干渉した。

七月十三日に朝廷は慶長から元和に改元する。元和元年（一六一五）七月十三日となった。

十七日には公家《くげ》諸法度十七条が制定される。

後に禁中並《きんちゆうならびに》が追加されるが、禁中とは皇居のことで天皇家のことを言う。公家の知行《ちぎよう》の確定や、公家官位から武家官位を切り離すなど、この禁中並公家諸法度によって、徳川幕府に大政委任を法的に明確化、幕末の慶応《けいおう》三年（一八六七）十月十四日の大政奉還《たいせいほうかん》まで、徳川幕府が天下を支配することになった。

昨年の七月二十六日の方広寺《ほうこう》鐘銘《じしようめい》事件以来ほぼ一年で、秀頼抹殺計画は、家康の考えた通りに実現した。

江戸はゆっくり日常に戻ろうとしていたが、人が増えるのは加速度的になってきた。江戸から消えていた浪人が、やがて上方から大量に流れ込んでくることになる。

米津勘兵衛は、そんな江戸の動きを詳細に見ていた。

この頃、将軍家では、秀忠の後継者は誰か混乱していた。

後継者は、長男竹千代《たけちよ》と次男国千代《くにちよ》の二人のうちのどちらかだが、竹千代は乳《う》母《ば》のお福《ふく》こと後の春日局《かすがのつぼね》に溺愛《できあい》されている。

病弱で吃音《きつおん》持ちの竹千代を嫌う母のお江《ごう》は、国千代を溺愛した。将軍秀忠もどちらかというと国千代が気に入りだった。

こうなると穏《おだ》やかでいられないのがお福である。

お福は明智光秀《あけちみつひで》の家臣斎藤利三《さいとうとしみつ》の娘で、家康が自ら選んだ竹千代の乳母なのだ。お福が頼れるのはその家康しかいない。

家康が上方から戻ると、お福は駿府《ふさわ》城に出かけた。

三代将軍は長男竹千代こそが相応しいと、お福は家康に切々と訴えた。だが、この時の家康は、お福の話を聞くだけで考えを言わなかった。

家康から、竹千代でいいと言質《げんち》を取りたかったお福は不満だった。

お江が国千代を溺愛したのは他にも、お江の伯父信長に顔が似ていることや、容姿端麗、才気煥発《さいきかんぱつ》などともいわれた。

江戸城では密《ひそ》かに、竹千代擁立《ようりつ》派とか国千代擁立派などと分かれている。こういう派閥ができるのは具合がよくない。

この問題は傷が深くなることも考えられた。

勘兵衛は、この問題があることを知っていたが、幕閣の権力争いには近づきたくないと思っている。

江戸の町奉行に権力争いは相応《ふさわ》しくないと考えていた。

勘兵衛は、家康から町奉行を命じられた時、訴訟や治安を預かる町奉行は公平であるべきだと決心した。

鬼になることもあれば、仏になることもある。

その兼ね合いを勘兵衛はいつも考えてきた。許すべきものは許すが、断固として許せないものには厳しくしてきた。

例の真葛《さねかづら》の手掛かりはつかめなかった。

松野喜平次は月に一、二度、お夕《ゆう》の家に立ち寄り、お夕の兄梅吉《うめきち》や母親のおうねとも親しくなっていた。

お夕が喜平次に、役人かとしつこく聞くので「誰にも内緒だよ」と約束して、北町奉行所の者だと白状した。すると「本当の名前は?」とお夕が無邪気に聞いた。

「名前か、喜平次、松野喜平次だな……」

「松野さま？」

平凡だと思ったのか感動的ではない。

喜平次はお澪のことが忘れられなかった。

「お澪さまが戻ってきたらまた抱くの？」

「それはどうかな……」

「どうして？」

「人の気持ちは変わるものだから……」

「もう、お澪さまが嫌いなの？」

「さあ、どうかな。戻ってこないような気がする」

「そう、松野さまは一人者なんでしょ？」

「うむ、母がいる……」

二人は会うたびに親しくなっていた。

そんな二人が秋になって会った時、喜平次はお澪の匂いに気づいた。

「お夕、いい匂いだな？」

「分かった？」

「あの匂い袋か？」

「うん、お澪さまの匂い袋、懐かしいでしょ？」

いつも無邪気なお夕なのだ。

「お澪さまに会いたいでしょ？」

悪戯《いたずら》っぽくニッと微笑《ほほえ》んで喜平次を見る。

「ほら、これ……」

お夕が胸元から小さな匂い袋を取り出して、喜平次の目の前でブラブラと振って見せた。

「小さいな？」

「小さいんだけどお澪さまの匂いがするんだ……」

「京の匂いか？」

「うん……」

「どれ？」

喜平次が揺れる匂い袋の下に、手のひらを広げるとそこにポトッと匂いが落ちた。

「お澪さまに会いたいんだ？」

からかうように、怒っているかのように言う。お夕は何度も逢《あ》っている間に喜平次を好きになっていた。

「ん……」

喜平次は中に何が入っているのかと思った。

「この中を見ていいか？」

「うん、いいよ……」

巾着《きんちゃく》の口を開いて喜平次が中を覗《のぞ》き込んだ。

「何か紙に包んであるな？」

「お香でしょ？」

「そうか、いい匂いだ……」

巾着の紐《ひも》をしぼってお夕に返そうと思ったが、匂いの元を見ようと中から紙に包まれたお香を取り出した。

あのお濘の匂いだ。

紙片を広げようとして手が止まった。

「何か書いてある？」

「なんだろう、神社のお札？」

紙片を少し開いて喜平次の顔が蒼白《そうはく》になった。そこには見たことのある文字が書いてあった。奉行所で見たあの紙だ。

紙片を開いて読んだ。

「名にしおはば逢坂山のさねかづら人に知られでくるよしもがな」

喜平次は、こんな紙がなぜここにあるのだと頭の中が大混乱になった。

「どうしたの？」

「この匂い袋を貸してくれるか？」

「いいけど、どうするの？」

「うん、ちょっと……」

喜平次は紙片を匂い袋に戻して、お夕と同じように胸元の襟《えり》の裏に挟《はさ》んだ。

「お夕、このことは誰にも言うな、いいな？」

「うん……」

「この匂い袋はすぐ返す、もし、お澪が訪ねてきても今日のことは言うな、約束できるか？」

「うん、松野さまの顔が怖いよ……」

「御免……」

喜平次が謝ってお夕の手を握った。

「いずれお夕にも話すから、今日のことは二人だけの秘密だ。誰にも言うな。喋《しやべ》ると奉行所に来てもらうことになるぞ」

「怖いよ……」

お夕が喜平次に脅される。

「大丈夫だ。約束を守ってくれればいい、袋の中は見ていない。いいな？」

「うん、分かった……」

不安そうなお夕と分かれて、喜平次は奉行所に向かった。

お澪のことをすべてお奉行に話して謝罪するしかない。処罰を受けるなら仕方のないことだ。喜平次は覚悟した。

お澪が盗賊だと知らなかったとはいえ、何度も情を通じたのだから処罰は免れない。どうして、あのお澪が盗賊なのだ。何かの間違いではないのかと思う。

お澪が盗賊なら、奉行所の役人と知って近づいたのではないか。喜平次の頭の中は大混乱になったが、すべては後の祭り。

奉行所に戻ると半左衛門に会い、おずおずとお澪の匂い袋を差し出した。

「なんだこれは？」

「匂い袋でございます……」

「そんなことは見ればわかる！」

「中に例の紙が……」

「例の紙？」

半左衛門は紙片を取り出すと顔色が変わった。

「これをどこから持ってきた？」

「あ、愛宕《あたご》神社……」

「何ッ、声が小さい！」

「愛宕神社の竹林で……」

「拾ったのか？」

「女を抱きまして……」

「女を抱いただと、何を言っているかさっぱりわからん、来いッ！」

喜平次は勘兵衛の部屋に連れていかれた。

「お奉行、松野がこんなものを持ってきました！」

半左衛門が紙片と匂い袋を勘兵衛に渡すと、紙片をチラッと見て喜平次をにらんだ。

「この匂い袋に入っていたのか?」

「はい……」

半左衛門が返事をする。喜平次はうな垂《だ》れて座っていた。匂い袋が喜与に渡った。

「これは白檀《びゃくだん》の匂いです……」

匂いが白檀だと喜与がいう。

「高価なものか?」

「はい、この白檀は匂いが良く、天竺《てんじく》の上物ではないかと思われます……」

「天竺からの渡来物《とらいもの》か?」

「そのように思います」

「松野、そなた、さっき言ったのは、この匂い袋の持ち主を抱いたということだな?」

半左衛門が、話の筋が見えてきたというように聞いた。

「はい、申し訳ございません……」

「女賊を抱いたということかッ?」

「申し訳ございません!」

喜平次が平伏した。

「半左衛門、叱るな。まず、話を聞くことが先だ……」

「はッ、その女はどこにいる?」

「消えましてございます……」

「なんだとッ、女に逃げられたのかッ!」

「申し訳ございません!」

喜平次は平身低頭、正直に話して謝罪するしかない。

「おのれ、腑《ふ》抜けな!」

「半左衛門、叱るな。喜平次、その女の名《な》は何んと言う?」

「お澪でございます」

勘兵衛が喜平次の身に何があったのかを詳しく聞いた。喜与が座を立って奥に消える。

「どんな女だった。詳しく話せ……」

「それがいい女で……」

「松野ッ、図に乗るなよ!」

折角の手掛かりである女に逃げられたことで、半左衛門は怒っている。勘兵衛は喜平次の話から、女にうまく引きずり込まれたと考えた。

「そのお夕という娘が、この匂い袋を持っていたのだな？」

「その小娘も一味ではないのか？」

「長野さま、そんなことはありません。絶対にありません！」

喜平次が、半左衛門の疑いからお夕を必死で庇《かば》った。

「そんなに庇うところを見ると惚《ほ》れているのか？」

「はい……」

「喜平次、あっちに惚れ、こっちに惚れ、いい加減にしろよ！」

「半左衛門、喜平次はまだ若いのだ。女の一人や二人いいではないか……」

「女賊でもですか？」

「いや、それは少しまずいな。だが、手掛かりをつかんできたともいえる。怒るな……」

「はッ！」

　いつも同心にやさしい奉行に、半左衛門は不満なのだ。だが、勘兵衛は三十俵二人扶持《ぶち》という俸禄《ほうろく》で、命を懸《か》けて働く同心を大切に考えていた。

　泰平の世になって足軽身分から同心になった者たちでも、ことに町奉行所の同心に回された者は、命がけで悪党と戦っている。

そのことを勘兵衛はわかっていた。

「半左衛門、少しおかしいと思わないか？」

「はあ……」

「あの塩問屋上総屋から千二百両が消えたことだ。女の仕事だと思うか？」

「お澪という女が頭でしょうか？」

「住んでいる屋敷といい、お夕という娘を使っていることなどを考えると、お澪のやった仕事には思えない。どう考えても男が計画した仕事ではないか？」

「仲間に男は何人もいるはずですが？」

「そうか……」

半左衛門はお澪の仕事だと思う。勘兵衛は女の仕事にしてはどこか腑に落ちない。

「喜平次、この匂い袋は元のままにしてお夕に戻しておけ、万に一つ、お澪がお夕を訪ねてこないとも限らぬ。お夕を言い含めておけるか？」

「はい、大丈夫でございます！」

「その札も中に戻しておけ、その匂いはこの事件の根が、京にあると言っているように思う。どうだ半左衛門？」

「確かに、京から来た高貴な香りかと……」

「上物の白檀だからな……」

「それではそのお滯という女が京に戻ったと？」

「おそらくな……」

「それでは誰を京へ？」

「そうだな、以前、京に派遣したことがあった……」

「ではその三人を？」

「いや、文左衛門と甚四郎《じんしろう》の二人でいいだろう」

「承知いたしました。早速に……」

半左衛門が部屋から飛び出して行った。

「喜平次、この匂い袋をお夕に戻しておけ、中を見たことがわかるとお夕が殺される。万一の時は奉行所に逃げてくるように言え、いいな？」

「はい！」

その日、彦野文左衛門と倉田《くらた》甚四郎が馬を飛ばして京に向かい、喜平次は匂い袋を持って愛宕神社のお夕の家に行った。

夜になった。お夕を百姓家の庭に呼び出して、お澪の匂い袋を渡し、お奉行の言葉をそのままお夕に伝えた。

「怖いよ……」

お夕は喜平次の腕をつかんで怖がる。秋の大きな月が愛宕山の上に昇った。泣きそうな顔のお夕の顔が月明かりに青い。

喜平次は思わずお夕を強く抱きしめた。

「大丈夫だ。おれがついている……」

不安なお夕が喜平次を見てニッと小さく笑った。

第五章　日本橋魚河岸《にほんばしうおがし》

翌朝、暗いうちに喜平次はお夕の家を出ると奉行所に向かった。

「お夕を殺されてたまるか……」

喜平次はお奉行の勘兵衛から、お夕が殺されるかもしれないと言われ、お澪の恐ろしさに気づいたのだ。

「お夕に手を出せば、お澪はおれが殺す……」

どんなにいい女でもお澪は真葛《さねかずら》という盗賊だ。これまで、どれほどの罪を犯したかわからない。そんな女にお夕を殺させるわけにはいかない。

奉行所に戻ると半左衛門に報告した。

半左衛門は、まさか喜平次がお夕の家に泊まったとは思ってもいない。

「見廻《みまわ》りは今まで通りでいいとお奉行の命令だ。そのお夕とかいう娘を守ってやれ。ところでその娘は幾つなのだ？」

「なんだと、好きな女の歳《とし》も知らないのか？」

「はい、十七、八ぐらいかと……」

「ちゃんと聞いておけ！」

「わかりません……」

半左衛門に喜平次がまた叱られた。お夕の年はこの時十五歳だった。

秋も深まって寒くなったある日、日本橋吉原の西田屋に左内が現れ、以前と同じように夕霧の部屋に上がった。

この頃家康は、自分の死に場所として、富士山《ふじさん》の霊水が湧き出す駿河《するが》の柿田川《かきたがわ》の傍《そば》にあった古城、泉頭城《いずみがしらじょう》を本格的に再建しようと縄張りを命じた。

狡猾《こうかつ》で多くの人々を殺して、豊臣家から強引に天下を奪い、狸親父《たぬきおやじ》と揶揄《やゆ》された家康も、最期は富士山の霊水がコンコンと湧き出る柿田川の傍で、明鏡止水《めいきょうしすい》の心境で死にたかったのだと想像できる。

だが、この家康最後の望みは叶《かな》わない。

日本橋吉原に現れた左内は、夕霧の部屋で酒を飲む。騒ぐでもなく静かにいつもと何も変わらない。

そんな左内に夕霧が恨み言を言う。

「黙って姿を消すなど知りません……」

拗《す》ねたように言った。

「すまない。上方に行っていたのだ」

「まあ、例の大阪城でございますか？」

「そんなところだ」

左内は夏の陣などに行っていない。

「ご無事で……」

夕霧の態度がコロッと変わった。左内が好きなのだから当然だ。

「戦《いくさ》のことは話したくない」

「ええ、戦は嫌いです」

左内は美女の夕霧に負けない美男だった。二人は久々の再会を楽しむように、夜遅くまで酒を飲んだ。その後、一刻半ほど左内は夕霧を可愛《かわい》がると、外はまだ暗いのに西田屋を出た。

「おう、惣吉、少ないが……」

いつものように二分金を一枚、惣吉に握らせて吉原から立ち去った。

馬を飛ばして京に到着した彦野文左衛門と倉田甚四郎が、前に世話になった京の所司代板倉勝重の家臣、長谷川房之助《はせがわふさのすけ》の役宅に現れた。

三条坊門小路《さんじょうぼうもんこうじ》の役宅で、しばらく待つと房之助が所司代から帰ってきた。

「おう、彦野さまに倉田さま！」

「またお世話になりたく……」

「構わぬ、わしにできることなら何《な》んでも言ってくれ……」

「恐れ入ります」

「一献やりながら、話を聞きましょう」

「かたじけない……」

「わざわざ江戸から、兎《と》に角《かく》、くつろいで下され……」

房之助は久々の知己《ちき》を歓待した。板倉勝重の家臣である房之助は、文左衛門や甚四郎と同じ三河《みかわ》者で、足軽大将の子なのだ。

房之助が話を聞いた。

「実は、江戸に三条右大臣の、なにしおはば逢坂山のさねかづらの歌を残す盗賊が出まして……」

「それは真葛ですな」

「はい、その名は聞いております。北町のお奉行は足場があるのは京ではないかと？」

「そうですか、確かにその真葛は京にも出ました。逢坂山のさねかづらの歌を残す盗賊です」

「やはり、足場は京ですか？」

「それがわからないのです。山陽《さんよう》、山陰《さんいん》、東海《とうかい》、中山道など、どこに現れるかわからない怪物です」

「怪物？」

「はい、真葛とは別名美男葛《びなんかずら》といいますが、上方では美女葛《びじょかずら》ともいいます。実は、真葛は二人だという噂《うわさ》があります」

「二人？」

「ええ、つまり美男葛と美女葛の二人ということです」

「男女の盗賊ですか？」

「真相はわかりませんが、京ではそのようにささやかれております。目を見張るような美男と美女だというのです。それでどこに現れるか分からない……」

「神出鬼没？」

「そうです。その容姿はわかっているのですが、京は出入り口が七口ありまして、探索はなかなか難しいのです」

房之助は、この真葛が厄介な盗賊だと言いたい。

「明日、所司代の書類をお見せしましょう」

「かたじけなく存じます」

京の所司代はこれまで大阪城の監視で、盗賊を探している暇などなかった。何年も大阪城の動きを警戒してきた。それが一年で戦いが決着した。

今は敗残の浪人を警戒している。

その浪人たちは、大阪城で配った小判をまだしっかり持っていた。問題はその手持ちの小判がなくなってからだった。

三人は夕餉に酒が入り旧交を温めた。

翌日、朝から房之助と一緒に二条城の北側の所司代に向かった。

京の所司代の板倉勝重は六千六百石の旗本だが、この後、京都所司代は三万石以上の譜代大名が就任する重職となる。

板倉勝重の子重宗《しげむね》は三代目所司代になるが、加増されて五万石になる。役料一万石である。与力は三十騎、同心は百人だった。

西国大名を見張らなければならないことから、間もなく、与力が二十騎追加されて五十騎になる。房之助は与力だった。

文左衛門と甚四郎は、所司代板倉勝重に米津勘兵衛からの書状を差し出し、書類閲覧の許可をもらった。

真葛についての記述は、見逃さないで細かく書き取った。

京に真葛が現れたのは十年ほど前からで、その頃から三条右大臣の歌札を仕事の後に残していた。

文左衛門と甚四郎はすべて書き取って、房之助と一緒に役宅に戻ってこの日も泊まった。

二晩世話になって早朝、二人は馬を飛ばして江戸に向かった。

その頃左内は、前に住んでいた品川宿に近い浄圓寺の離れにいた。

同じ隠れ家を使うなど、北町奉行所の怖さを知らないのか、それとも米津勘兵衛をなめ切っているのか、大胆な振る舞いだ。

文七と八重はまだ来ていない。

手持ち無沙汰な左内は、吉原に行くしかないが、そう度々では具合が悪い。左内は吉原とは逆に品川宿に向かった。

この頃、宿場には下女《げじょ》という女を置いていた。

後に飯盛女《めしもりおんな》とか飯売女《めしうりおんな》、宿場女郎《しゆくばじよろう》といわれるような女たちだが、今は下女中《しもじよちゆう》という私娼《ししよう》が出始めていた。

この後、私娼が増え過ぎて、幕府は千住宿《せんじゆじゆく》と板橋宿《いたばしじゆく》は各百五十人、内藤新宿《ないとうしんじゆく》が二百五十人、品川宿は五百人と私娼の数を制限する。

左内は江戸に着いた時、品川宿に泊まって浄圓寺の様子を探りに行った。

その時、世話になったのが寿々屋《すずや》の小春《こはる》だった。

「あら、お武家さま、もうどちらかにお立ちでございますか？」

小春は客あしらいの上手な下女だ。

「違うんだ。小春を抱こうと思って出てきたのさ……」

「まあ、うれしい、そんなこと言われると本気にしちゃうから……」

「本気でいい。ここにおいで……」

「いいの？」

小春がうれしそうに左内にもたれかかる。その着物の裾《すそ》に左内の手が滑り込んでいった。

女の可愛がり方も吉原と品川では違う。

「いいんだから……」

小春が左内に絡まってとろんとなる。

「小春の家は川向こうだって言ったな？」

「駄目、止めないで……」

「後でな、その前に少し話を聞かせてくれ？」

「意地悪なんだから、川向こうのお大師《だいし》さまの近く……」

「そのあたりはどんなところだ？」

「そりゃ、川と海に近い景色のいいところ、どうして？」

「住みたいと思って……」

「お武家さまが？」

「おかしいか？」

「だって……」

「体があまり丈夫じゃないんだ」

「あら、御免なさい……」

「気にするな。今は元気だから」

「うん……」

「後でな？」

「必ず来ますから、ちょっと待ってて……」

小春が部屋から出て行った。静かでそんなに客はいないようだ。

左内は浄圓寺では危ないと思っていた。どんなに目立たないところでも、同じ場所から二度の仕事は危険だ。

その夜、小春から話を聞いた左内が、翌朝、品川宿から六郷橋《ろくごうばし》に行き、川崎《かわさき》の海辺に向かった。

左内が考えているのは、川崎の浜から小船で、日本橋吉原の道三河岸《どうさんがし》に行くことだった。

それは吉原の夕霧に会いに行くだけでなく、仕事の後の逃走路としても使えると考えている。海に逃げれば安全だ。

川崎の海辺には、江戸の海で魚を取る漁師の大小の船が並んでいる。

江戸の海は海の幸に恵まれていた。

川崎から行徳塩浜《ぎょうとくしおはま》の方まで漁村が点在している。品川沖などは何十艘《そう》もの漁舟が浮かんで、獲《と》れた魚は品川宿の旅人に供された。

もちろん江戸にも運ばれて、日本橋魚河岸《うおがし》に、高級な鯛《たい》から鰯《いわし》などまで様々な魚種が集まってきた。

日本橋魚河岸を開いたのは天正《てんしょう》十年（一五八二）頃から、家康と親しくなった摂津《せっつ》佃《つくだ》村の森孫《もりまご》右衛門《えもん》一族が、家康に招かれて江戸へ来たことに始まる。

天正十年六月二日に本能寺《ほんのうじ》で信長が倒れると、家臣三十四人と堺にいた家康は死を覚悟するが、孫右衛門に助けられ脱出に成功し三河に逃げ帰る。

その功績で、家康から森の苗字を賜《たまわ》り特別大切にされた。

慶長六年（一六〇一）に森孫右衛門の次男九左衛門《きゅうざえもん》ら七人が江戸に移住、道三河岸のあたりで魚店を始めたのが始まりだった。

以来、魚河岸は魚市場となり、発展に発展を続け、江戸の大台所と言われ続けるようになる。魚なしでは江戸の百万人は生きられなくなる。

左内は川崎の海辺に、漁師の隠居が使わなくなった家作《かさく》を探して借りることにした。

海まで半町ほどしか離れていない。

江戸との行き来には絶好の場所だ。何よりも川崎は江戸と離れているところがいい。それでいて、船で行けば半刻から一刻もあれば江戸のどこにでも行ける。

左内が川崎から浄圓寺の離れに戻ると、文七と八重がいた。

「文七、川崎に隠れ家を探してきた。お前たちはどうする？」

「川崎ですか?」

「遠いか?」

「少々、不便かと……」

「船で日本橋の道三河岸に上がれば、歩くより速いぞ」

「そうですか……」

左内の話を聞いた文七は、川崎へ移るのに消極的だ。

「八重、どうする?」

左内に聞かれて八重が兄の文七を見た。

「八重と二人でここに残ります。その方が仕事はやりやすいですから……」

左内を好きな八重が不満そうに文七をにらんだ。

「そうか、八重は時々、川崎に来い」

「うん……」

もう一人の仲間、角太郎は、箱根《はこね》でのんびり湯治《とうじ》をしていた。四人はそんなに急いで仕事をしなくていいほど、たっぷりと小判を持っていた。

米津勘兵衛は、上方から流れてくる浪人を警戒している。

夏の陣に参戦した浪人は、まだ大阪城でもらった小判を持っていて悪さはしない。それでも、江戸に出てくれば食いっぱぐれがないと思っている。

そんな中で、勘兵衛は城下を見廻る同心が、どうしても訴訟や行政に取られて、数的に足りないと考え始めていた。

少ない時には二十人ほどになる。

この人数で昼夜の江戸を警戒するのは困難になりつつあった。

江戸は城と武家屋敷と町家から成り立ち、この頃、江戸は一里四方に拡大していた。

その人口は京の三十五万人、大阪の二十五万人に次いで、江戸は二十万人を超えている。その上、急激に人口が増えつつあった。

家康が初めて江戸に足を踏み入れた時、江戸城の大手門のあたりに、茅葺《かやぶき》の家が百軒ばかりあるだけだった。

それが急激に二十万人を超えるまでに大きくなり、武家五十万人、町家五十万人といわれる百万人の城下に成長する。

そのうち、幕府の家臣団は六万人ほどだった。

江戸が大阪や京より大きくなることは目に見えている。その江戸の治安をどのようにするかは重大問題だった。

勘兵衛が幕閣の老中にどう進言するかで決まる。

江戸城にいる重臣たちに町場の問題などわかるはずがない。

北町奉行の米津勘兵衛も南町奉行の島田《しまだ》弾正忠《だんじようのちゆう》も責任重大で、今のうちに市政の形を決めないと、三十万、四十万と大きくなってからでは始末におえなくなる。

その最初が治安の維持だと考えた。

城下が混乱していては何もできやしない。

勘兵衛はこの状況に対して、ある考えを持っていた。

登城すると勘兵衛は、打ち合わせが終わってから、老中の土井利勝《どいとしかつ》と安藤重信《あんどうしげのぶ》に特別に面会を願った。

「お手間をお取りいただき恐縮にございます」

「例のことか？」

「はい……」

「何かいい考えでもあるか？」

「実は、試しにやってみたいことがございます」

「そうか、聞こう」

土井利勝も安藤重信も将軍の信任が厚い。

「同心の下にご用聞《ようき》きという者を使ってみたいのですが？」

「ご用聞き？」

「はい、武家ではなく、町家に明るい気の利いた者、又は、一番良いのは、罪人の中からその筋に鼻の利く男などを使いたいと考えております……」

「そんな者が使えるのか？」

「町場に不案内な武家よりは、使い勝手がいいものと考えます」

「毒も使い方によって薬になるか？」

「御意……」

「泥棒の密偵、ご用聞きか、毒が猛毒にならないか？」

「そこは人を見て、慎重に選びます……」

老中二人が互いの顔を見る。

「土井さま、おもしろそうな話ですが……」

安藤重信がおもしろそうだという。老中安藤直次《なおつぐ》の弟で怪力の持ち主と噂のある豪傑だ。

「そのご用聞きの俸禄はどうする？」

土井利勝が大切なことを聞いた。

「俸禄はありません。ご用聞きを使う与力なり同心が、自前ということで考えております」

「それで、ご用聞きをする者がいるのか？」

「そこが幕府のご威光にて、役人の配下となれば、よろこんで引き受ける者が少なくないと思っております……」

「そうなのか？」

老中の二人は半信半疑だ。

「なにとぞ、ご用聞きを試しに使うお許しをいただきたくお願い申し上げます……」

「人手不足の折だ。試してみるか？」

老中二人は費用が掛かるわけでもなく、勘兵衛の申し出を快《こころよ》く了承した。俸禄がないというのを気に入った。幕府はそういうことには米を出したくない。与力、同心が自分の俸禄で使うご用聞きなら、格別に問題はないと二人は考えて了承したのだ。

これがやがて、ご用聞き五百人に、その手下の下っ引きが三千人という大きな組織に育つことになる。勘兵衛亡き後のことだ。

勘兵衛が考えているご用聞きは、捕り物好きの幾松《いくまつ》と三五郎《さんごろう》だった。

二人とも探索や捕り物が大好きで、三五郎などは既に勘兵衛の家来だと思っている。

翌日、鬼屋長五郎《おにやちょうごろう》が奉行所に呼ばれた。

「長五郎、これは奉行所の試みなのだが、そなたの力を貸してもらいたいのだ」

「はい、できることであればなんでも……」

三河出身の長五郎は、幕府や旗本の仕事を多くしている。

「奉行所の人手不足はわかっているだろう？」

「存じ上げております」

「ご老中のお許しをいただいて、ご用聞きを使うことにしたのだ」

「ご用聞き？」

「うむ、与力や同心の下に、町場のご用聞きを置くのだ」

「それは、幾松のような捕り物好きを、探索方に使うということでしょうか？」

長五郎はわかりが早い。

「そうだ。その幾松を借り受けたいのだがどうであろう？」

「結構ですが、一人だけでよろしいのですか？」

「先《ま》ず一人からだ。ただ、このご用聞きには俸禄は出ない」

「俸禄がないということは、どのようにして食べますので？」

「ご用聞きを使う与力か同心から出る」

「駄賃程度ということでしょうか？」

「そうだ……」

長五郎が腕を組んでしばらく考え込んだが、大丈夫だろうという顔で勘兵衛を見た。

「お奉行さま、女房のお元に何か小商いをさせれば、食うに心配はないかと思います」

「そうか、お元に商いをさせるか？」

「お元はさばけた女だから商いはできるはずです」

「どんな店だ？」

「小間物屋とか食い物屋などではどうでしょう」

この考えは良い考えだった。

これ以後、ご用聞きだけ一本で生活したご用聞きは一人もいない。必ず、何かの商売をして生計を立てたのだ。

江戸のご用聞き、関八州《かんはっしゅう》では目明《めあ》かし、上方では手先《てさき》と言われたこの役人の手伝いたちは、やがて蔑称《べっしょう》として岡《おか》っ引《ぴ》きと呼ばれるようになる。

「幾松本人の考えを聞いてくれるか？」

「承知いたしました」

傍で喜与と宇三郎と半左衛門が聞いていた。

「それで、ご用聞きの目印のようなものは何かございましょうか？」

「ん、目印？」

勘兵衛はそこまで考えてはいなかった。

「お奉行所のお手伝いですから、何かそれらしい目印があると、幾松もやりがいがあるかと思います……」

「おう、そうか、そうだな。奉行所の仕事だと一目でわかる目印か？」

「はい……」

「探索は目立たない方がいいのだぞ。目立つと危ない。だが、何か考えてみよう。刀を持たせることはできないからな……」

「お願いします」

俸禄もないのだから、善意の協力者ということだ。長五郎は、それならせめて奉行所の手伝いだと誇れるものが欲しいと思った。

第六章　岡っ引き誕生

鬼屋長五郎が帰って行くと、勘兵衛、喜与、宇三郎、半左衛門の四人は、幾松を誰が使うかと、長五郎が言った、町奉行所のご用聞きとして誇れる目印を考えた。

誰の下かはすぐ決まった。

失敗すれば勘兵衛の責任になることから、半左衛門の下に置いて、直《じか》に半左衛門が仕事を命ずることが決まった。

問題はご用聞きの目印だが、脇差でも差させればいいのだろうが、それは苗字帯刀と言って、簡単に苗字を持つことと刀を差すことは許されていない。

確かに長五郎の言うことはもっともで、知恵を集めたが、何がいいのかこの時は決まらなかった。

二日ばかりして、幾松とお元が揃《そろ》って奉行所に現れた。

座敷に上がれと半左衛門が誘ったが、二人は遠慮して庭からでいいと奥の庭に回った。

「幾松、お元、達者か？」

「はい、お陰さまで元気にしております」

勘兵衛が縁側まで出て行った。

「ここに上がれ、そこでは話が遠い」

「はい……」

二人が縁側に上がって勘兵衛に平伏した。

「長五郎から話を聞いたか？」

「はい、聞きましてございます」

「そうか……」

「よろこんでお奉行所のお手伝いをさせていただきます」

「うむ、お元、それでいいのだな？」

「はい、二人で頑張ることにしました。鬼屋の旦那さまが小間物屋でもするようにと……」

「長五郎がそう言ったか？」

「有り難いことでございます。神田白銀町《かんだしろがねちょう》でどうかと……」

「ほう、神田か？」

「空き家があるそうなんでございます。そこを買いまして……」

長五郎が助けてくれるほかに、お元は百三十両の大金を持っていた。

「豪勢だな幾松……」

「お奉行さまと鬼屋の旦那のお陰でございます」

「うむ、今日から北町奉行所長野半左衛門の配下になる。半左衛門の指図を受けろ。もし手下が必要なら使ってもいいが、半左衛門と相談しろ。奉行所の配下だが、刀を差すことは許さぬ。いいな？」

「はい！」

「俸禄のことは聞いたか？」

「はい、鬼屋の旦那から聞きました」

「お元に苦労を掛ける……」

「はい！」

ここに、後に岡っ引きと呼ばれるご用聞きが誕生した。肥大化する江戸の治安を守るため、北町奉行米津勘兵衛が考え出した苦肉の策だった。

数日後、三五郎が奉行所に呼ばれ、勘兵衛からご用聞きにならないかと誘われた。三五郎にはまだ嫁がいなかった。母親と二人暮らしだった。

「しばらくは馬借《ばしゃく》のままでいい。半左衛門から指図を受けろ。嫁をもらって箱根にあるような甘酒屋か汁粉《しるこ》屋をやらせればいいのではないか、その時は、わしも力になるが？」

鬼屋長五郎から聞いた話だ。

「へい、分かりやした。早速、嫁をもらいます」

「当てはあるのか？」

「それが、いい女が一人おりやすんで、小春っていう女なんですが、なに、手籠《てご》めにしてでも女房にしやす！」

「おいおい、女に乱暴はならんぞ……」

「嫁にするんですから、少し手荒にしねえと後々困るんで、びっちり言うことを聞かせやすんで……」

「乱暴なことをすると女に嫌われるぞ」

「お奉行さま、そこはうまくやりますので、すぐ決めてきます」

何んとも乱暴で気の早い三五郎だが、どんな女を探してくるのか楽しみでもあった。

「女を捕まえたら連れて来い、いいな?」

「へい!」

自信満々の三五郎だ。

その三五郎が現れたのが、品川宿の寿々屋だった。馬をつなぐと店の中を覗き込んだ。

「小春、居るか?」

「おう、三五郎、仕事は?」

「今日は、仕舞《しま》いだ。親父、小春は居るか?」

「さっきまで居たんだが、裏の浜じゃねえのか?」

「ちょっくら、話があるんだ。いいかい?」

「何んの話だ。嫁にでもするか?」

「そのつもりだ」

「そうか、小春は、おめえには勿体《もったい》ねえ女だ。うまく口説きな……」

「余計なお世話だ。くそ爺《じじい》……」

三五郎がぶつくさ言いながら、寿々屋の裏の浜に回って行った。小春が洗濯物を竿《さお》に干していた。

そっと近づいて、三五郎が小春の尻を撫《な》で上げた。

「なんだね、馬鹿なんだから……」

「小春、さっきお奉行所に行ってきたんだ」

「なんの悪さをしたんだい？」

「馬鹿野郎、おれはお奉行さまの家来なんだぞ」

「その話は聞いたよ」

二人は川向こうで生まれ育った幼馴染《おさななじみ》で、小春の方が二つばかり年上だ。

「だからよ。そのお奉行に今日、呼ばれてさ、本物の家来にしてやるから、早く嫁をもらえって言われたんだ」

「そう、いい話じゃないか……」

「うん、好きな女はいるのかって聞くから、いるって言ったんだ」

「北町のお奉行さまが？」

「そうだよ」

「お前さん、いつからお奉行さまとそんな五分の口が利けるようになったのさ？」

「ずっと前からだ……」

「へえ、前から？」

「そこでよ小春、その好きな女なんだけどな……」

「お前さん、本気でお奉行さまの家来になる気なのかい？」

「そうだよ。おれは捕りものが好きだから、お奉行さまに、与力の長野半左衛門さまの下でご用聞きになれって言われたんだ」

「ご用聞き、与力さんって偉い人なんだろ？」

「ああ、お奉行さまの次だな」

「そんな偉い人の配下になるの？」

小春は洗濯物を干す手を休めないで三五郎と話をする。三五郎が小春の肩から顔を覗くようにして、また尻を撫で上げる。小春は何も言わない。

「それでよ、好きな女なんだけどさ……」

「お前さん、馬借じゃ嫌なのかい？」

三五郎の話を遮《さえぎ》るように聞いた。

「嫌いじゃないが、馬糞《ばふん》臭いから困るんだなこれが……」

「馬糞臭いの好きだよ」

「お前さんが嫌いなら仕方ないが、馬糞臭いの好きだよ」

「小春、お奉行さまはな、嫁をもらったら品川宿で甘酒屋をやらせろって言うんだ。お奉行さまが助けてくれるって……」

「お奉行さまがそんなことまで？」

「うん、お汁粉もやれって……」

「そうなの……」

「そこでよ、好きな女なんだけどさ、お前なんだ小春、おれの嫁になってくれ、頼むよ！」

「お前さん、馬鹿なことを言うんじゃないよ」

「なんで？」

「なんでじゃないだろ、お前さんはお奉行さまのご用聞きだろ、考えてみなよ」

「いいじゃないか？」

「駄目、駄目、身分が違うんだ」

「小春……」

「小春……」

三五郎が小春の小さな肩を抱いた。

「小春、お前がいいんだ。お前でないと駄目なんだよ……」

「駄目だよ。他の子を探しな」

小春が空になった籠《かご》を持って店に帰ろうとする。その手を三五郎が引っ張ると、小春が砂に足を取られて転んだ。その上に三五郎がのしかかっていった。

「小春、お前がいいんだ。お前しかいないんだ」

「駄目だよ。駄目だってば……」

「お前が好きなんだ。小さい時からお前が好きなんだ。いいだろ……」

「駄目なの……」

小春が泣いていた。

「なんで泣くんだよ……」

三五郎が驚いて起き上がると砂に座った。小春も体を起こして砂に座り、着物の裾《すそ》を直した。

「御免ね……」

「小春、頼むよ。おれの嫁になってくれ、承知するまであきらめないからな……」

「お前さんは真面目な人だから、きっといい人が見つかるよ」

「困らない」

「困った人だね、あたしなんかに……」

「そんなことあるよ」

「そんなことないよ」

「見つからない」

こうなると駄々っ子のように三五郎は頑固だ。小さい時からそうだった。そんな三五郎を小春は姉のように叱ってきた。

その小春の傍にいて、三五郎は馬借をしてきた。毎日のように二人は品川宿で朝の挨拶をした。

「お前さんを好きだったお光《みつ》が家に戻っているよ」

「嫌だ。あんな泣き虫……」

「それじゃ、お明《あき》はどうよ」

「あんな馬鹿……」

「そんなこと言って、あたしなんかよりよっぽどいい子だよ」

「嫌なものは嫌だ。おれには小春しかいない！」

「困ったねえ……」

「なにも困らないから、おれの嫁になってくれ、頼む。小春はおれの菩薩《ぼさつ》さま、弁天《べんてん》さま、仏さまなんだ。この通り、拝《おが》むから嫁になってくれ……」

「こんな女を拝んだりして馬鹿なんだから……」

「お奉行さまと約束したんだ。小春を手籠めにしても嫁にするって……」

「お奉行さまに？」

「うん、それでいいって……」

「手籠めにしても？」

「うん、乱暴にはするなって……」

三五郎がついに最後の最後の切り札を張った。大きな賭けだ。なんとしても小春をものにしたい。ここで逃がすわけにはいかない。

「お奉行さまが……」

「もうお奉行さまと約束しちまったんだ。小春に断られたら、もうお奉行所に顔を出せないじゃないか、頼むよ！」

今度は泣き落としだ。

「頼むよ小春、大事にする。おっ母《かあ》もお前を嫌いじゃない。いい子だ、いい子だって言うんだから……」

「こんな泥水しか飲んでいない飯盛女だよ」

「泥水なんざおれが吐かせてやら、心配ない。うん……」

「お前さん、本当にこんな女でいいのかい。嫌になったらいつでも捨てていいからね……」

小春の目からまた涙がこぼれた。

「よし、これからおれの家に行こう……」

「これから？」

「そうだよ。明日は北町のお奉行所に行って、お奉行さまと長野さまに挨拶する」

「ちょっと、待ちなよ」

「待てねえ、お奉行さまとの約束だからな」

「だって……」

「だっても糸瓜《へちま》もあるかい。たった今から小春はおれのもんだ。誰にも触らせねえ！」

「そんなこと言ったたって、お前さん……」

「すぐ支度をしてくれ。親父と話をつける！」

　こうなると勢いづいた三五郎を止められるのは、米津勘兵衛しかいない。もともと喧嘩《けんか》好きで一途《いちず》だから猪《いのしし》武者なのだ。

「親父ッ！」

　店の裏から飛び込んだ。

「な、なんだよう……」

「小春の借金はあるか？」

「そんなものはねえよ……」

「これは北町奉行米津勘兵衛の命令だ。いいか親父！」

「へえ、北町の……」

「そうだ。今、小春はおれの嫁になった。連れて帰る。文句があるなら北町奉行所に訴え出ろ、北町奉行所だぞ。おれはその北町奉行所与力長野半左衛門さまのご用聞き、三五郎だ。逃げも隠れもしねえ！」

「三、三五郎よ、お前、小春を連れて行くのか？」

「文句あるか親父？」

「ねえ、なんにもねえ、お前なんかの嫁にゃ勿体ねえ、この野郎め……」

「親父さん、御免ね。この人がどうしてもって言うもんだから、こんなことになっちゃって……」

「いいんだ。この野郎が悪いんだ」

「なんだと！」

「なんでもねえよ。小春、二、三日寝てやればすぐ飽きるから、戻っておいで……」

「親父、余計なことを言うと、縛り上げて奉行所に連れて行くぞ！」

「偉そうに、わかったよ」

持ち物と言っても着替えや小物しかない小春は、それをまとめて包むと、寿々屋をやめることになった。親父も、顔見知りで暴れん坊の馬借の三五郎には口ごたえできない。二、三発ひっぱたきそうな勢いなのだ。

「おれの馬に乗れ……」

小春が二階から降りてくると、三五郎がひょいっと抱き上げた。

「うん……」

「親父、もらって行くぜ。今度酒飲みに来るからな……」

「おまえなんか来なくていい。塩でも巻いておくよ。仏滅《ぶつめつ》だ。くそッ……」

三五郎は小春を馬に乗せると、悠々と寿々屋の前から立ち去った。店の親父と女たちが、道端に出てきて二人を見送っている。

「いいな。小春ちゃん……」

「三五郎でもいいよねえ……」

「馬鹿野郎、すぐ戻ってくるよ。くそッ、三五郎めッ……」

西へ陽《ひ》が傾いてぽちぽち客が入り始める。

第七章　三五郎《さんごろう》と小春《こはる》

「おっ母《かあ》、小春を連れて来たぞ！」

小春を馬から抱き下ろして家に叫んだ。三五郎の百姓家は灯《あか》りがついていた。

「おう、小春……」

三五郎の母お種《たね》が驚いた顔だ。

「今晩は、おばさん……」

「よく来たな。まずは上がれや……」

三五郎の家と小春の家は一町（約一〇九メートル）ほどしか離れていない。どっちの家も貧しかったが、賢《かしこ》い小春は、売られずに品川宿に仕事に出た。どっちも男親がいない。

小春の父親が寝込んだ分、借金が残った。

わずかばかりの借金は、七年ほどで小春がきれいに返した。

二人は夕餉《ゆうげ》を取ると忙しいことで、すぐ小春の家に向かった。小春には三五郎と同い年の喜六《きろく》という弟がいた。

「喜六、居るか？」

「おう、三五郎か？」

「おう、面《つら》貸せや……」

「いいよ」

喜六が外に出てきた。

「姉さん……」

「おっかさんは元気か？」

「うん……」

「喜六、小春をおれの嫁にした。文句ねえな？」

「ない……」

小春を嫁にするというのは、小さい頃からの三五郎の口癖だ。

「お前、お奉行所の仕事をするんだって？」

「ああ、誰に聞いた？」

「誰に聞いたって、この辺りじゃ知らない者はいねえ、お前の母親が言いふらしている」

「おっ母が？」

「自慢の息子だとよ。いいな。お上の仕事ができて……」

「奉行所のご用聞きだ」

「鬼勘《おにかん》の手下か？」

「そんなとこだ。明日、小春と挨拶に行く……」

「お奉行さまが姉さんのこと知っているのか？」

「嫁にしろって言ったのが、お奉行さまだから小春も否《いな》やはねえのよ」

それを聞いた小春が、威張《いば》った三五郎の尻を思いっきり膝で蹴った。

「痛ッ、小春、御免……」

「いいな、お前、お奉行さまと親しくて……」

「家来だからなおれは。おめえのおっ母によろしく言っておいてくれ……」

「お前から言えよ」

「あのおばさん、すぐ泣くから苦手なんだな……」

小春が三五郎の腰を押した。

「行く、行くから押すな……」

三五郎が、振り向くと小春を抱きしめた。

「行くから、なんて言えばいいんだ？」

「小春をお嫁に下さいって言うんでしょ……」

「そんなこと言ったら、あのおばさん、泣いちゃうよ。嫌だな……」

「三五郎、入れ！」

ぐずな三五郎を喜六が家に呼んだ。

「おっ母、三五郎が姉さんを嫁にもらいたいとよ。反対か？」

「反対なんかしねえけど、小春は納得するか？」

「それが納得して、できちゃっているんだな」

「そうかい、それならいいじゃないか、三五郎なら知ってる仲だし、この頃、乱暴をしなくなったというから……」

「そうだな……」

「おっかさん……」

「小春じゃないか、三五郎も一緒か？」

「おばさん、小春をおれの嫁に下さい。お願いいたします」

「うん、いいよ。お前にそんな立派な挨拶をされると泣きたくなるよ」

「ほら、小春……」

「おっかさん、今日は向こうに泊まるから……」

「向こうに？」

「おっ母、明日、三五郎と姉さんがお奉行所へ挨拶に行くんだって……」

「小春も？」

「そうだよ。嫁になりますって挨拶するんだ」

「そりゃ大変だ。小春、そんなところに着ていく着物はあるのかい？」

「うん、大丈夫……」

小春は母親が心配しないように言って、三五郎の家に戻った。

その夜は、三五郎と小春の大戦争で、お種が家から飛び出したくなるような大暴れになった。

それが明け方まで続いたのだから、お種はとんでもないことになったと、眠れずに欠伸《あくび》ばかりしている。だが、自分の息子だからうれしくてたまらない。

夜が明けると、さっさと朝飼を済ませて小春を馬に乗せ、威風堂々と北町奉行所に向かった。

小春はいつものひなびた着物を着ている。

品川宿に入ると「いよッ、三五郎のおかみさん、馬に乗っていいね！」と、威勢のいい声を三五郎の仲間がかける。

三五郎が寿々屋の小春をかっさらって行ったと、品川宿に知れ渡っている。

「おう、三五郎！」

寿々屋の親父《おやじ》が飛び出してきた。

「親父、これから二人でお奉行所へ挨拶に行く、文句はねえな？」

「ねえ……」

三五郎は虎の威を借る狐《きつね》に変身している。それは決して悪いことではない。幕府の威信を示すには、それも大事なことだ。

馬に乗ったお姫さまにしてはずいぶんみすぼらしいが、二人にとっては北町奉行所へのお目見えなのだ。

「小春……」

「なに、お前さん……」

「あのな。神田に舟月という店があるんだ。そこのとろろ汁が天下一品なんだ。食いたくねえか？」

「高いんじゃないの？」

「高くねえ、それに小春は浅草へ行ったことあるか？」

「ないよ……」

「お参りに行くか？」

「うん……」

二人は奉行所に行く緊張をほぐすようにあれこれ話をする。奉行所に着いた二人は、奉行が登城中だと少し待たされた。

砂利敷に通され、半左衛門が出てきた。

「三五郎、お前の嫁か？」

「はい、昨夜から嫁にしました。小春です」

「小春でございます」

「与力の長野半左衛門だ。三五郎に手籠めにされたか？」

びっくりして小春が半左衛門を見た。怖そうな顔がニッと笑った。

「小春、三五郎は少々乱暴だが、心根の優しい男だ。お奉行さまはそこを気に入っておられる。だが、これからはこの半左衛門の配下になる。わしは甘くないぞ。三五郎の不始末は女房のお前の責任でもある」

「はい……」

「お前と三五郎の扶持は奉行所からは出ないが、特別にわしが出す。二人扶持《ぶち》だ。いいな？」

半左衛門からあれこれ言い聞かされていると、下城した勘兵衛が奉行所に戻ってきた。

「上がるか？」

「いいえ、いつものように庭からで……」

「そうか、奥に回れ！」

三五郎と小春が奥の庭に回って行くと、勘兵衛が喜与とお幸を相手に話しながら着替えていた。

小春は三五郎の後ろに隠れてうな垂《だ》れている。

「お奉行、三五郎とその女房の小春が庭に控えております」

「おう、三五郎、小春はどこだ！」

「小春……」

「お前が小春か？」

「は、はい……」

「二人とも前に出ろ……」

縁側の傍《そば》まで行って小春が平伏した。

「小春、三五郎は奉行所のご用聞きになる。そなたの助けがなければ務まらぬ奉行所の仕事だ。三五郎を頼むぞ……」

「はい！」

「そこで、小春には六郷橋の江戸寄りのたもとで茶店をやることを許す」

「ありがとうございます」

「よしず張りの簡単な店でいい。箱根では甘酒屋が繁盛《はんじょう》している。旅の者は疲れると甘いものが欲しくなるようだからな」

「はい！」

「喜与……」

「はい、三五郎殿、ここに十両あります。お奉行さまから、これで甘酒屋を始めるようにと下される。それにこれを店の軒に下げておきなさい」

「これは？」

「北町奉行御用と書いてある。魔除《まよ》けです」

「お奉行さま……」

二人が庭に平伏した。

「三五郎、これからも乱暴は駄目だぞ。喧嘩《けんか》も駄目だ。いいな？」

「はいッ！」

ここに勘兵衛の念願だった、試しのご用聞きが二人誕生した。幾松は神田方面、三五郎は品川宿方面である。幾松にはお元、三五郎には小春という、苦労人でしっかり者の恋女房がいる。

勘兵衛は大いに満足だ。

与力の半左衛門の配下で、二人扶持二十俵が賄《まかな》いだ。半左衛門の俸禄《ほうろく》は二百石で、ほぼ五百俵ほどだから、二十俵はそう大きな出費でもない。

それでも勘兵衛は、奉行所に依頼のある刀の試し斬りなどから入る余禄で、半左衛門の出費を補助してやった。

これ以降、幾松と三五郎の話を聞いて、ご用聞きを希望する者が続々と出てくるが、その人選には半左衛門が厳しかった。

勘兵衛が好んだのは、悪党で改心した者から信用のできる者、悪党のことをよく知っている者だ。こういうご用聞きを特に放免《ほうめん》と呼んで大切にした。

勘兵衛がその罪を許し放免したからだ。

この放免が実によく働いた。

奉行所の犬などと悪党からは忌み嫌われたが、そういう悪党の足元をみな知っているわけだから、夜もおちおち眠《い》っていられない。捕まってしまう。

毒を以て毒を制す。

勘兵衛の最も得意とするところだ。

直助やお駒や七郎や正蔵などは、みなそういう悪党たちだった。だが、勘兵衛の大きな人柄に惚《ほ》れ込んだ者たちでもある。

勘兵衛は、悪党ほど孤独で心を閉ざしている者はいないとわかっている。その孤独な心を勘兵衛はづかっと鷲《わし》づかみにした。

「お奉行の旦那、まいったよ。すまねえ……」ということになる。

人は知恵があるだけに、決して強い生き物ではない。ちょっとしたことで足を滑《すべ》らせる。泥沼に転げ落ちるとなかなか抜け出せないのが常だ。

その転げ落ちる理由は、無学や貧しさからくるものが多い。勘兵衛はそこをわかっている。深い洞察力で、そんな悲しい人たちを見ていた。

勘兵衛はある時は鬼神であり、ある時は菩薩《ぼさつ》なのだ。町奉行はそれでいいと思っている。

北町奉行所のご用聞きになった幾松と三五郎は忙しくなった。

小間物屋と甘酒屋を始めるお元と小春はてんてこ舞いだ。ことに小春はお奉行の十両が元手だから、しっかりしないといけないと思う。

お種や喜六、小春の母のお時《とき》まで総がかりで、お奉行の許しが出た品川寄りの橋のたもとに茶店を開いた。

「おッ、小春、この看板にはなんて書いてあるんだ？」

「その看板かい。北町奉行御用って書いてあるんだよ。そっちの吹き流しは甘酒ろくごう、この店の名前だ」

「へえ、北町奉行ね、なんだな、それは鬼勘のことかい？」

「そうだよ」

「小春、おめえ、鬼勘と知り合いか？」

「そうだよ。うちの旦那より大事な人だから……」

「そうだな。三五郎より鬼勘の方がいい男だろよ？」

「当たり前だ……」

三五郎の馬借仲間が通るたびに声をかける。杭《くい》に馬をつないで「婆《ばばあ》、甘酒一丁だぜ！」などと威勢がいい。中には顔見知りで、お種と長話をする馬借もいる。

東海道の甘酒屋は、端《はな》っから大繁盛だった。

朝早い旅人は、六郷橋を渡る前に小春の甘酒屋に腰を下ろす。

「これで橋を渡ると江戸とはしばらくおさらばだ。寂しいねえ……」

「上方《かみがた》までですか？」

「おかみさん、大阪までだ。一年は帰れねえのよ……」

「誰かいい人でも置いていきなさるんかね？」

「聞いておくんなさいよ、おかみさん。聞くも涙、語るも涙でねえ、甘酒一杯……」

「ありがとうございます」

「ゆうべなんだけどね、吉原でしばらく会えないからと涙のお別れでねえ……」

「そう、それは大変でしたねえ、ここからお帰りになりますか？」

「まあ、おかみさん、粋《いき》だね。話がわかるんだから……」

「早く行って、早く帰れないの？」

「それが駄目なのよ。馬鹿親父が一年は帰ってくるなって、帰ってきたら勘当だって言うんだもの、馬鹿なんだから……」

「ひどい話……」

どっちが馬鹿なんだか。話を合わせる小春もひどい女だ。

「吉原にもう一晩、泊まろうかな？」

「若旦那、そんなことしちゃ駄目ですよ」

「なんだよ婆《ばあ》さん！」

「いいとこの若旦那はそんなことしちゃ駄目です」

「おかみさん、この梅干し、誰なの？」

「梅干し？」

「あたしのおっかさん……」

「粋なおかみさんに梅干し婆か、ぼちぼち行くとするか……」

「若旦那、帰りにも寄っておくんなさいよ」

「帰ってなんか来ないから、おかみさん、それじゃ！」

「いってらっしゃい……」

「馬鹿な若旦那だ……」

「おっかさん……」

行き交う旅人は浮世の舟みたいなもので、それぞれが色々と訳ありで浮かんでいるのだ。

一方のお元の小間物屋はぽちぽちで至って暇だった。ぼんやり道端の子どもたちを見ている。

「小間物の松屋《まつや》か、お元、暇そうだな」

「あッ、若旦那、お京《きよう》さんも……」

「またこれだよ」

「まあ、おめでとうございます」

「駄目だっていうのに、万蔵《まんぞう》さんがこんなことするんだもの……」

「何人目なのお京さん？」

「三人目なの……」

「うれしいでしょ？」

「うん……」

お京はいつまでたっても子どもで、万蔵さん、万蔵さんなのだ。万蔵が浮気しても、万蔵さん、万蔵さんとくっついていく。そんなお京が万蔵は可愛《かわい》いのだ。

「好きなものを、いくらでもいいから……」

「ほんと、うれしいな、全部欲しくなっちゃう。万蔵さん、これなんかいいんじゃない？」

「好きなものを、欲しいだけ買いな。滅多《めった》に買い物なんかしないんだから……」

「うん……」

狭い店をきょろきょろと、腹の膨れたお京が品定めをする。万蔵は店先に立って子どもたちの遊びを見ている。

お京はあちこちから、子どものように手一杯の買い物をした。

「お滝は来るか？」

「はい、昨日、ご主人の彦野さまとお見えになりました」

「そうか、うちの若い衆も来るか？」

「みなさん、来て下さいました。有り難く思っております」

お元は、万蔵も惚れたいい女だ。

「親父にも顔を出すよう言っておく……」

「ありがとうございます」

「お京、もういいか？」

「はい、お元さん、またね」

「うん……」

万蔵は鬼屋の若旦那らしい貫禄が出てきている。

ご用聞きの女房になったお元と小春は、勘兵衛が見込んだ通りよく働いた。

まだ二人だが、試しのご用聞き制度がうまく行くか行かないかは、勘兵衛にとって大きな問題なのだ。

町奉行所の人手不足をなんとかしないと、どこまで大きくなるかわからない江戸の治安に、大きな死角ができてしまう。

第八章　家康《いえやす》の死

改元された元和元年も暮れが近づき、駿府城の大御所家康が正月の挨拶を受けるため、久しぶりに江戸城に出てきた。

家康にはもう一つの目的がある。

それは三代目の問題だった。

お福が駿府城に来て訴えた時、家康はその訴えを受け入れなかったが、自分の目で確かめようという気になったのだ。

江戸城に、竹千代派と国千代派ができていると耳にしたことも切掛《きつか》けだ。

家康はあちこちから話も聞き、自分の目でも確かめて、お江の国千代にたいする溺愛を嫌った。

「これはまずいことになるぞ……」

お江の国千代に対する溺愛は尋常ではないと家康は見破った。それに将軍秀忠まで一緒では、子がうまく育たない。

家康は、家督相続に失敗して衰退した家を、嫌になるほど見てきた。家督相続で家が割れると骨肉の争いで、どこまでも和睦するということがなくなる。

その危機を家康は感じ取った。

そこで家康が考えたのは、長子相続である。長男が家を相続するという考えだ。それまでは、必ずしも長子相続ではなかった。

乱世では、長子相続などと悠長なことはしていられない。

賢く力のある者でないと、家督相続の前に家が滅ぼされてしまう。正室の子が優先されるが、暗愚ではそれでも廃嫡《はいちゃく》にされる。

僧にさせられることも少なくなかった。

家康は、泰平の世の家督相続は長子相続と決めた。

元和二年（一六一六）の年が明け、正月の挨拶に、二人が家康の前に現れた。

二人は子どもなのだから、並んで同格で座る。すると家康が竹千代を呼んだ。

「竹千代、ここにまいれ……」

この時、竹千代は十二歳だった。はっきりしない子で、おずおずと家康の傍に行くと、あろうことか家康が竹千代を膝の上に座らせた。

それを見た十一歳の国千代が、立って家康の傍に行こうとした。

「国千代、控えろ！」

家康が叱った。国千代がその場に座った。

「国千代、そなたは竹千代の家臣になる身だぞ。そこに控えておれ！」

いつも竹千代と同じか、それ以上に可愛がられてきた国千代は、泣きそうな顔になった。

この家康の鶴の一声で、三代将軍は竹千代と決まった。

家康は幕府に泰平の世とは何かを見せたのだ。このことがあって将軍家はもちろん、大名家も長子相続を見習うことになる。

大名家だけでなく、庶民にも長子相続が定着していくことになるが、それを理解しない家臣がいると、お家が分裂して滅んでしまう。

それが出羽《でわ》の最上《もがみ》家《け》だった。

出羽五十七万石の大大名が家督相続で分裂し、あっという間に滅んでしまうのだから家督相続は難しい。一度、衰退すると、ほとんどの家が復活することはない。

その家康が、三代将軍は竹千代と決めてすぐ江戸城を発《た》った。

勘兵衛は、いつものように六郷橋まで家康を見送った。

勘兵衛が橋の上にいた。

その前に家康の駕籠《かご》が止まった。橋のたもとでは三五郎、小春、お種が土下座していた。

「勘兵衛……」

「はッ！」

駕籠の傍に寄ると、家康が引き戸を開けた。その場に勘兵衛が平伏した。

「勘兵衛、江戸を頼むぞ……」

「はッ、身命《しんめい》を賭《と》して相努めまする！」

「うむ、もう江戸に出てくることはない。さらばだ……」

「大御所さま！」

勘兵衛が両手で顔を覆《おお》って泣いた。引き戸が閉まって駕籠が橋を渡って行った。これが家康との別れになった。

勘兵衛は小春の茶店に入って甘酒を飲んだ。

お供の宇三郎や藤九郎らも次々と甘酒を注文した。勘兵衛は自慢の銀煙管《ぎんギセル》を出して、一服プカーッとやった。実に美味《うま》そうに吸う。

「小春、この辺りはいい眺めだな？」

「はい……」

「どうだ。商売の方は？」

「お陰さまで、繁盛しております……」

「そうか、商売の邪魔になるな、宇三郎！」

「はッ」

「出立するぞ！」

「小春、楽しくやれよ」

「はい！」

勘兵衛が、泣きそうな小春とお種に見送られて出立した。三五郎が三十人の供廻《まわ》りについている。

この後、駿府城に帰った家康は、すぐ鷹狩《たか》りに出た。

冬は狩りの獲物の種類が量も多い時期で、鷹狩りには絶好の季節で、藤枝《ふじえだ》、島《しま》田《だ》、大井川《おおいがわ》のあたりは平坦《へいたん》で良い狩場だった。

この頃、家康は鷹の売り買いを禁止、幕府が鷹を管理するようにしていた。

鷹狩りに出た家康は、東海道を西に向かった。

藤枝の狩場に着いた。驚いた鶴や鴨《かも》が飛び立つと、家康自慢の大鷹、隼《はやぶさ》、熊鷹、イヌワシなど十数羽が一斉に飛び立った。

「追えッ！」

「兎《うさぎ》だぞッ！」

「大御所さまッ！」

「よしッ！」

家康の手から大鷹が兎を狙って飛び立った。一直線に飛翔して大鷹が兎を襲って抑え込む。鷹匠《たかじょう》や家康の近習《きんじゅ》が殺到する。

鷹狩りの陣容のまま、藤枝宿から島田宿の方に攻めて行った。

「大猟にございます！」

「よし、このまま押して行け！」

「畏《かしこ》まって候！」

軍勢が西へ西へと押して行った。

ところが島田の近くまで行って、家康が大量の血を吐いて仰《あお》のけに卒倒した。

「大御所さまッ！」

「駕籠だッ！」

「騒ぐなッ、騒ぐなッ！」

「本多さまを呼んで来いッ！」

「田中城《たなかじょう》に医師を集めろッ、急げッ！」

「大御所さま……」

「何をしているかッ、血を拭《ふ》いて差し上げろッ！」

狩場が一転、大騒ぎになった。

「駕籠はどうしたッ！」

天下の大御所さまを戸板で運ぶことはできない。しばらくして家康が気づいた。

「大御所さまッ！」

そこに本多正純が馬で駆けつけた。

「騒ぐな！」

家康があたりを見まわした。

「大御所さま、一旦、田中城へお引き願わしく……」

空の駕籠が運ばれてきた。

「こちらへ、お移り願いまする」

「駕籠か？」

「はい、急ぎますので、なにとぞ……」

駕籠の脇に本多正純が付き添い、藤枝の田中城に向かって急いだ。鷹狩りは中止になった。

大急ぎで田中城に運ばれた家康は、医師団の治療を受けてから駿府城に戻ることになった。

家康は遂《つい》に来るべき時が来たと思う。

数年前から、家康は腹の具合が良くなかった。そのために大阪城への攻撃を急いだのである。

腹の中に大きなできものがあるか、サナダ虫が湧いているかどちらかだと思っていた。

駿府城に戻って養生してもよくならない。

三月になってまた大量に吐血、黒い便をするようになった。

三月二十一日に朝廷から太政大臣《だじょうだいじん》に任じられた。武家で太政大臣に昇ったのは平清盛《たいらのきよもり》、足利義満《あしかがよしみつ》、豊臣秀吉《とよとみひでよし》だけで、家康は四人目である。

信長には天正十年十月九日に従一位《じゅいちい》太政大臣が追贈された。本能寺の変の四ケ月後である。

家康は腹を触ると大きな腫れものがわかる。

元和二年四月十六日の夜、病臥《びょうが》していた家康がいきなり病床に立ち上がり「末代まで子孫を守り抜く！」と叫んで卒倒した。

凄《すさ》まじい執念だった。

意識を失った家康は、翌十七日の朝巳の刻、息を引き取った。七十五歳だった。

江戸城では天ぷらを揚《あ》げることが禁止されたため、家康は天ぷらの食い過ぎで死んだといわれるが、そんな間抜けな死に方を家康はしていない。

胃癌《いがん》だった。

江戸城で天ぷらを揚げないのは、奥女中が天ぷらを揚げて、その不始末で火事を出したことがあるからで、家康とは関係がない。

兎《と》に角《かく》、江戸では火事には神経をとがらせた。

この頃、北町奉行所でも大騒ぎをしていた。

喜与が急に子を産みそうになったのだ。

溜池の屋敷に、前と同じように産所が用意され、駕籠に乗せられた喜与が、宇三郎、藤九郎、文左衛門に守られて急いだ。

お志乃とお登勢とお滝も手伝いに行くため駕籠について行った。

勘兵衛は家康が病だと知っていたが、喜与のことも気になって落ち着かない。

大騒ぎして喜与は溜池の屋敷に移って行ったが、陣痛が始まると前と同じようにあっさり子を産んだ。

男子だった。

すぐ奉行所の勘兵衛に知らされた。男子誕生だが、駿府城では家康が病臥中で手放しでは喜べない。

この子は賢い子で、勘兵衛の死によって家督を相続、従五位下出羽守に叙任《じょにん》し、小姓組番頭、書院番頭、大番頭を歴任、大坂定番に任命され、河内《かわち》に一万石を加増され、相続の五千石と併せて一万五千石の大名になる。

武蔵《むさし》多摩《たま》前沢《まえざわ》村に、京の妙心寺《みょうしんじ》の末寺として米津寺《べいしんじ》を建立《こんりゅう》し、その子孫の米津通政《みちまさ》が出羽村山長瀞藩《むらやまながとろはん》の初代藩主になる。

勘兵衛が登城すると、大御所家康が亡くなり、昨夜、家康の遺体は久能山《くのうざん》に移されたと伝えられた。あの日、六郷橋での別れが永遠の別れになった。

天海《てんかい》の発案で大明神《だいみょうじん》ではなく大権現《だいごんげん》と決まり、朝廷は家康の神号を日本大権現、東光大権現、威霊大権現、東照《とうしょう》大権現の中から、東照大権現と決める。

家康は神階に昇ったため、葬儀は行われない。神は死なないからだ。だが、江戸の増上寺《ぞうじょうじ》において密《ひそ》かに浄土宗での葬儀が行われた。

勘兵衛は家康が亡くなり力が抜けた。だが、江戸を預かる勘兵衛はそんなことを言っていられない。

相変わらず、幕府の組織は整備されていない。大目付の制度は寛永九年（一六三二）、若年寄《わかどしより》の制度は寛永十年（一六三三）などと、勘兵衛が亡くなってから後の話で、それまではすべて町奉行の仕事だった。

盗賊改制度は寛文五年（一六六五）で勘兵衛の死後四十年、火付改制度は天和三年（一六八三）で勘兵衛の死後五十八年後に整備される。

その間の町奉行の職務は激務で、南北で十四人の奉行が交代するが、勘兵衛のように町奉行のまま亡くなる場合が多かった。

幕藩体制という、幕府と大名の各藩で政治を行う体制だが、幕府の方が図体が大きい分だけ整備が遅れた。それが町奉行にのしかかった。長生きできるはずがない。

明らかに幕府も人材不足だった。

泰平の世に、戦いしかできない武将など必要がない。何も生産しない武家そのものが必要なくなったのだ。

それが二百五十年かけて証明されることになる。

幕府にとって米津勘兵衛は、何《な》んでもできる貴重な人材だった。

勘十郎を失ってから、勘兵衛には娘と息子ができた。よく頑張ったと言える。五十四歳になっていた。

子を産んでしまうと、喜与はすぐ奉行所に帰ってきた。

彦野軍大夫に任せてしまうのだから、言語道断、笑止千万、無責任と言われても仕方ないが、武家はそんなものなのだ。

勘兵衛も喜与がいないと寂しい。

そんな中で、お幸に縁談が持ち上がった。

行き遅れていて二十四歳になっている。縁談を持ってきたのは、家老の林田郁右衛門だった。実は、お幸は郁右衛門の孫なのだ。これまでも、何度か話はあったが、わがままに断ってきた。

今度は断れそうにない。

同じ米津家の家臣で、家老林田の配下で酒々井《しすい》にいる家臣だった。お幸より二歳若い武家だった。名は石川小太郎《いしかわこたろう》という。

「小太郎か、お幸、小太郎ならいいのではないか？」

勘兵衛が推挙する。

「そなたも知っているだろう」

「はい……」

「行かず後家《ごけ》にしてしまった。すまぬと思っている」

「断ってきたのはわたくしでございますから……」

「小太郎にしろ、いいな？」

「はい……」

お幸が素直に嫁ぐことを了承した。

話が決まると、郁右衛門が小太郎を連れて江戸に出てきた。お幸が知っている
子どもの小太郎は、凜々《りり》しい青年武士に成長していた。

小太郎は勘兵衛に挨拶してお幸と対面した。お幸の方が恥ずかしがって喋《しゃべ》らな
いのを見て、勘兵衛はうまくいくと直感した。

「小太郎、お幸は気が強いぞ。いいのか？」

「はい、存じております」

「そうか、それなら安心だ。酒々井に連れて帰れ……」

「はい、ありがとうございます」

お幸は喜与の傍に座って話を聞いている。

「郁右衛門、お幸には長い間世話になった。幸せになってもらいたい」

「勿体《もったい》ないお言葉にございます」

お幸と小太郎の結婚が本決まりになって、お幸は酒々井に帰って行った。そのお幸がいなくなったところに、お志乃とお登勢、お滝の三人が手伝いにくることになった。

これまでも、忙しい時は手伝っていたことで慣れている。

そんな時、愛宕神社のお夕のところに、お澪が会いに来たことがわかり、喜平次が奉行所に飛び込んできた。

喜平次は十日に一度ほどお夕のところに泊まるようになっていた。お夕の話を半左衛門に報告した。

「お澪が現れたというのか？」

「はい、顔を見に来たと言って立ち去ったとのことです」

「例の竹林の屋敷は？」

「行ってみましたが、人の気配はありませんでした」

「どこに行ったかだが、そなたが、お夕のところに顔を出しているのを知っているのではないのか？」

「そうでしょうか？」

「おそらく、それぐらいは調べてから現れたのだろう。そう思っておいた方がいい……」

「それではお夕が危ない？」

「そうかもしれない。ところでそなたとお夕はどうなっているのだ？」

「それは……」

「なんだ。手を出してしまったのか？」

「はあ……」

「そんなことではないかと思っていたのだ。どうするつもりなのだ？」

「まだ何も考えておりません」

半左衛門は、お夕がまだ若いことを知っている。お夕は十六になった。

「お奉行には申し上げないから、時期が来たら自分から申し上げろ……」

「はい……」

半左衛門にしてはずいぶん寛大だ。

「お澪のことはお奉行に話しておく、そなた一人では美女葛《かずら》は手におえまい。三五郎を使え……」

「ありがとうございます」

「お駒にも話しておくから、助けてもらえ……」

「はい！」

翌日、喜平次、三五郎、お駒の三人が愛宕神社の茶屋に集まった。

「お澪を見かけなかったか？」

喜平次が茶を頼んで茶屋の女に聞いた。

「見かけませんね……」

「そうかい、見かけないか。あの竹林の屋敷には誰か住んでいるのか？」

「いいえ、あれ以来、誰も住んでいません」

喜平次が縁台で茶を飲み、銭を置いて歩き出すと、間をおいて三五郎とお駒がついてきた。

三人が次々とお夕の家に入る。

「お夕、この家にいるのは危ないのだ。しばらく身を隠した方がいい」

怖がり屋のお夕を喜平次が説得する。

「そうした方がいい……」

母親のおうねと兄の梅吉も喜平次に同意した。お澪の魔の手がいつ襲い掛かるかわからない。

彦野文左衛門と倉田甚四郎の京での調べで、真葛《さねかずら》は美男葛と美女葛の二人だという噂《うわさ》があること、その美女葛がお澪ではないかということまではわかっている。

そのお澪の顔を知っているのが喜平次とお夕だ。

追い詰められると、真葛が二人を狙うことは考えられる。半左衛門が心配したのはそのことなのだ。

お夕を守ることは喜平次の責任である。

「着替えだけでいい。すぐここを出よう……」

「お夕さん、急いでおくんなさい」

お駒がお夕を急がせ、まずお駒とお夕が先に百姓家を出た。その後、半町ばかり遅れて喜平次と三五郎が追った。

お夕の隠れ家を、お駒の庄兵衛《しょうべえ》長屋にしようかと考えたが、お駒が探索に出ると、お夕一人になることからまずい。あれこれ考えたが、八丁堀の喜平次の役宅がいいということになった。

好き合っている二人だから、その方が安心だとお駒が言う。結局、お夕は喜平次の母お近の監視下に置かれることになった。

喜平次と三五郎は周囲を警戒しながら二人を追う。

三五郎は、腰に村の鍛冶《かじ》に作らせた鉄の棒を差している。一緒に脇差にはずいぶん短い鍔《つば》のついた刀を差していた。

「三五郎、その腰の刀、お奉行に刀は駄目だと言われたんだろ？」

「これですかい旦那！」

三五郎がいきなり抜いた。喜平次が驚いて身を引いた。

「なんだそれ？」

「外見は刀そっくりだが、中身が刀じゃねえ。これは旦那、十手《じって》っていうもんなんだ……」

「十手か。聞いたことはある」

「仲間がお上のご用聞きなんだから、これぐらいは差していねえと恰好《かっこう》がつくめえというもので、遠慮なくもらって差してるんで、こういうものがあると気持ちがい……」

十手は実手とも書くが武器である。鉄や樫《かし》の木で作ったものが多い。短棒術とか十手術という。叩《たた》いたり投げたりする武器で、その起源は古く兜《かぶと》割などともいわれた。江戸の与力・同心が使うようになるのはだいぶ後のことで、八代将軍吉《よし》宗《むね》のころからだ。

「刀かと思った。よくできてるな……」

「中身が鉄のやつと木のやつがあるらしいが、これは木だから軽い。見せびらかしだからこれでいいんじゃねえかな？」

「ご用聞きだぞって見せびらかすか？」

「これでも一応武器なんだそうで、子どもの玩具みてえだが……」

「なるほど、名人になるとなんでも武器になるか？」

「こっちの鉄の棒は刀でも叩き折れるんで……」

「それなんだけど、長すぎないか？」

「長すぎる？」

「その半分ぐらいが使いやすいだろう……」

「そうか、使いやすいか、これ、結構重いんだな」

「短くしても、お前なら腕っぷしが強いから、刀に負けないんじゃないか？」

「ヘヘッ、自慢の腕っぷしで……」

二人は話しながらも辺りに気を配っている。後をつけられていないか気にしていた。

この日から、お夕は八丁堀の役宅に隠れた。

喜平次は奉行所から飛んで帰ってくる。

「お夕、いるか？」

「はい、お帰りなさいませ……」

お夕はお近に教えられたのかはきはきしてきた。

喜平次は半左衛門に「八丁堀の役宅に隠しました」と報告した。半左衛門は驚いた顔で「喜平次よ、そういうのは隠したと言わないんじゃないか？」と、喜平次とお夕には甘い半左衛門なのだ。

「喜平次、お夕の腹が膨らんできても、わしは知らんからな。自分でお奉行に言い訳しろよ」

「はい……」

なぜか寛大な半左衛門だ。

第九章　風上の火

お元の小間物屋の前に、追分《おいわけ》の清太郎《せいたろう》が立った。

「あッ、おじさん……」

お元が店先に飛び出した。

「松屋さんか、いい名前だねえ、お元気かい、お元さん……」

「おじさん、狭《せま》いとこですけど、どうぞ……」

「ここでいいんだ。お元さんがお店を始めたと聞いたからね。舟月のとろろが食いたくなって出てきたんだ。紋蔵《もんぞう》、みやげに何か買いなさい」

「へい、それでは早速に……」

紋蔵と元吉《げんきち》がみやげものを探し始めた。

「おじさん、あん時のお金でこんなことができました」

「それは良かった。旦那さんはお上のご用聞きになられたそうだね。そこの舟月でお聞きしたんだ。みなさん、いい人たちだねえ。お元さんはお奉行さまの後押しがあって幸せだと、そうなんですかい……」

「はい、幸せです」

「それはいい、それは何よりうれしいことだ」

「おじさん……」

「お元さん、何も聞いちゃいけねえ、今の幸せを大切にしておくんなさいよ。お上のお手伝いをされる幾松さんもいい人のようだ」

「はい……」

「もう一度ぐらい江戸を見たいがこの年ですからねえ、お元さんが元気でよかった」

老忍びは、恩人の娘が幸せだと言ったことで充分だった。

「紋蔵、もういいかな?」

「へい、女将《おかみ》さん、これで……」

「お金なんか、いいです」

「それは、いけねえ、商売は商売です。ここへ置きますから、御免なさいよ……」

紋蔵が一両小判を置いて店を出た。

「お元さん、いつまでも達者でお暮らしなさいよ」

清太郎がニコニコとお元に頭を下げて立ち去った。

お元はおじさんが誰なのか知らない。時々、紋蔵や元吉を江戸に出して、清太郎はお元の無事を確認していた。

突然のことで驚いたお元が、店の前に立って三人を見送った。

その頃、川崎の浜から船を出して、左内は日本橋の吉原に向かっていた。

品川の浄圓寺の離れには文七と八重が住んでいたが、左内は警戒心の強い男で、一人だけで川崎に移り住んでいる。

そんな美男葛でも、西田屋の夕霧には惚れ込んで通っていた。その左内に不審を持ったのは、惣名主《そうなぬし》の庄司甚右衛門《しょうじじんえもん》だった。

客を奉行所に突き出すにはそれなりの証拠が必要だ。

吉原を許可する三つの条件に、犯罪人は届けるというのがある。

左内が犯罪者だと決まったわけではないが、北条家《ほうじょうけ》の家臣だった甚右衛門には、左内と名乗る男の正体が少し見えてきている。

「惣吉、夕霧の客だが、変わったことはないか？」

「変わったことですか？」

「何んでもいい。気づいたことはないか？」

「そういえば親方、左内さまはこの頃、海の方から来るようで、道三河岸に上がってくるようです」

「海から？」

「へい、北か南かわかりませんが、海から来るようで……」

「今度、船頭にどこの船か聞いておけ……」

「へい、承知しやした」

ところが、左内を送ってきた船が、すぐ帰って行くので惣吉は話を聞けない。帰りは船だったり歩きだったりする。

そんなある朝、まだ薄暗い道三河岸に船が着いた。

「おう、早いね？」

「ああ、お大尽《だいじん》のお迎えだ」

「そうかい、ご苦労だね。おれは西田屋の惣吉だ……」

「知ってるよ」

「どこから来たんだ。北か南か？」

「南だ。川崎からだ」

「そうか、ご苦労だな。もう出てくるだろう」

惣吉は道三河岸を離れた。海から船で来る贅沢《ぜいたく》な客はそう多くない。

その日の昼過ぎ、甚右衛門と惣吉が北町奉行所に現れた。

「これは惣名主、珍しい」

「長野さま、お奉行さまはまだお城でしょうか？」

「うむ、間もなくお帰りだろう」

「それでは、待たせていただいて……」

「お上がりなさい。今日はどのような趣《おもむき》です？」

「いつも色気のないことで、こんなものですが……」

甚右衛門が、惣吉の持ってきた小判入りの重い菓子折を差し出した。

「何よりだ。遠慮なく頂戴しておこう」

「いつもお見廻りいただき有り難いことです」

甚右衛門が礼を言う。

半左衛門が甚右衛門を座敷に上げて話を聞いた。惣吉は土間に控えている。

「何か問題でも？」

「実は、ちょっと気になる男がおりまして、お奉行さまにお知らせしておいた方がよろしいかと伺いました」

「そうですか。ぼちぼちお帰りの刻限です。ところで商売の方はどうか？」

「お陰さまで吉原全体がよろしいようです」

「うむ、江戸は女が足りないからな。女を増やす良い策が見つからないのだ」

「男五人に女一人とか？」

「今はもっとひどいだろう。一度、人別を調べたいのだが手が回らぬのよ」

「人別改めでございますか？」

「どこに誰がいるか、それが分からぬようでは困る」

この人別改めが、宗門改めと一緒に正式に行われるのは享保十一年（一七二六）で、百十年後から六年ごとに行われるようになる。

それまでは部分的に臨時にしか人別調べは行われなかった。

この頃の江戸は、正確に人口がわかっていない。

十五万人とか二十万人と言われているだけで、三十万人、四十万人になっているのかもしれないが誰にもわからない。

半左衛門は、臨時でいいから人別改めをしたいと考えていた。

百十年後に幕府は、寺と人別を一緒にする制度を考え出し、どこの寺に属する人か、檀家《だんか》制度を作っていくことになる。

二人が話をしていると勘兵衛が城から戻ってきた。

しばらくすると甚右衛門が勘兵衛の部屋に呼ばれた。

「甚右衛門、いつもかたじけないな」

「こちらこそ、お世話になっております」

「奉行所も手元不如意でな、助かっておる。不審な男がいるのか？」

「はい、勘でしかないのですが、武家としては、なんとも納得できない振る舞いの男にございます」

「若いのか？」

「三十前後かと……」

「入り浸りか？」

「いいえ、そういう遊び方はしませんが、一年半ほど前に現れまして、一度、半年ほど間をあけて、また現れるようになりました」

「どこがおかしいのだ？」

「これまで何度も店に上がりましたが、いつも一人で供も仲間も連れて来ません」

「ほう、いつも一人遊びか？　身分は？」

「それがわかりません。十日に一度ほど店に上がりますので、相当な身分でないと、そのような遊ぶ金は回らないかと思うのです」

「なるほど……」

勘兵衛もおかしな男だと思う。

「近頃は、川崎の浜から、船で日本橋道三河岸に上がって吉原に入ります」

「川崎からだと？」

「はい、船頭がそう言ったそうですから、間違いはないかと……」

「どんな男だ？」

「女たちが人形というほどの美男です」

「美男だと？」

勘兵衛の頭を美男葛ではないかという疑いがかすめた。

「名は？」

「黒木左内と聞いております」

「美男葛《かずら》か……」

勘兵衛がつぶやいた。

「それがしもそう思いました」

半左衛門が勘兵衛に同調する。

「お澪が美女葛で、左内が美男葛ということは考えられます」

甚右衛門がどういうことかわからず沈黙している。

「このところ江戸には、上方から来た真葛《さねかずら》という盗賊が入っているのだ」

「真葛？」

「この盗賊は美男葛と美女葛という男と女の二人だという」

「その美男葛が左内？」

「そうかもしれない。そうでないかもしれない……」

「お奉行、早速、川崎を調べます」

「誰を行かせる？」

難しい探索だ。気づかれたら逃げられる。左内に気づかれないことが大切だ。

「神田のお駒と上野のお千代《ちよ》ではいかがでしょうか？」

「女二人か？」

「あの二人なら気づかれるということはないかと思います……」

「いいだろう。浅草の正蔵にも言って、海から二人を援護してくれるようにと……」

「甚右衛門、左内に気づかれないように頼むぞ」

「承知いたしました」

「畏まりました！」

真葛を捕らえる探索が始まった。

勘兵衛には、黒木左内が美男葛だという匂いがする。

喜平次と三五郎が追っているお澪は姿を現さない。半左衛門は、お澪探しに大《おお》場《ば》雪之丞《ゆきのじょう》と幾松を追加した。

赤松《あかまつ》左京之助《さきょうのすけ》と村上金之助も急遽《きゅうきょ》追加された。

お澪は愛宕神社からそう遠くないところにいると思われる。お澪が土地に詳しいのは、あの辺りしかないはずだと喜平次は考えた。

増上寺周辺から愛宕神社周辺など、徹底して探したが、お澪の姿は杳《よう》としてわからない。

川崎の海には、浅草から二艘《そう》の船が向かっている。

以前、お千代とお信《のぶ》が使っていた、川崎大師前の家が空き家で残っていた。そこが、真葛探索の拠点になった。

助っ人で直助も川崎に向かった。

その夜、真葛とは違う盗賊が出た。

浅草のえびす屋《や》という金貸しに入った盗賊が、店の主人夫婦と子供二人、番頭と小僧の六人を皆殺しにして三百五十両を奪った。

小栗七兵衛《おぐりしちべえ》と黒川六之助《くろかわろくのすけ》が千住宿に追ったが見つからなかった。

この犯行は疎雨《そう》の要蔵《ようぞう》という男の仕事だった。

それがわかったのは、浅草の正蔵の右腕である定吉《さだきち》に入った噂だ。それは事件が起きてから定吉の耳に入ってきた。

「兄貴、あれは疎雨という質《たち》の良くない男の仕事だそうで……」

「そいつはどこの男だ？」

「宇都宮《うつのみや》という話だったな……」

定吉の配下が飲んでいて聞いた話だという。

「首の後ろに大きな瘤《こぶ》があるんだそうだ」

「一味は？」

「一味のことはよくわかりやせんが、腕の立つ浪人がいるそうです」

この程度のことだが大きな手掛かりで、奉行所に知らされた。

えびす屋の事件があって二日後に左内が動いた。夕刻、川崎から船に乗った左内が、日本橋道三河岸に現れた。そこには直助とお駒がいた。

左内は西田屋に上がるといつものように、夕霧と二人で酒を飲み早々に床へ入った。

「今夜は少し早めに帰るから……」

「うん、また上方へ？」

「そんなところだ」

「今度はいつ頃までなの？」

「そうだな、また、半年ぐらいかな」

「そう、しばらく寂しいねえ……」

夕霧が左内に覆いかぶさっていった。

その頃、西田屋の外には青田孫四郎《あおたまごしろう》と倉田甚四郎など与力と、林倉之助《はやしくらのすけ》と朝比奈市兵衛《あさひないちべえ》の同心が集まっていた。

寅《とら》の刻（午前三時〜五時）、夕霧が寝ている枕元に十両を置いて部屋を出ると、左内は西田屋を後にした。

星明かりの下を暗がりを伝って一町ほど歩き、札差《ふださし》の日本橋真砂屋《まさごや》伝三郎《でんざぶろう》の前の暗がりに入った。

惣吉も寝ていた。

しばらく待つと、真砂屋の暗がりから三人が現れた。

四人が一緒になって裏に回って行った。

「遅れてきたあれが美女葛でしょうか？」

「そうかもしれんな……」

「四人とは少なすぎるのでは？」

「そうだな、確かに少ない……」

「出てきたところを捕らえますか？」

「いや、左内の船が沖に浮かんでいた。船で川崎に逃げるつもりだ。道三河岸がいいだろう。青木さまや正蔵も来ているはずだ」

「承知いたしました」

「直助とお駒は先に道三河岸に行ってくれ……」

「へい……」

与力と同心四人は、左内一味が裏口から出てくるのを待った。裏口の前に大小を差した男が見張りに立っている。

「一刻半（約三時間）ほどで夜が明けるな？」

「ぼちぼち東が白くなるかと思います」

裏口をにらんでいると、四半刻《しはんとき》（約三〇分）も経《た》たずに左内一味が出てきた。

一人が箱を担いでいる。

「文七、道三河岸だ」

「承知！」

左内一味が暗がりを速足で道三河岸に向かった。その後を四人が追った。ところが道三河岸に左内を乗せる船がいなかった。

「船がいない。まだ、沖だ……」

「あれだ！」

「慌てるな……」

四人が道三河岸から沖を見ている。近づいてくる船がいた。

「おい、黒木左内！」

船に気を取られていた一味の後ろから、青田孫四郎が声をかけた。

「北町奉行所だ。神妙にしろ！」

「くそッ、角太郎、斬《き》れッ！」

「おう！」

太刀を抜くと角太郎が孫四郎に襲い掛かった。

「来い！」

孫四郎が抜いた。

四人が暗がりから出て左内一味を取り囲んだ。船が岸について藤九郎と正蔵が飛び降りた。岸を駆け上ってきた。

「美男葛というそうだな？」

「うるさいッ！」

逃げ道を作るために左内が刀を抜いた。

孫四郎と角太郎が斬り合いになった。角太郎の上段からの攻撃に、刀を擦り合わせると左に弾《はじ》いて、角太郎の右胴から左胸に斬り上げた。前のめりに顔から地面に突っ込んだ角太郎がこと切れた。

「角太郎ッ！」

「黒木左内、わしが相手だ……」

倉田甚四郎が前に出るとゆっくり刀を抜いた。文七が小判の入った箱を放り投げると匕首《あいくち》を抜き、八重も匕首を抜いた。

「お前がお澪か？」

「そうだ！」

「そうか、お澪か？」

林倉之助は美女葛にしては、不美人だと思ったが刀を抜いた。

文七には朝比奈市兵衛が刀を抜いた。倉之助と市兵衛は二人とも小野派一刀《おのはいっとう》流《りゅう》の剣客《けんかく》だ。直助とお駒は少し下がって見ている。

藤九郎と正蔵も見ていた。

甚四郎はいとも簡単に、峰打ちで左内を仕留めた。文七と八重も匕首を叩き落とされて捕まった。

そこへ沖から船が二艘近づいてきた。

船頭だけの左内の船と、もう一艘には宇三郎とお千代が乗っていた。この道三河岸の騒ぎに気づいて、西田屋から惣吉が走ってきた。

海の彼方《かなた》の水平線が白くなり夜が明けてきた。

惣吉は何も言わず、引き立てられる左内たちを見ている。

朝が早く野次馬は集まってこない。直助とお千代が上野へ、お駒が神田に帰って行った。三人とも一睡もしていなかった。

奉行所に着くと、秋本彦三郎《あきもとひこさぶろう》の吟味《ぎんみ》が始まった。三人とも強情そうで手古摺《てこず》りそうだ。

彦三郎は文七から吟味を始めた。

「お前が文七か、逃げる時に左内がそう呼んだそうだな?」

「ふん……」

鼻を振って答えない。

「痛い目にあいたいか、そうか、石を抱かせるぞ」

牢番《ろうばん》たちが石抱きの支度をする。切り石を一枚から抱かせるのが常だが、彦三郎はいきなり三枚を正座した文七の足に乗せた。

凄まじい叫び声が牢屋に響いて文七が、体を悶《もだ》えさせながら唇を嚙《か》み動かなくなった。口の端から血が流れた。

あまりの苦しさに舌を嚙《か》もうとしたのか、その前に気を失った。

「水をかけて牢に戻しておけ。次はお澪を出せ!」

文七が牢に戻され、代わりに八重が引きずり出された。

「お澪、文七のようになる前に白状するか?」

「そうか、仕方ない。猿轡《さるぐつわ》を嚙ませろ！」

舌を嚙む危険があると考えた彦三郎が警戒した。

「一枚から抱かせろ！」

彦三郎の考えが甘かった。八重は三枚でも音を上げず四枚を抱かせた。

「お濘、いい加減に白状しろ。膝がつぶれるぞ！」

八重は白目をむいて耐えた。白状しない。

「大した女だ。石を下ろせ……」

非情な秋本彦三郎が、あきれ返って石抱きを中止した。

「お濘、今日はここまでにするが、明日は容赦しないからな……」

半死半生の八重は土間に転がされた。死んだように動かない。

「彦三郎、今日はここまでにしておけ……」

見ていた半左衛門があまりにも強情な二人に、死を覚悟していると見て拷問《ごうもん》を中止させた。生きようという気のない者に拷問は効き目がない。

「お奉行、文七とお濘を責めたのですが、死ぬ覚悟をしているようで拷問も効き目がありません。今日は中止にしました」

「嫌だ……」

「そうか、それは厄介だな。訳があるのだろう」

「左内を庇《かば》っているからでしょうか？」

「おそらくな……」

「いかがいたしましょうか？」

「しばらく入れておけ……」

「承知いたしました」

ところが、その夕刻、松野喜平次が奉行所に戻ってきて、話がこんがらがった。

「喜平次、お澪が捕まったぞ。牢を見て来い。お前の言うようないい女じゃないぞ」

「お澪が捕まった？」

「ああ、見て来いよ」

林倉之助に言われて、喜平次は急いで牢に向かった。お澪が捕まったとは信じられなかった。あのお澪がと思う。

この日に限って、喜平次は愛宕神社で三五郎と待ち合わせていて、奉行所へ寄らなかったのだ。そういう日に限って大きなことが起きる。

左内の探索のことを喜平次は知っていた。

薄暗い牢屋で喜平次が女牢を覗《のぞ》いたが、女が床に転がっていて動かない。

「お滞……」

喜平次が呼んだが動かない。

「お滞、喜平次だ。忘れたか……」

すると八重が首だけを動かしてチラッと喜平次を見た。乱れた髪の間から目だけが見えた。

何度も抱いた女と、そうでない女の見分けぐらいはわかる。

瞬間、お滞ではないと思った。

「お前は誰だ。お滞ではない。誰なんだ？」

八重はもう喜平次を見なかった。

お滞とは似ていない女だと確信した喜平次は、倉之助にお滞ではないと断言した。

「なんだと、お滞じゃない？」

「はい、あの女はお滞ではありません」

「間違いないか？」

「はい、間違いないです」

「じゃ、あの女は誰なんだ。お澪かと聞いた時、そうだと言ったのだぞ！」

「違います。お澪ではありません」

急に奉行所が騒がしくなった。倉之助と喜平次から話を聞いた半左衛門が慌てた。

「女を牢から出せッ、喜平次、よく女の顔を確かめろ！」

「喜平次！」

奉行所にいた与力や同心が牢屋に集まった。そこに八重が引きずり出された。

「長野さま、違います。お澪ではありません」

八重がチラッと喜平次を見た。

「この女は誰なんだ？」

「女を牢に戻せ……」

「くそッ、女に騙《だま》されたか？」

倉之助が悔しがった。

「喜平次、お奉行にお話ししろ……」

「はい！」

半左衛門と倉之助、喜平次の三人が勘兵衛の部屋に向かった。そこには勘兵衛、喜与、宇三郎、藤九郎、文左衛門、宇三郎の妻志乃が揃《そろ》っていた。

「どうした。お澪じゃないそうだな？」

「喜平次、お話しろ……」

「はッ、お奉行、あの女はお澪ではございません」

「そうか、抱いた女の顔は忘れないか？」

「はい、忘れておりません！」

喜与と志乃が顔を見合わせる。

「それなら、あの女は誰なのだ？」

「わかりません！」

「誰なのだ。名前も言わないのだな？」

「はい、強情にて名乗りません」

半左衛門がいうと、勘兵衛が困ったという顔で目を瞑《つむ》った。

「喜平次、あの女の心当たりはないのかッ？」

半左衛門がイラついている。

「あッ……」

喜平次が、お夕から聞いた名前を思い出した。

「どうした。思い出したか？」

「お奉行、あれは八重という女ではないでしょうか？」

「八重？」

「はい、一度、お夕から聞いた名前です」

「よし、お夕はどこにいる？」

半左衛門と喜平次が困った顔でにらみ合った。

「どうした？」

「お奉行、申し訳ございません。ご報告を忘れておりました。お夕はお濘が現れてから、危険だということで愛宕神社裏から移しましてございます」

「うむ、どこに移した？」

「それは……」

「わしに言えないところか？」

「そのようなことではございませんが……」

「喜平次！」

勘兵衛は八丁堀の役宅だと直感した。

「すぐ連れて来い。文左衛門と倉之助が護衛だ！」

三人は急いで部屋を出ると、奉行所の提灯《ちょうちん》を持って飛び出した。

「半左衛門、目を瞑ったのか？」

「はい、申し訳ございません」

「若いからな。お夕は幾つだ？」

「十五、六と聞いております」

「そうか、仕方ないか？」

「はい、若い者と風上の火は油断ならずと申しますので……」

「そうだな……」

「恐れ入ります」

「大丈夫なのか？」

「はい、今のところはまだ……」

「そうか、気をつけろよ」

「はッ！」

勘兵衛と半左衛門だけがわかる会話だ。喜与と志乃が時々顔を見合わせる。

「お奉行さま、一つお聞きしてよろしいでしょうか？」

「はッ！」

珍しくお志乃が勘兵衛に改まって聞く。

「なんだ？」

「お夕さんはどこにいるのですか？」

「それはだな、半左衛門しか知らないところだ。宇三郎も知っているかもしれないな。二人とも口が堅いぞ。聞いてみろ……」

「はい、宇三郎さま、教えて下さい！」

「わしは、知らぬ……」

「お志乃さま、このことは武士の沽券《こけん》にかかわりますのでご勘弁を願います」

「沽券ですか、わかりました」

武士の沽券と言われてはそれ以上聞けない。すると、傍の喜与がお志乃の耳にささやいた。それは大いなる勘違いだった。

「お夕は半左衛門殿の役宅にいるのですよ」

他の誰にも聞こえなかったが「まあッ……」と、お志乃が半左衛門をにらんだ。明らかに怒っている。

二人は半左衛門がいい年して十五、六歳の娘に手を出したと思っていた。半左衛門は喜与とお志乃の信用をすっかり無くしてしまった。

第十章　お澪の愛

半刻ほどで、お夕を連れた文左衛門、倉之助、喜平次が奉行所に戻ってきた。

砂利敷きで半左衛門がお夕と会った。

「お夕、喜平次から聞いたな？」

「はい……」

「喜平次は八重という女ではないかという。これから見てもらうが、取り調べ中なので、むごいと思うかもしれないが、驚かずに顔を見てもらいたい」

「はい……」

怖がりのお夕はもうびくびくしている。

「女を牢《ろう》から出せ！」

「お夕、こっちだ……」

喜平次がお夕を女牢の前に連れて行った。そこに牢番が八重を引きずり出した。

「お八重さん……」

お夕が両手で口を覆って喜平次の後ろに隠れた。それが聞こえたのか八重がお夕をにらんだ。

「怖い……」

「大丈夫だ」

「女を牢に戻せッ！」

お澪ではなく八重だと確定した。

お夕と喜平次は、八丁堀の役宅に帰る与力と同心に守られて奉行所を出た。

その頃、宇三郎とお志乃は少しもめていた。

「本当にご存じないのですか？」

「何が？」

「お夕さんのことです。奥方さまは長野さまが手をつけられたとか？」

「そんなことはない」

「そう、ご存じなんですね？」

「知らん……」

「奥方さまが嘘《うそ》を？」

「そんなことを詮索するもんじゃない」

「だって……」

「いいから寝なさい」

「眠れそうにないもの……」

「そうか……」

この夫婦は若いのにあっさりしたものだ。宇三郎はすぐ寝息を漏らして寝てしまった。お志乃は置き去りにされた。

翌日、事件が起きた。

お澪がまだ捕まっていないことが、お夕の証言で昨夜わかった。

そのため、お澪の探索が継続された。

早朝から喜平次は愛宕神社の前にいた。三五郎とお駒と幾松が集まることになっている。

茶屋はまだ開いていない。

店の前の縁台に喜平次が腰を下ろした。

その喜平次の前にお澪が立った。相変わらず妖艶で美しい。

「お澪……」

「お夕はどこなの？」

「八丁堀の役宅だ」

「やはり、そういうこと、二人はできているんだね？」

「そんなことはない」

「兄上の次はあたしを捕まえるの？」

「兄上とは、黒木左内のことか？」

「そうよ……」

「そうだったのか？」

喜平次が縁台から立とうとした瞬間、お澪から目が離れて隙ができた。そこをお澪は見逃さなかった。

立ち上がった喜平次の腹にお澪の匕首《あいくち》が突き刺さった。

「お澪……」

「死んでおくれ……」

喜平次はお澪の着物の襟《えり》をつかむと脇差を抜いた。お澪を抱くように首に手を回し、お澪の胸に深々と脇差を突き刺した。

「一緒だ……」

「金之助、もう一度……」

お澪が道端に転がった。その上に喜平次が倒れ込んだ。

「金之助……」

「お澪……」

「好き……」

お澪が心臓を一突きにされ、こと切れた。お澪は喜平次の名を知らなかったのだ。そこに三五郎が駆けつけてきた。

「旦那ッ！」

茶屋の女も走ってきた。

「茶屋に運ぶッ、店を開けて医者を呼んで来てくれ！」

「藪《やぶ》しかいないけど？」

「藪でも誰でもいいッ、何人でも呼んで来いッ！」

三五郎が叫んでいるところにお駒と幾松が走ってきた。

「旦那ッ！」

喜平次が茶屋に運び込まれた。

「ここから動かしちゃ駄目だ。幾松さんッ、奉行所ッ！」

「おうッ、がってんだッ！」

幾松が韋駄天《いだてん》走りで呉服橋《ごふくばし》御門内の北町奉行所に走った。

「血止めだ！」

お駒は着物を脱ぐと長襦袢《じゆばん》を切り裂いて、喜平次の腹にグルグル巻きにした。

四半刻もしないで、茶屋の女が知らせた医者が次々と走ってきた。

「どれどれ、だいぶ出血したな？」

「この匕首で刺されましたから、深手かと……」

「まるで槍傷《やりきず》のようだ」

「この方は北町奉行所のお役人です！」

「お役人？」

三人の医者が集まってきて治療の相談だ。

「早くしてくんなッ、旦那が死んじまうじゃねえかッ！」

三五郎が医者を叱る。

茶屋の前にはお澪の遺体が転がっていた。野次馬が集まり出している。半刻もしないで、馬に乗った宇三郎と半左衛門が駆けつけた。

その後から倉田甚四郎、赤松左京之助、村上金之助、大場雪之丞らが、捕り方二十人ばかりを連れて駆けつけた。

喜平次は瀕死《ひんし》の重傷で意識がない。

「これがお濘か、確かに奇麗な女だな。美女葛《かずら》とはよく言ったものだ。奉行所に運べ……」

問題は喜平次をどうするかだ。

医師と与力が集まって相談した。医師は絶対安静だと言う。今日明日が山場だろうとも言う。

誰が見ても意識のない喜平次は危険だとわかる。

昼過ぎ、江戸城から戻った勘兵衛は、喜平次が愛宕神社でお濘に刺されたと聞いて驚いた。

「喜平次の命は？」

「深手ですが生きております！」

「お濘は？」

「死んだようです……」

「刺し違えたのか？」

「そのようです！」

「よし、愛宕神社へいこう！」

「畏《かしこ》まりました！」

「喜平次の母親とお夕を愛宕神社に連れて来い！」

喜与とお志乃が心配そうだ。

ついさっき下城したばかりの馬を支度させると、藤九郎と文左衛門の三騎で奉行所から飛び出した。

勘兵衛の命令で同心たちが、八丁堀に喜平次の母お近とお夕を呼びに走った。

馬を早足にして三騎は急いだ。

城下を駆け抜けることはしない。それでも四半刻もしないで愛宕神社に着いた。茶屋の外に野次馬が集まっている。

「お奉行！」

店の前にいた赤松左京之助が、野次馬を分けて道を開けた。勘兵衛が馬から降りた。

「左京之助、喜平次はどうだ？」

「意識がなく、あまりよくありません」

「そうか……」

勘兵衛が茶屋に入った。狭い茶屋の中に与力同心たちが詰まっている。

「お奉行……」

半左衛門が場所を開けた。血の気のない喜平次が、縁台に寝かされていた。

「これでは動かせないな？」

「はい、安静だそうにございます」

「喜平次の母親とお夕を呼びに行かせた」

「恐れ入ります」

「医師たちに気を配ってやれ……」

「はい……」

「この近くにお夕の家があると言ったな？」

「この愛宕神社の裏になります」

「うむ、知らせたのか？」

「まだでございます」

「茶屋の主は？」

半左衛門が茶屋の女を手招きで呼んだ。

「お奉行さまだ……」

「金《きん》と申します」

「お金、喜平次が世話になっていたようだな？」

「いいえ、とんでもないことで……」

「この度は迷惑をかけるがお上のご用だ」

「はい、心得ております」

「怪我《けが》人は数日動かせないようだから厄介になる」

「厄介だなんてとんでもねえ……」

勘兵衛が茶屋の外に出ると、三五郎がその足元にうずくまった。

「お奉行さま、申し訳ねえ、もう少し早く駆けつけていればこんなことには……」

三五郎は泣いていた。

「三五郎、お上のご用にはこういうことが起きる。お前の責任ではない。油断するな！」

「はい！」

「幾松もわかるな？」

「はい！」

「ご苦労だった。これで真葛は終わりだ」

勘兵衛は馬に乗ると、藤九郎と文左衛門を連れて奉行所に戻った。既に、お澪の遺体が奉行所に運ばれ、砂利敷に置かれていた。

そのお澪と勘兵衛が対面した。

何んと美しい死顔なんだと思った。まさに美女葛だ。この女は盗賊ではないのではと思った。それほど美しい顔だが、実はお澪も手引きなどを手伝っている。

「藤九郎、文左衛門、こんなに美しい女を見たことがあるか？」

「いいえ、ございません。生きているようです」

「この女は盗賊ではないような気がする」

「はい……」

「喜平次を本気で好きだったのかもしれないぞ」

「はい、役人とわかって姿を消した……」

「そうかもしれんな」

その頃、愛宕神社の茶屋にはお近、お夕、お夕の母おうね、兄の梅吉たちが集まっていた。

宇三郎と半左衛門は、倉田甚四郎、赤松左京之助、村上金之助、大場雪之丞らに、警備を厳重にするよう命じて奉行所に戻った。

その夕刻、黒木左内、文七、八重の三人が砂利敷に引き出された。

勘兵衛が半左衛門を連れて公事場に出た。

左内がチラッと勘兵衛を見上げた。

「黒木左内、そなたを武家としては扱わない。そう心得ろ。返事をしたくなければしなくてもいい。だが、文七と八重の強情さが何をもたらしたか見せてやる。筵《むしろ》を取れ！」

砂利敷の隅《すみ》に置かれたお澪の遺体の筵がはぎとられた。

「これが、そなたらのやった結果だ。見てみろ！」

「お澪ッ！」

「お澪さまッ！」

八重がお澪の遺体に這《は》って行った。

「お澪さまッ！」

「左内、これがうぬのしでかしたことだ。愚か者！」

お澪の遺体にすがって八重が悶《もだ》え泣いている。

「今朝早く、愛宕神社の茶屋でわしの配下が休んでいた。そこにお濘が現れて匕首で刺した。それをわしの配下が脇差で刺し返した。そこでお濘は絶命したのだ。昨日、文七と八重のいずれかが白状していれば、このようなことにはならなかったと思う」

文七が砂利敷を叩《たた》いてくやしがった。

「もう遅いのだぞ文七。ところで左内に聞きたいのだが、わしはさっき初めてお濘と会った。その時、お濘はわしに悪いことはしていないと訴えた。わしはそれを信じたい。どうなのだ左内？」

左内はうつむいて泣いていた。

「仰せの通りにございます……」

左内は妹のお濘に罪はないと思っている。

「なんということだ」

お濘は一味だが盗みに手を下したことはなく、ほとんど行動を共にしなかった。八重が時々つなぎを取っていたのだ。

「八重、こっちにきてお濘のことを話してくれぬか？」

勘兵衛がそういうと八重が這ってきた。代わりに文七がお濘の傍《そば》に這って行った。

「お澪はわしの配下を好きだったのではないか？」

八重が勘兵衛の顔を見上げてから小さくうなずいた。

「やはり、そうであったか。その名を知っているか……」

「金之助さま……」

消えるような小さな声だ。

それを聞いていた半左衛門がうつむいた。喜平次が名乗った偽名だ。なんとも不憫《ふびん》だ。

「お奉行さま、お澪が刺した金之助さまのお命は？」

左内が顔を上げて勘兵衛に聞いた。

「お澪が愛した金之助は一緒に死んだ」

「そうですか……」

「お澪が寂しがっている。そなたらも行け……」

「はい……」

ここに真葛の事件が終わった。左内とお澪が双子だったことや、数々の仕事をすべて白状し、三人は処刑された。

第十一章　大盗《たいとう》参上

お濤に刺され、生死の境をさまよった喜平次が、運よく命を取り留め十日ほど経って、戸板に乗せられてお夕の家に運ばれていった。

若いということは生きる力があるということでもある。

喜平次はその若さで命を拾った。

お夕に愛されたからかもしれない。

その頃、浅草のえびす屋を皆殺しにした、疎雨《そう》を追っていた小栗七兵衛と黒川六之助が、定吉が聞いた首の瘤《こぶ》を手掛かりに、足跡を捕らえた。

要蔵一味は、三百五十両では満足せず、次の獲物を狙って江戸の近くに潜んでいた。

「どうする六之助殿、二人で斬り込むか？」

「いや、中には八人はいる。二人では危ない……」

「よし、奉行所に走る！」

七兵衛が援軍を呼びに奉行所に戻ることにした。二人は大川《おおかわ》の鐘《かね》ケ淵《ふち》の川漁師の舟の中にいた。

「あの親父《おやじ》の舟で日本橋まで行けば近いぞ」

「よし、行ってくる……」

半町ほど川下に、漁に出ようとする川舟がいた。そこに七兵衛が走って行った。

「親父ッ、北町奉行所の者だ。呉服橋御門に近いところまで行ってくれ！」

「お役人さまで？」

「そうだ。これから盗賊を捕らえる援軍を迎えに行く、急いでくれ！」

「そりゃ大変だ。乗ってくだせい。四半刻もかかりませんから！」

漁師は七兵衛を乗せると、流れに舟を押し出した。

「お役人さま、その悪い奴《やっ》はこの辺にいるんで？」

「そうだ。浅草の金貸しを皆殺しにした悪党だ」

「皆殺し？」

「六人殺しやがった」

「それ、聞きました。その悪党ですか、必ず捕まえて下せい……」

「うむ、急いでくれ！」

「へい！」

「日が暮れるまで一刻半ぐらいか？」

「それぐらいでしょう」

舟は意外に速く、四半刻もかからず、千歳《ちとせ》の渡しのあたりで七兵衛は陸に上がった。

「この舟に何人乗れる？」

「いいとこ三、四人で、それ以上乗ると遅くなりますんで……」

「舟を探せるか？」

「へい、集めておきやす！」

「頼む！」

七兵衛が奉行所に走った。奉行所から舟に乗る組と浅草の先、鐘ケ淵まで走る組と二つに分かれた。七兵衛は十五人ほど率いて舟に走った。

大川には六艘《そう》の川舟が集まっていた。

「二、三人ずつ分乗しろ！」

舟が一斉に大川を上り始めた。陸と川からの競争になった。

白鬚《しらひげ》の渡しで、陸と川からの援軍が一緒になって、鐘ケ淵の六之助の舟を目指した。まだ日暮れには半刻ほどの余裕がある。

川岸に集まった奉行所の捕り方に、疎雨の一味が気づいた。

「急げッ！」

「役人だッ！」

「取り囲めッ！」

「逃がすなッ！」

逃げようとする盗賊一味に、逃がすまいと三十人余りの与力、同心、捕り方が襲い掛かった。

「要蔵ッ！」

六之助が逃げようとする要蔵を追った。一味は十人だった。

「雪之丞ッ、回り込めッ！」

要蔵を六之助と雪之丞が挟み撃ちにした。

「殺すなッ、こいつらは磔《はりつけ》だッ！」

あちこちで戦いになり、次々と捕らえられた。凄腕《すごうで》という浪人が一人いた。その浪人には林倉之助が向かって行った。小野派一刀流の剣客だ。

「斬り捨てろ！」

与力の石田彦兵衛《いしだひこべえ》が倉之助に命じた。

噂《うわさ》通り浪人は凄腕だが、所詮、人殺し剣法だ。凄《すさ》まじい殺気だが、倉之助の一刀流の相手ではなかった。

下段に構える妙な構えだが、人を殺したい邪剣だ。袈裟《けさ》に斬り上げてきた刀を押さえ、巻き上げるように弾くと同時に、倉之助の刀が浪人の左首を斬っていた。

一気に血が噴き出して刀を握ったまま、倒木のように横倒しに転がった。

「お見事！」

石田彦兵衛が褒《ほ》めた。

倉之助の剣には、何《な》んとも言えない美しさがある。

剣には品格というものがあるというが、倉之助の剣は稽古で磨き抜かれた上質な品があった。騒いだり狼狽《うろた》えたりしない信念の剣だ。

自らの力を信じて、どんな相手にも恐れず立ち向かっていく。いとも簡単に浪人を倒したように見えるが、倒された浪人の腕も相当なものだ。人殺しの邪剣でも油断すればやられる。

　疎雨一味はこの夜、一仕事して宇都宮に逃げようとしていた。間一髪、七兵衛と六之助の執念が実った。

　この年、四月十七日に家康が亡くなったが、その家康に生涯愛されなかった男、六男の松平忠輝《ただてる》二十五歳が、兄の将軍秀忠から改易、流罪を言い渡される。

　その理由は色々語られた。

　大阪城夏の陣に遅参したこと、それは忠輝自身がキリスト教に近く、妻の五郎《いろ》八姫《はひめ》がキリシタンであり、大阪城には多くのキリシタンが籠城していたため、戦いたくないのだろうと見られたこと。

　家康の言うことを日頃から聞かずに舟遊びに興じたこと。

　官位をもらっても生涯上総介《かずさのすけ》を名乗り、家康が業績を消そうとしていた信長を尊敬していたのではないかと疑われたこと。

　五郎八姫は伊達政宗《だてまさむね》の娘で、忠輝の家老が大久保長安《おおくぼながやす》だったことから、この二人に非常に近いと思われたことなどなどだ。

　秀忠にしてみれば、この年幕府は、イギリス、オランダの船を、平戸《ひらど》と長崎《ながさき》の二港にのみ入港を認める政策を取っているのに、忠輝は広く世界との交易を考えていたり、危険でとても放置できない弟だった。

忠輝が家康に愛されなかった理由も様々ささやかれた。母の身分が低かったからとか、生まれた時から容貌が怪異とか、家康が忠輝は長男信康《のぶやす》に顔が似ていると言ったとかである。

確かに、家康の臨終《りんじゆう》に当たって、他の兄弟は枕元に呼ばれたが、忠輝は駿府まで来ていたが呼ばれず、家康との最期の別れが許されなかった。

だがこの時、忠輝は家康から名笛《めいてき》、野風《のかぜ》の笛《ふえ》を賜ったという。

七月六日に秀忠から流罪を言いつけられると、忠輝は切腹を望んだが許されずに、伊勢《いせ》の朝熊《あさま》に配流となり、元和四年（一六一八）三月五日になって、正式に飛驒高山《ひだたかやま》の金森重頼《かなもりしげより》に預けられた。

この後、松平忠輝は寛永三年（一六二六）四月二十四日に、諏訪頼水《すわよりみず》に預け替えになり、九十二歳で死去する。この忠輝は三百年後「昭和五十九年」に徳川宗家から赦免《しやめん》される。

流罪になり、九十二歳で死去するまでの五十数年の間、諏訪高島城《たかしまじよう》の南の丸に幽閉された忠輝は何を思ってなのか、家康からもらった野風の笛をいつも吹いていたという。

父親に愛されなかった男の、切なくも悲しい笛の音である。

この年、十三歳になった竹千代は元服が予定されていたが、家康が亡くなったことで日延べが決まった。

家康は生きている時に貿易港の制限はしなかったが、秀忠は、家康が亡くなると何を恐れているのか、いきなり貿易港を平戸と長崎に限定する。

この二港制限令はキリスト教禁令と表裏であった。この後、キリスト教に対する幕府の大弾圧が始まるが、宗教は弾圧すればするほど強烈になる。

キリスト教には特に殉教《じゅんきょう》という思想があり、幕府がキリシタンを殺せば殺すほど、西欧から殉教を望む宣教師や修道士が、「日本を救え！」を合言葉に、続々と密入国することになる。

幕府の思惑とは逆になり、踏み絵などで取り締まりがより厳しくなると、キリシタンは追い詰められ、島嶼《とうしょ》に潜伏する。

元和二年（一六一六）の二港制限令は、元和九年（一六二三）のイギリスとの断交、寛永元年（一六二四）のスペインとの断交、寛永十年（一六三三）の鎖国令、寛永十二年（一六三五）の出入国禁止令、寛永十四年（一六三七）の島原《しまばら》の乱、寛永十六年（一六三九）のポルトガルの追放とつながっていく。

オランダは出島《でじま》に押し込め、中国は長崎のみでの交易となる。二百年後の文政《ぶんせい》八年（一八二五）に外国船打払令が出され、幕末の攘夷《じょうい》思想につながっていく。

キリスト教が日本でうまくいかなかったのは、ガスパール・コエリョという野心家の宣教師が、日本を植民地にして、日本のキリシタン大名の兵力で、鎖国していた明《みん》をも奪おうとしたことにある。

コエリョはフスタ船に、当時日本になかった大砲を積んで、九州平定を終えた秀吉が博多《はかた》にいる時、その目の前で大砲をぶっ放して威嚇《いかく》した。慌てたキリシタン大名の高山右近《たかやまうこん》と小西行長《こにしゆきなが》が飛んで行って、コエリョに船と大砲を秀吉に献上するよう説得したが聞き入れず、フィリッピンまで来ている艦隊を日本に呼ぶと脅した。

フランシスコ・ザビエルが苦労して見つけた、適応主義という日本独特の布教方法を理解できない愚か者だった。ザビエルは日本人の聡明さに気づき、西欧の文化を押し付けては受け入れられない。日本の文化に適応する布教をするべきだと考えた。

だが、コエリョたち一部の宣教師は、日本人は劣等民族だから、西欧の文化を教えなければならないという立場を取った。

　この頃、日本人を奴隷としてマカオやインドや西欧に売る風習があり、それが秀吉の耳に入ってコエリョは呼び出され、秀吉に叱責《しっせき》された。

怒った秀吉がバテレン追放令を発する。それを家康は、秀吉の傍にいて子細に見ていたのだ。バテレンに対する不信感が家康にも生まれた。

　コエリョの単純で愚かな野望が実現する余地はまったくない。

　これにインドのゴアにいたヴァリニャーノが気づいて、日本の布教責任者からコエリョを罷免《ひめん》するが、時すでに遅かった。

　日本の二人の権力者に、植民地主義の正体を見抜かれ、三百年にわたって徹底的に弾圧されてしまう。

　その殉教者は数知れずである。

　島原の乱ではキリシタンが皆殺しにされた。その中に時蔵一味の小雪も左近もいた。

　日本が本格的にキリスト教に牙をむいたのは、この二港制限令からだったと言えなくもない。国益を度外視してキリスト教に宣戦布告したのだ。

　それには天海僧正や金地院崇伝《こんちいんすうでん》のような仏教僧の影響もあったと思われる。

一気に鎖国へ向かうことになった。

この元和二年は家康の死だけでなく、本能寺の変の天正十年と同じように、日本にとって重大な曲がり角の年だったといえるだろう。

元和三年（一六一七）の年が明けると、喜与の腹が膨《ふく》れ上がり反り返って歩くようになっていた。

「喜与、そうなんでも自分でせずに、志乃や登勢や滝がいるではないか？」

心配な勘兵衛が口出しをする。

「そうしたいのですが、動かないと難産になりそうです」

「そうなのか？」

「じっとしていると、腹の中で子が育ち過ぎるというのですもの……」

「そりゃ困るな……」

「ええ、それで動いているのです」

「もう、充分に育っているのではないか？」

「そうかしら、もうすぐ臨月ですからそうかもしれません」

立て続けに三度目のお産になる喜与はもう慣れたもので、驚きもしなければばじたばたもしない。

生まれる時が来れば生まれるのだからと鷹揚《おうよう》だ。

その分、お志乃やお登勢やお滝が気を遣っている。

いつも、お産ぎりぎりまで勘兵衛の傍にいたい喜与を、周囲が心配してしまう。

正月は、前年の家康の死去もあって、江戸城は静かな新年を迎えていた。

家康が作った幕府は組織的には不充分ながら、二代目将軍秀忠がやっていける基盤はできていた。

家康が伏見城や駿府城にいて、江戸城を将軍秀忠に任せたことが、土井利勝のような人材が集まり大きな自信になっていた。

「宇三郎、溜池の軍大夫と相談して、喜与に万一のことがないようにいたせ！」

「はい、承知いたしました」

喜与が溜池の屋敷に帰る時は、いつも内与力の宇三郎が駕籠《かご》についてお供する。

そんな、喜与がもうすぐ臨月に入る。

一月も終わる頃、笠《かさ》をかぶった老人が北からの寒い風に逆らい、片手で笠を押さえながら六郷橋を渡ってくる。

それを三五郎は小春の甘酒屋から見ていた。

茶店の前で立ち止まり、「こう寒い日は甘酒はいいな……」と言って縁台に腰を下ろした。

「いらっしゃい……」

小春の明るい声だ。

「甘酒をくださいな……」

「ありがとうございます」

老人が笠を取った。白い髪はようやく髷《まげ》を結んでいるほど少ない。

「親父さん、江戸は笠が駄目だから……」

三五郎が声をかけた。

「おう、そうでしたな、品川宿からですかい？」

「そういうことだな……」

「こういう風が吹くと、春もそう遠くはないようです」

「そうですか？」

「ええ、もうひと月もしないで、風向きが南に変わるもんです」

「なるほど……」

「お待ちどおさま……」

小春が甘酒茶碗《ぢゃわん》を老人に渡した。

「これは温かい、生き返ります。有り難い……」

寒風でかじかんだ手を温めてから、フーッと湯気を吹き飛ばして少し甘酒をなめた。

「ああ、これはいい、美味《うま》いなあ……」

「親父さんはどちらからおいでだね？」

「うむ、大山《おおやま》だ」

「そうですかい。大山辺りは雪ですか？」

「いや、もう正月も終わりだから降らないな……」

「春になると大山詣《まい》りで？」

「うむ、ぼちぼちだな」

大山阿夫利《あふり》神社は古くから雨乞《あまご》いのお山とされ、五穀豊穣《ごこくほうじょう》と商売繁盛の神さまとして、武蔵一円の信仰を集めて参拝者が絶えなかった。

それが江戸中期に、江戸の人口が百万人を超えると、そのうち二十万人が大山詣りに向かったというから大人気だった。

「大山詣りに行きたいがねえ……」

「おいでなさい。商売繁盛、家内安全は大山阿夫利神社に限りますよ……」

「そうですか?」

「箱根よりこっちじゃ一番だね……」

「お前さん、行きたいね?」

小春が言う。小さい時から大山詣りは夢だった。

「ああ……」

そうは言うが三五郎には、お奉行所のご用聞きの仕事がある。いつ事件が起きるかわからない。その時、留守にしていてはお奉行に申し訳ないと三五郎は思う。

三五郎にとってはお奉行こそ神さまのようなものだ。

「さて、品川宿で泊まりましょうかね……」

「親父さん、品川で泊まるなら寿々屋に行きな。汚い旅籠《はたご》だが三五郎に聞いたと言っておくんなさい……」

「寿々屋に三五郎さんだね。ありがとうございます」

老人は笠をかぶろうとしたが、気づいて背中に背負い紐《ひも》を首で結んだ。

「気をつけて……」

「帰りにも寄らしてもらいます」

ニッと笑顔で言うと、縁台から立ち上がった。

この穏やかそうな老人は、柏尾《かしお》の佐平次《さへいじ》という大盗《たいとう》だった。

柏尾というのは東海道戸塚宿《とつかじゅく》の手前で、江戸から大山詣りに向かった参拝者が、大山道に入る追分《おいわけ》の名前が柏尾だった。

それで佐平次は大山から来たと言ったのだ。

夕暮れに品川宿に入り寿々屋を探していると、女が袖《そで》を引いた。

「お泊まりよ？」

「おう、寿々屋さんに泊まるんだ。御免なさい」

「どこ見てんのさ、ここが寿々屋だよお爺《じい》さん。誰に聞いてきたの？」

「そうか、ここか、なるほど……」

「橋のたもとの甘酒茶店でしょ？」

「よくわかるね」

「三五郎さん、それとも小春ちゃん？」

「三五郎さんだ……」

「そう、時々紹介してくれるんだ」

「そうかい……」

「お芳《よし》ッ、お客さんかい？」

寿々屋の親父が顔を出した。

「三五郎さんから聞いてこられたお客さま……」

「あの野郎、またか、ありがていじゃないか、どうぞ、お客さま……」

いつも三五郎の悪態を言う親父が、ニコニコと佐平次を店の中に招き入れた。

「あの野郎はあっしの息子のようなもんでして……」

調子のいい親父だ。

「お芳、二階の奥に案内して……」

「はい……」

佐平次は足をすすいで二階に上がった。

「お芳さん、今夜、空いているかね？」

「えッ……」

「違う、違う、そっちの方じゃねえ、一人で飲む酒はあじけないで相手を頼みたいんだ」

「驚いた。あっちの方でもいいんですよ?」

お芳が佐平次に色目を流した。

「ありがとう、できたらいいんだがね。残念……」

「そんなことないよ。まだ若いんだからちゃんとしてあげるから……」

「お芳さんはやさしいね、ありがとう……」

佐平次が一両小判を出してお芳に握らせた。お芳は目をむいて驚いている。

「内緒、いいかい、内緒だよ?」

「うん、頑張るから……」

「じゃ、夕餉《ゆうげ》の膳《ぜん》に酒を頼む」

「あのさ、酒はやめておいた方がいいんじゃない?」

「勢いがつかないよ」

「駄目よ、ほら、あっちが?」

「後で、寝酒?」

「そうか、それならいいか、頑張る……」

ニッと色気でほほ笑み、小判を帯に挟んでお芳が出て行った。

「いい娘さんだ。江戸は違う……」

佐平次はもう何年も女の肌に触れていないが、色っぽいお芳に誘惑されて、久しぶりにその気になった。旅に出ると、こういうことがあるからおもしろい。

ところが、お芳が運んできた夕餉の膳に酒が一本ついている。

「これ……」

「親父さんが三五郎さんの紹介だからって……」

「そうか、三五郎さんの……」

「でも、飲んじゃだめだよ、後で……」

「折角《せっかく》だ。一口ならいいだろう。景気づけに？」

「一口？」

「うん……」

酒好きの佐平次はもう盃《さかずき》を持っている。お芳が「一口だけだよ、駄目になっちゃうんだから……」と渋い顔で酌をする。

「お芳さんはいい女だ……」

クイッと美味《うま》そうに盃を空にした。じっとお芳を見る。

「実にいい女だ……」

「もう一杯だけだから……」

困った顔で酌をする。それをクイッと飲んだ。

「こんない女を抱けると思うと武者震いするね。うん……」

お芳はうれしいのだが怒っている。

「お芳さんも一杯、お流れ……」

「そうお……」

お芳も酒はまんざらでもない。佐平次の盃をもらうとクイッとやった。こうなるとあっという間に二合徳利《とっくり》が空になった。

「もう知らないんだから……」

「そう言わないでおくれよ。後でまた飲もう……」

その夜、佐平次とお芳は七転八倒、お芳は何《な》んとかしようとするが、佐平次はどうにもならない。お芳は寒いのに素っ裸になって頑張る。

一両の仕事はたいへんだ。

佐平次もお芳を抱いて踏ん張るが、駄目なものは駄目だ。

「お芳さん……」

「なに？」

「もうよそう……」

くんずほぐれつの戦いだが駄目だった。

お芳は律義に何んとかしようと思っている。だが、一刻近く、くんずほぐれつの戦いだが駄目だった。

二人が疲れ切って、酒を飲む気力もなくなって寝てしまった。

ところが、暗いうちに目を覚ました佐平次が、何を思ってかお芳に覆いかぶさっていった。

「どうしたの？」

驚いたお芳が目を覚ました。

「あッ、こんなに……」

いきなりお芳と佐平次の二度目の戦いが始まった。夜討ち朝駆けという。

四半刻もしないで、二人の願いが見事に成就した。

「極楽だあ。大山の阿夫利さまのお陰だあ……」

そういうと、佐平次は命が尽きたように薄い褥《しとね》に転がった。

「よく頑張ったね。よかった、よかった……」

お芳が佐平次の口を吸った。なんとも優しい女だ。

第十二章　福の神

柏尾の佐平次が次に姿を現したのが、浅草の大川端の鮎吉《あゆきち》の屋敷だった。

「風の便りに鮎吉さんが亡くなったとお聞きして、香でもあげさせていただこうかと立ち寄ったのですが？」

「どちらさまでございましょう？」

若い衆が丁寧《ていねい》に聞いた。

「鮎吉さんの兄弟分で佐平次と言います。あっしを知っておられる、お朝《あさ》さんか定吉かお昌《まさ》さんの誰かいませんかねえ？」

お朝は初代鮎吉の亡くなった妻である。

「あッ、失礼をしました。どうぞ！」

「そうかい、御免なさいよ……」

若い衆が慌てて佐平次を座敷に案内した。そこに、すぐ正蔵と小梢《こずえ》と叔母のお昌、定吉の四人が現れた。

「定吉か……」

「親方……」

定吉が驚いた。正蔵が佐平次の前に座った。

「二代目鮎吉の正蔵にございます」

頭を下げて正蔵が挨拶する。

「二代目？」

「はい、小梢の亭主にございます」

「それはおめでとうございます。小梢さんにお昌さん」

「お懐かしゅうございます」

定吉が佐平次に頭を下げた。

「お元気そうで……」

お昌が涙ぐんだ。

「柏尾の叔父さま？」

「覚えておられましたか、小梢さんのお守《も》りをした柏尾の佐平次です。立派な奥さまになられましたな。二代目、わしは大山詣りの追分、柏尾の佐平次といいまして、先代の兄弟分でした。遅くなりました……」

「戸塚から？」

「はい、江戸に出てくるのも難儀になりました」

「遠いところを恐れ入ります。何日でも逗留《とうりゅう》して下さい。先代も喜ばれます」

「いや、そうゆっくりもしていられないので……」

「仕事ですか？」

「いや、そっちの方はもう堅気《かたぎ》なのだが……」

「何か力になれることでもあれば、この正蔵が何んでもしますので……」

「ありがとう……」

「柏尾の叔父貴、遠慮なく？」

「定吉、みんな達者か？」

「お陰さまで……」

「そうか、お昌さんの顔が見られて、こんなうれしいことはない。それじゃ先代に挨拶して帰りましょう」

ニコニコと小梢とお昌に案内されて仏間に入った。

「定吉、若いので腕の立つのを五、六人、急げッ、匕首《あいくち》を持たせろ！」

「へい！」

正蔵は定吉に支度を命じる。にこやかな佐平次の言葉から殺気を感じていた。

他に何か用向きがあって江戸に出てきたのだと感じ取った。

懐に匕首があることにも気づいた。

定吉に指図して、正蔵が遅れて仏間に入ると、香の匂いが漂っている。

「二代目、うれしいね。先代の願いをよく聞いて下すった。わしからも礼をいいます。配下が百人を超えているそうで？」

「お陰さまで商売の方もうまくいっています」

「何よりだ……」

満足そうに佐平次が何度もうなずいた。

「小梢さんとお昌さんにまた会いたいが、もう江戸に出てくるのは無理なようだ。先代にもお別れをした。達者で暮らしておくんなさいよ」

「叔父さま……」

「小梢、今度、大山詣りに行っておいで……」

「二代目……」

「もう少し、暖かくなりましたら、伺わせますのでよろしくお願いいたします」

「うれしいねえ、二代目に感謝だ……」

「春には必ず行きますから、叔父さま……」

「楽しみに待っています……」

自分の娘であるかのようにうれしそうだ。

佐平次は二代目鮎吉一家に見送られて浅草寺《せんそうじ》に向かい、お参りを済ませると南に道を取った。

「行くぞ！」

正蔵は、定吉と腕っぷし自慢の五人を率いて佐平次を追った。

「気づかれないように追え！」

佐平次に顔の知られていない五人が、佐平次の後ろから通行人を装《よそお》って追った。正蔵と定吉は半町ほど離れている。

「品川宿に向かうのでは？」

「いや、そうは思えない。これを真っ直《す》ぐ行くと日本橋だが、どこかに必ず用向きがあるはずだ」

「そうですか？」

「先代に別れを言いに来たのだよ」

「それでは、死ぬ気で？」

「おそらく、そのつもりのようだ。死なせるわけにいかねえな……」

「へい！」

佐平次は日本橋を渡り南に向かった。

「おい、あそこにいるのは朝比奈の旦那と大場の旦那だ。呼んで来い。このまま南だ。早くしろ！」

「へッ！」

定吉が日本橋の傍まで走った。

佐平次と若い衆の五人は、だいぶ日本橋から行き過ぎている。

日比谷《ひびや》の埋め立て地を過ぎて、増上寺の門前で佐平次の足が止まった。追っていた五人がさっと道端から消えた。

佐平次は増上寺の境内《けいだい》に入って行くと、遊んでいた年かさの女の子を傍に呼んだ。

「お爺さんの用を頼まれてくれないか？」

「いいよ……」

「これは駄賃だ」

「ありがとう……」

女の子の小さな手に銭を十枚ばかり握らせた。

「こんなにいっぱい？」

「うむ、これを、あの林の中の家に届けてもらいたい」

「それだけでいいの？」

「そうだ。それだけでいい。後は、みんなを連れて帰ってくれ……」

「うん、わかった」

女の子は銭を握ってうれしそうに林の中に走って行き、すぐ戻ってくると、子どもたちをまとめて境内から走って行った。

すると、しばらくして林の中から、ゾロゾロと女一人を入れて九人が出てきた。

「死に損ないの爺《じじい》が、お冬《ふゆ》を取り戻しに来たか、色ぼけがッ！」

「弥七《やしち》、藤沢宿《ふじさわじゅく》の皆殺しはお前の仕事だな？」

「ふん、たった二百両だ。けちな仕事だ」

「よくもおれの顔に泥を塗ったな。お前とお冬は生かしちゃおけねえ……」

「うるさい爺だッ。やっちまえ！」

「他の者は手を出すな。弥七とお冬をやるだけだ」

「そうはいかねえぜ……」

一味は佐平次の配下だったが、佐平次が隠居すると、弥七は皆殺しの仕事をするようになった。お冬は佐平次の女だった。

佐平次はこれまで、人を殺すような荒っぽい仕事はしたことがない。

「人殺しの外道《げどう》になり下がったか、馬鹿者が……」

「うるせえッ！」

一味が一斉に懐の匕首を抜いた。弥七とお冬は少し離れて見ている。

「爺一人だ。やっちまえ！」

佐平次が自分の配下だった男たちに取り巻かれた。懐に手を入れ匕首を抜いた。

「辰吉《たつきち》、どけ！」

「お頭《かしら》……」

「そこをどけ、弥七をやる！」

「待て、待てえッ！」

正蔵の配下五人が、境内に飛び込んできた。

「柏尾の親父さん、助《す》けるぜ！」

屈強な男たちの助っ人が匕首を抜くと、一味が狼狽《うろた》えた。

「構わねえッ、やっちまえッ！」

「この野郎ッ！」

五対七の乱闘が始まった。匕首の戦いは傷つけあいだ。体ごとぶつかって刺さない限り致命傷にはならない。佐平次が弥七に迫って行った。

「お前さん、やっちまいなッ！」

「よし！」

弥七が匕首を抜いた。そこに正蔵が駆けてきて佐平次の前に立った。

「柏尾の叔父貴、こいつは任せておくんなせい！」

「二代目！」

正蔵が懐から匕首を抜いた。

「浅草の二代目鮎吉だ！」

「ゲッ、鮎吉……」

「叔父貴に謝る気はないか？」

「うるせいッ！」

「そうか……」

「来やがれッ！」

正蔵と弥七の戦いが始まった。互いに隙を狙って構える。瞬間、弥七の匕首が伸びてきて正蔵の腕をかすった。

「ざまあみやがれッ！」

「それだけか小僧……」

「何ッ！」

「小僧、鮎吉をなめるなよ！」

正蔵がぐいっと間合いを詰めた。弥七の突き出した匕首の腕をつかむと、正蔵が匕首を深々と弥七の腹に突き刺した。

「ゲッ……」

「外道、地獄に堕《お》ちろ……」

正蔵は匕首を背中に飛び出るほど深く刺してぐいっとねじ上げた。弥七が膝から崩れ落ちる。

佐平次は逃げるお冬を追った。

そこに定吉が、朝比奈市兵衛と大場雪之丞を連れて走ってきた。途中で正蔵を見失って探してきたのだ。

境内の血みどろの戦いはほぼ終わっている。

「お冬、お前だけは生かしておけねえ！」

「殺す気ッ！」

「ああ、弥七をそそのかしたのはお前だ」

「違うッ！」

「今さら、泣き言か？」

「死にたくない。お前さん、助けて！」

「駄目だ。覚悟しな……」

するとお冬が後ろの帯から匕首を抜いた。

「嫌なこった！」

「往生際《おうじょうぎわ》の悪い女だ……」

そこに正蔵が近づいてきた。

「叔父貴、そんな女を殺して手を汚すことはないですよ。お役人が来ましたから
……」

「お役人？」

お冬が逃げようとした。その前に定吉が立ち塞がった。

「お冬さん！」

「定吉……」

「姐《ねえ》さん、もういけませんよ……」

「お退《ど》きッ、逃げるんだから！」

「そりゃ駄目だ。二代目鮎吉のお頭が見ておられる。挨拶しなせいよ。もう、弥七さんは死んだんだ……」

「くそッ！」

お冬が定吉に斬りつけた。その手をつかむとねじ挙げて匕首をもぎ取る。その手を後ろで縛り上げた。

「姐さん、申し訳ない。覚悟しておくんなさい。人殺しをしたら逃げられないんだ……」

お冬が林の中から引きずり出された。

境内はどこも血だらけだが、死んだのは、弥七と仲間一人だけで、お冬の他の六人はあちこち斬られて傷だらけだ。

正蔵の配下五人もあちこち怪我《けが》をしている。

匕首と匕首の戦いは非常に難しい。

「佐平次と言ったな？」

「へい……」

「北町奉行所に来てもらうぞ。ご府内《ふない》を騒がせるとは不届千万、神妙にいたせよ」

「恐れ入りましてございます」

「弥七の一味というのは、女を入れて九人だな？」

「はい、間違いございません」

「死んだのが二人、重傷が一人、後は浅手だな？」

「そのようです……」

「正蔵、そなたの配下も怪我をしているな？」

「大したことはないようです……」

「お役人さま、みな浅手のかすり傷でございます！」

定吉が答えた。

「そうか、かすり傷か、それなら正蔵だけを残して帰っていいぞ」

「へい……」

「通りがかりの助っ人ならいいだろう」

朝比奈市兵衛が、正蔵を庇《かば》うようにとぼけたことを言う。すると佐平次が驚いて市兵衛を見る。半刻ほどで奉行所から林倉之助たちが駆けつけて、一味を数珠《じゅず》つなぎにして引き立てた。

冬の陽がだいぶ西に傾いている。

奉行所に着くと佐平次が砂利敷に入れられ、勘兵衛が宇三郎と半左衛門を連れて、公事場に現れて座に就いた。既に、正蔵から話を聞いていた。

お冬とその一味は牢に入れられた。

「柏尾の親父、いい年をして不届きだぞ」

「申し訳ございません。ご厄介をおかけいたします」

「うむ、そなたの一味だったそうだな？」

「はい、すべて、この佐平次の罪にございます。なにとぞ、どのようなお裁きでもよろこんでお受けいたします……」

「うむ、神妙である」

そこに見廻りから戻ってきた三五郎が砂利敷を覗《のぞ》いた。

「あッ！」

三五郎が佐平次を見て驚いた。佐平次も甘酒屋の親父が、どうしてこんなところにいるのだと戸惑っている。

「こら、静かにしろッ、お奉行のお取り調べ中だぞ！」

「甘酒屋……」

半左衛門が叱った。すると三五郎が佐平次の傍に座る。大胆不敵、言語道断だ。

「お奉行さま、この爺さんが何か悪いことを？」

「三五郎ッ、下がれッ！」

半左衛門が立ち上がらんばかりに怒った。

「半左衛門、三五郎を叱るな。そなた、この親父を知っているのか？」

「へい、大山の親父さんで、昨日、甘酒を……」

「そうか、甘酒を飲みに、小春の店に立ち寄ったのだな？」

「はい、そうでございます」

「親父、甘酒屋に、わしの看板が吊《つ》るされているのだが、気づかなかったか？」

「あッ……」

「見たか？」

「あの、お奉行さまご用の……」

「そうだ。あの店はわしのご用を務めているのだ」

勘兵衛が自慢げに、にやりと笑った。

「恐れ入りましてございます」

「三五郎、心配するな。下がって見ておれ……」

「へい……」

「親父、先代鮎吉の兄弟分だそうだな？」

「さようでございます」

「今は隠居か？」

「はい、柏尾で畑などをして暮らしております」

「そうか、大盗も年を取ったな？」

「なんとも、みっともないことで、お迎えを待つばかりにございます。お奉行さまに処分していただければ有難く存じます……」

「親父、お上はお前のような老人が厄介で嫌いなのだ。奉行所も同じだ。もう悪さをする気もないだろうから放免にする。さっさと立ち去れ。三五郎、品川宿から放り出せ！」

「お奉行さま……」

「ありがとうございます。親父さん、いいから行こう……」

勘兵衛が座を立って、奥に引っ込んでしまった。

三五郎に促されて、佐平次が奉行所から出て一緒に品川宿に戻った。

「ありがとうよ三五郎さん……」

「なにが？」

「助けてもらった……」

「おれじゃねえ、お奉行さまだ」

「米津勘兵衛さまか、怖い人だな？」

「わかるか？」

「ああ、あの方はいざとなると容赦しないお方だ……」

「そうなんだ。だが、やさしいお方だ」

「三五郎さんはお手伝いを？」

「うん、ご用聞きをしているんだ」

「ご用聞き？」

「さっき、おれを叱った与力の長野さまの配下だ」

「与力の？」

二人が話しながら品川宿に向かった。もう日が暮れて暗くなり始めている。

「今日も寿々屋に泊まるか？」

「そうだね。お芳さんに荷物を預けているんだ」

「お芳か……」

「いい女だね。久しぶりに昨夜は極楽だった」

「へえッ、きっと親父さんはお芳と相性がいいんだ？」

「そうかもしれないな」

三五郎と佐平次も相性がいいようで話が弾んだ。

寿々屋の前で二人は別れた。

「お帰りなさい」

「ご主人、話があるんだ。部屋まで来てくれるか？」

「ようござんす。夕餉が終わりましたら伺います」

「すまないね」

二階の部屋に行くと、お芳が佐平次の荷物を持って現れた。死ぬ気で江戸に向かった佐平次は、お芳に荷物を預けていた。

「夕餉が済んだら部屋に来てくれ」

「はい……」

佐平次は最後の生き甲斐《がい》をお芳に見つけていた。

七十歳を過ぎて、人の何んたるかがわかった気がする。北町のお奉行からもらった命を縮めても、お芳を愛してみたくなったのだ。

人はなかなか往生できないもののようだ。

夕餉が済むと、寿々屋の主人とお芳が佐平次の部屋に現れた。

「ご主人、話とは他でもない。ここに四十五両ある。これでお芳さんをわしに譲ってもらいたいのだ……」

「四十五両……」

「頼む！」

「か、構わないが、お芳、お前はいいのか？」

「うん……」

「そうか、わかった」

寿々屋の主人が四十五両を懐に入れた。

「好きなようにしてくだせい……」

二人を残して、そそくさと宿の主人が部屋から出て行った。

「お芳さん……」

「もう、お芳でいいんだから……」

「そうか、お芳……」

「四十五両も、どうして？」

「いいんだ。お芳にはもっと出したいが、持ち合わせがなくてね……」

「もう寝ましょう？」

「そだね……」

四十五両を手に入れた親父はおおよろこびだ。

「お芳に貸してある残りは三両だから、四十二両の儲《もう》けだ。三五郎の疫病神めが、福の神に変わりやがった。あの野郎……」

親父は大儲けで上機嫌だ。

第十三章　清太郎《せいたろう》の恋

元和三年（一六一七）二月に入って、喜与が溜池に帰って次女を産んだ。

いつものように、喜与は一ケ月もしないで奉行所に戻って来てしまう。溜池の屋敷には子どもと乳母《うば》が増えるばかりだ。

勘兵衛は喜与の手を握るのをしばらく止めた。

この頃、江戸城では将軍秀忠と本多正純の不仲がささやかれていた。

本多正純は、家康と父親の本多正信が生きていた頃から、将軍秀忠の言いつけを無視したり、気に入らないと横着な態度を取ることがあった。

秀忠は、正信が家康側近の老中であるため、正純の振る舞いに腹が立っても我慢してきた。

今はその二人がいなくなった。

前の年、元和二年の四月十七日に家康が死去すると、その二ケ月後の六月七日に本多正信も、家康の後を追うように亡くなった。七十九歳だった。

その前には岡本大八《おかもとだいはち》事件などがあって、正純の権威は衰えていた。

そこに家康と正信の死である。

その上、秀忠の側近が力をつけ、土井利勝や青山忠俊《あおやまただとし》、酒井忠世《さかいただよ》など、竹千代こと家光の傅役《もりやく》を務めてきた三人が、老中として台頭してきた。

正純の勢いが一気に低下した。

将軍秀忠とは相変わらず不仲だった。このことがやがて、重大な結果をもたらすことになる。

米津勘兵衛は気になっていることがあって、日本橋吉原の庄司甚右衛門を奉行所に呼んだ。それは、吉原の遊女と客の間で起きる心中のことだった。

まだ数は多くないが放置できない。

この遊女との心中問題は、やがて幕府の頭を悩ませることになる。

厄介なのは、男と女の永久相愛を願う考えは、日本独特ともいえる。この世で結ばれないなら、せめて来世《らいせ》で結ばれたいと願うことだ。

仏教の来世思想が蔓延《まんえん》していたからでもある。

それらの心中は遊女だけでなく、身分違いによるもの、金銭によるもの、のっぴきならない事情によるものなど様々だった。

中でも相愛の男女の心中を情死といった。

この心中の厄介なことは、次々と連鎖することがあることだった。やがて、情死は春夏秋冬の季節の変わり目に多くなるとも言われるようになる。

困るのは、情死に同情したり、情死を美化したり、賛美する風潮が生まれていたことだった。

「いいじゃないのさ、この世で結ばれないなら来世でなんて、粋《いき》じゃないか。いじらしいじゃないかね……」

「死ぬほど好きなんだから仕方ないやね。あっしもそんないい女と色死にしてみたいもんだぜ……」

「いいね、いいね、可愛《かわい》いね。なんてったって女はまだ十六だよ。花も恥じらうっていうがいいね……」

粋がってこういうことになる。

「誰かいないかねえ、一緒に死んでくれるいい男は？」

やけになって男を探す女まで出てくる。

人は誰でも一遍や二遍は死にたいなんて思うようで、好きな人に見限られたりすると絶望的になってしまう。

そんな経験があるもんだから、いきなり「いいじゃねえか、好き合っているんだから……」と、無条件で同情するようなことになる。

心中というのは本来「しんちゅう」といい、まことの心、まごころの意味だった。

それがいつしか他人に対して義理立てをすると変わり、心中立《しんじゆうだて》という言葉が生まれ、男女が愛情を守り通す、男女の相愛をいうようになった。

こんな心中が流行するようになる。

だいぶ貫禄が出て少し太った庄司甚右衛門が、勘兵衛に呼ばれて奉行所に現れた。

「お奉行さま、お呼びを頂きまして……」

「うむ、甚右衛門、そなたに聞きたいことがあってな？」

「はい、なんなりと？」

「実は、遊女との情死のことだ」

「はあ、心中というものは厄介なもので、気になっておりました」

「増えているのか？」

「増えているということもありませんが、まったく事件のない時もありますが、年に二、三件というところでしょうか？」

「二、三件か？」

「足抜けに失敗して心中ということもございます……」

この男女の心中事件を押さえ込めず、徐々に増えていき、幕府は厳しい取り締まりをするようになる。

初めは心中という字は「忠」に通じるとして、心中という言葉の使用を禁止、相対死《あいたいじに》と呼ぶようにした。

相対死した男女は不義密通《ふぎみつつう》と同罪扱いで、遺骸《いがい》取り捨てとし、葬儀や埋葬の禁止、一人が生き残った場合は死罪、二人が死にきれずに生き残った場合は身分剝奪《はくだつ》、身分外《みぶんがい》に落とされる。

女同士の場合は、罰則の規定がなく変死扱いとなった。

享保七年（一七二二）には歌舞伎《かぶき》や芝居で心中物を演じることを禁止。寛政年間になると、山東京伝《さんとうきょうでん》など好色物《こうしょくもの》を書いた作者の処罰、書物は焚書《ふんしょ》となる。

幕府は心中の押さえ込みに躍起になるが、遊郭は日本全国に広がり、江戸の吉原、大阪の新町《しんまち》など大きい遊郭では、月に一回ほどの相対死が発生するなど、なかなか押さえ込めるものではなくなる。

「甚右衛門、連泊禁止は厳しく守られているか、こっそり物置などに隠れるようなことはないのか？」

「そのようなことはないと思いますが、決してそのようなことのないように、もう一度、厳しく言いつけます」

遊女たちがおもしろがったり、帰したくないと思えば、こっそりと仲間内で隠すようなことはやりかねない。

「心中事件というものは情死だけでなく、一家心中や無理心中も二回、三回と続くものだ。気をつけてもらいたい」

「畏《かしこ》まりました」

「情死は二人だけの部屋で起きることが多いから、見つけるのは難しいだろうが、男女のことだ、よく見ていれば分からぬこともなかろう」

「はい、何か予兆のようなものがあるはずでございますから……」

「それが分かればいいがな？」

「はい、気をつけます」

二人がそんな相談をしている頃、日本橋の大店《おおだな》、両替商平野屋鬼左衛門《ひらのやきざえもん》では、息子の清太郎《せいたろう》が、生きるの死ぬので大騒ぎになっていた。

正月、浮かれた気分で清太郎は日本橋吉原の椿楼に、町内の若い者に誘われて繰り出し、初めて楼に上がったのがいけなかった。

若旦那、若旦那と持ち上げられ主座に座ると、傍に来たのが椿楼の二枚看板で明石とならぶ美形の空蟬《うつせみ》だった。

椿楼の主人は源氏物語《げんじものがたり》の愛好家で、女たちに源氏の名をつけていた。

空蟬は憂い顔で儚《はかな》さの漂う女だった。

その顔が微笑《ほほえ》むと、男がとろけるような色気があった。まだ、十八になったばかりの初《う》心《ぶ》な清太郎は、いっぺんで空蟬に惚《ほ》れてしまった。

初恋と一目惚れが折り重なってきてしまったから、たちまち熱病を発した。

「もう、帰ります……」

その場から逃げ出そうとしたが、狡猾《こうかつ》な町内の若い衆や店の女たちが、折角連れてこられた恰好《かっこう》の金蔓《かねづる》を逃がすものではない。

そんな清太郎を空蟬がチラッチラッと見る。

視線が合うと、二人とも顔を赤らめてニッと照れ笑いをした。

若い二人の心が通じ合ってしまうと、周りなど一切見えなくなってしまう。

空蟬は初心ではないのに、清太郎の初心が感染してしまって、どうにもこうにも始末におえない。

それまで「帰る、帰る……」と、子どものようにごねていた清太郎が、たちまち泊まることに話がまとまった。

悪いことは重なるもので、清太郎は女が初めてだった。

大店の跡取りで、大切に育てられた清太郎は、二代目鬼左衛門だといわれ、女といえば母親の千鶴《ちづる》、乳母のお類《るい》、女中の乙女《おつな》、お長《なが》、お景《けい》ぐらいしか知らない。

隣近所の女の子と遊んだ記憶もあまりない。

「清さんって呼んでもいい……」

空蟬の部屋で二人だけにされると、二人とも緊張して具合が悪い。

清太郎がどうしていいのか分からないのは当然だが、空蟬も清太郎のような客は初めてで、どう扱えばいいのか皆目見当がつかない。地が出てしまう。

「いいけど……」

「ありがとう……」

「何《な》んて呼べばいいの？」

「空蟬だけど、二人だけの時はお篠《しの》って呼んで……」

いきなり本名で呼んでいいという。お篠も初心になって本気なのだ。禁じ手だ。実は、空蟬という虫の名を、お篠は気に入っていない。

「お篠、どうすればいいんだ。教えて？」

「うん、向こうに行く？」

「寝るの？」

「うん、寝るの嫌ですか？」

「嫌じゃないけど、困るな……」

「大丈夫、お篠に任せて、ね？」

「うん……」

絶望的なほど二人は相性がいい。

どっちも優しいのだからどうにもならない。

清太郎のような男は、こういう世界とは無縁で生きていかなければならないのだ。

十八と十六の若い二人に火が付くのはたちまちだった。

その夜のうちに清太郎とお篠は離れられなくなった。だが、吉原では連泊禁止だ。

それは、惣名主《そうなぬし》の甚右衛門が幕府と約束したことであり、町奉行の米津勘兵衛と約束していることだ。

二人は後朝《きぬぎぬ》の別れなんていう粋な別れではない。

帰したくないお篠は泣きそうだし、清太郎は半べそかいて何度も何度もお篠を振り返る。未練が後ろから後押ししないと家に帰れない状況なのだ。

端《はな》っから二人は危険だった。

家に帰った清太郎は、考えてみれば吉原に行くお足が無い。しかし、必要な時に、鬼左衛門でも千鶴にでも手を出せは、欲しいだけその手に黄金が乗った。

その日も千鶴に手を出した。

「いくらなの？」

清太郎の朝帰りを知らない千鶴は、懐から紙入れを出した。

「二両……」

「着物でも買うの？」

「うん……」

「この間、買ったばかりなのに、飽きないように少しいいのを買いなさいよ……」

清太郎の手に五両が乗っかった。

「ありがとう」

「いいのを探すんですよ」

「うん……」

千鶴は息子が熱を出しているのに気づいていない。まだ子どもだと思っている。

その日、夕方まで待つのももどかしく、早めの夕餉《ゆうげ》を取って、清太郎は乙女とお長に口止めをすると家を飛び出した。

頭の中はお篠のことでいっぱいだ。

椿楼に飛び込むと、お篠の部屋にまっしぐら、お篠も清太郎の首に飛びついておおよろこびだ。そのまま二人は転がってしまう。

天下御免、天下無敵、若い二人の愛を阻むことなど誰にもできやしない。

「清さん、昨日の今日で、大丈夫なの？」

「大丈夫、心配ないから……」

「清さん、無理しちゃ駄目だからね？」

二人は一晩で痩《や》せてしまう。だが、どんなに二人が愛し合っても吉原で連泊はできない。

清太郎が家に帰ると乙女が待っていた。

「若旦那、もう夜の出歩きは止めてくださいな?」

「どうして?」

「もう、これ以上、隠しておけないから……」

「もう少し、辛抱しておくれよ」

「いつまで?」

「いつまでってお前、わからないよ」

「それじゃ困るんだな若旦那、好きな人でもできたの?」

「どうしてさ?」

「白粉《おしろい》の匂いがするんだもの……」

「そうなのか?」

清太郎が自分の着物の袖の匂いを嗅いでみる。

「着物じゃないよ若旦那」

「どこ？」

「体に染みついているんだ。きっと……」

「体？」

「こういう匂いは女の匂いだから……」

「湯に入ろうか？」

清太郎と乙女は隠そうとするが、こういうことは隠しようもない。お長も清太郎の女の匂いに気づいた。

「若旦那、白粉の匂いがプンプンですよ」

「お長、内緒だからね？」

「いいけど、吉原でしょ？」

「うん……」

見破られて素直にうなずく。

「若旦那、悪所《あくしょ》通いは止めた方がいいと思うけど……」

「悪所？」

「若旦那は知らないだろうけど、ああいうところを世間では悪所って言うんだ。

若旦那のようないいところの人が行くところじゃないんだ」

「そうなのか？」

「しっかりしなさいよ若旦那……」

お長が清太郎を部屋の隅《すみ》に引っ張って行く。

「何度、行ったの？」

「これ……」

清太郎が指を二本出した。

「もう、行くのは止めた方がいいよ若旦那、ああいうところは、三度目は馴染《なじ》みって言うんだ。危ない、危ない……」

「だけど、行くって約束だから……」

「今日？」

「うん……」

「旦那さまに知られたら勘当されるよ」

「勘当？」

「今なら誰も知らないから、行くのをおやめなさい、若旦那……」

「だけどお前……」

清太郎は、乙女とお長に叱られても行くつもりだ。そこに乙女が、清太郎の乳母だったお類を連れて来た。清太郎が両親より信頼しているお類だ。

「若旦那……」

「お類……」

「好きな人ができたのですか?」

「うん……」

「どこのお方?」

「吉原……」

「まあ……」

お類が崩れ落ちそうになり、乙女とお長が支える。

「そんな、若旦那、ああ……」

絶望的なお類が手で顔を覆ってしまう。四人が部屋の隅に集まって立ったままの密談だ。

「どうしたのお前たち?」

「奥さま……」

「何んでもないよおっかさん、着物の相談なんだから……」

「ええ、そうなんです」

「そうなの、いいものを選びなさいよ」

着物道楽の千鶴は鷹揚《おうよう》なものだ。

「お長、ちょっと来ておくれ……」

「はい！」

千鶴とお長が行ってしまうと、お類と乙女が清太郎の吉原行きをあきらめさせようとする。

「若旦那、駄目だからね、もう庇《かば》えないもの……」

「今日は家から出てはいけません。聞いていただけないなら、旦那さまに申し上げるしかありません。いいですか？」

怒ったことのないお類が、怖い顔で清太郎をにらんだ。二人が清太郎から離れようとしなくなった。だが、見張ると言っても限界がある。

夕刻になって、お類と乙女の隙をついて清太郎が家を飛び出した。

「お篠……」

清太郎の頭の中にはもうお篠しかいない。

こうなってはさすがのお類でもいかんともし難い。放置すれば、平野屋の一大事になりかねないことだ。

「旦那さま……」

「どうしたお類？」

「若旦那のことで、お話が……」

「清太郎が何か？」

「好きな方ができたようで……」

「なんだと、ちょっと奥に来い！」

鬼左衛門が、お類と急いで奥に向かった。そこに千鶴とお長、乙女の三人がいた。

「聞こうか？」

「どうしたの？」

「お前も一緒に聞いておくれ……」

「ご新造さま……」

お類は今でも、結婚したばかりの時のように、千鶴をご新造と呼ぶ。

「清太郎さまにお好きな方ができたようです」

「お類、それは本当ですか？」

「はい……」

「それはどこの誰ですか？」

聞かれても答えられそうにない。乙女とお長もうつむいてしまった。三人の様子を見ていた鬼左衛門がすべてを悟った。

「そういうことですか、それで清太郎はどこです？」

「お出かけです」

乙女がうな垂《だ》れて言う。

「あなた、清太郎はどこへ？」

「おそらく、吉原でしょう」

「ええッ！」

千鶴が仰天してお類をにらんだ。

「お類ッ、清太郎は悪所に行ったのですか？」

「申し訳ございません……」

「ああ……」

あまりの衝撃に、千鶴は奥へ床を取らせると、そのまま寝込んでしまった。

「乙女、清太郎が最初に家を空けたのはいつ頃だ？」

「三日前からです……」

「三日間、続けて家を空けたのか？」

「はい、そうです……」

「そんなお足を清太郎が持っていたのか？」

「奥さまから羽織を作るお代をいただいたようです……」

「なるほど……」

鬼左衛門はすべてを悟った。

息子の清太郎が馴染んだ女とはまだ三度目であること、その軍資金は千鶴から出たこと、おそらくその女に熱病の最中だろうことなどだ。

第十四章　江戸所払い

翌朝、吉原から戻り、清太郎が裏木戸から入ると、目の前に鬼左衛門とお類が立っている。

「おとっつぁん……」

「清太郎、ついて来なさい！」

広い庭に二つ並んでいる蔵の、北の蔵の前に歩いて行った。

鬼左衛門は清太郎を連れて蔵に入ると、そのまま清太郎を残して蔵の引き戸を閉めてしまった。蔵の中には小さいが座敷まである。

「おとっつぁん、出しておくれ……」

「清太郎、そこにある小判を勘定してみなさい。女にうつつを抜かしている暇などないのだぞ」

「おとっつぁん、お願いだ！」

「しばらく、そこで考えてみなさい！」

「お類ッ！」

そのまま蔵の扉を閉めてしまった。

蔵が二つあるのは盗賊を防ぐためだ。どっちの蔵に小判が入っているかは、店の者でも番頭とお類くらいしか知らない。

こういう蔵は両替商にとっては命だ。

「旦那さま……」

「お類、これは平野屋のためだからね？」

「はい、わかっております」

「厠《かわや》にだけは出します」

鬼左衛門は思い切って厳しい処置に出た。女に夢中になる清太郎の気持ちもわからないでもないが、好きになったのが遊女というのでは困る。

人の口に戸は立てられず、大きな金額を扱う平野屋の信用にかかわることになる。

「お前さん、清太郎は？」

「心配するな、蔵に入れてある」

「こうしなければ、清太郎の悪所通いは止められないのだ」

「お前さん……」

「これは清太郎の運命なのだ。遊女を平野屋には入れられない。うまくあきらめてくれればいいが、それができなければあきらめるしかない。覚悟しておいてくれ……」

「そんな……」

「これは誰が悪いということではない。いいな？」

「幸次郎《こうじろう》を？」

「そうなるかもしれない」

絶望的な千鶴は黙って寝込んでしまった。

清太郎に食事をとらせたり、厠に行かせたり、世話をするのに平野屋の人々は振り回された。

鬼左衛門は、蔵の中に入って清太郎と毎日のように話し合ったが、日に日に清太郎は強情になっていった。椿楼の空蟬ことお篠がいなければ、生きていけないとまで言い出す始末だった。

「まあ……」

「お前は平野屋や平野屋で働く人たちのことを考えられないのか？」

「おとっつぁんはどうしてそんなことを聞くの？」

「お前の頭には、その遊女のことしかないようだからだ」

「どうしてお篠が駄目なの？」

「お前は平野屋の仕事をどう思っている。何よりも大切なのは、お客さまや取引先との信用だと思わないのか？」

「お篠じゃ信用されないというの？」

「そうだ。そこがわからないようでは話をしても無駄だな……」

「おとっつぁん、お願いだから、お篠と一緒にしておくれよ！」

「清太郎、これはお前ひとりや平野屋だけの問題ではないのだ。お亡くなりになった大御所さまに三河から江戸に呼ばれ、ここまでにしていただいたのだから、お上のことも考えなければならないのだ。わかるか？」

清太郎は、うな垂れて鬼左衛門の話を聞くが、頭の中にはお篠しかいないので、鬼左衛門の話とお篠が結びつかないのだ。

「お願いだから、お篠と一緒にしておくれよ……」

鬼左衛門の話とお篠のことは、清太郎の頭の中では別なのだ。

結局、何も聞いていない。

こういうことは誰にでもよくあることだが、それでは済まされないのが鬼左衛門なのだ。何を言っても清太郎が聞かずに駄目なら、むごいようだが、廃嫡《はいちゃく》にして平野屋から出すしかない。

平野屋は同じ両替商の三河屋七兵衛《みかわやしちべえ》と並ぶ、家康お声がかりの大店なのだ。江戸の発展のために家康が特別に呼び寄せた、商人の中の一人である。

清太郎はこんなことのわからない子ではなかったと鬼左衛門は思う。女の恐ろしさを息子の清太郎に見ていた。

蔵を出ると、鬼左衛門は引き戸を閉めて扉も閉じてしまった。

「駄目かもしれない……」

清太郎が一夜にして変わってしまったと思う。

乙女やお長、お景に手を出したというならまだしも、吉原の遊女というのでは論外なのだ。鬼左衛門も気立てのいい女中に手を出して子どもまで作った。

それが幸次郎だが、平野屋には入れていない。

脇で母親と二人で暮らしている。

千鶴も知っている鬼左衛門の公然の秘密だ。

清太郎に嫁をもらうのが遅れたとの後悔もあるが、今となってはいかんともしがたいことである。

鬼左衛門も、重大な決断をしなければならないところに追い込まれた。

このまま清太郎の熱病が治ってくれればいいが、そうならない時のことも考えておかなければならない。

ただ一つ決まっていることは、清太郎がどんなに騒ごうが喚《わめ》こうが、絶対に遊女を平野屋には入れられないということだ。

遊女は、どんな泥水を飲んでいるかわからないからである。

どんなことで強請《ゆす》りたかりに食いつかれるかわからない、という危険がついて回るからだ。

平野屋のような金銭を扱う大店では、絶対にあってはならないことで、番頭以下、誰もが身ぎれいにして暮らしている。

そういうことを狙っている質《たち》の悪い連中に、いきなり食いつかれるとひどい目にあわされる。江戸にあふれている浪人には、そういう連中が少なくない。

そんな危険を引き込むことはできない。

蔵の中の清太郎に鬼左衛門だけでなく、千鶴やお類も説得に入ったが、ことごとく失敗した。

「お篠に限ってそんなことはない……」

「遊女がどんな男たちと遊んだかお前にわかるのか?」

鬼左衛門に迫られ、都合が悪くなると沈黙して泣いてしまう。

「どうして、そんな悪いことばかり言うの……」

「わかると言えるのか?」

「そんなこと……」

「その遊女の後ろに、平野屋を脅す悪党がついていないとお前は言えるのか?」

清太郎に目を覚まさせようと、鬼左衛門も必死の説得だ。

「おとっつぁんはお篠を見ていないからそんな意地悪を言うんだ」

「清太郎、これはその遊女がいいとか悪いとかいう問題ではない。そういう女を傍に置けば、お前の弱みになって、そういう悪党に食いつかれると言っているのだ」

「そんなことないと思う……」

「どうしてそう言える。江戸には隙あらば食いつこうという悪党がいっぱいだ。お前が知らないだけなのだ。まだわからないか?」

「お篠は違うよ……」

鬼左衛門は清太郎と話すと、その度ごとに絶望する。もう、何を話しても、息子の心に響かなくなってしまった。

わずか一ケ月も経《た》たないうちに全く別人になってしまったと思う。

「狂うということはこういうことだ……」

それから数日して、清太郎が逃げた。

厠に出た後に、何もかも捨てる覚悟をしたのか、脱兎《だつと》のごとく裏木戸に走ると、外に飛び出した。行く先は吉原だ。

「旦那さま……」

「逃げた者は仕方あるまい……」

鬼左衛門が、お類に寂《さび》しそうに微笑んだ。

「誰かを……」

「いや、誰が行っても無駄だ」

「旦那さま……」

「もう平野屋の恥を晒《さら》すしかない」

「申し訳ございません……」

「あれには何も言うな。心配するだけだからな」

「はい、ご新造さまには何も申し上げません」

「ちょっと出かけてくる」

鬼左衛門が夕刻に平野屋を出て北町奉行所に向かった。勘兵衛は同じ三河から来た平野屋鬼左衛門を知っている。

鬼左衛門が面会を求めると勘兵衛はすぐ応じた。

何事かと思ったが、兎《と》に角《かく》、話を聞くことにして、宇三郎に鬼左衛門を座敷へ上げるよう命じた。

「平野屋さんとは珍しい」

喜与が驚いている。

「まずは話を聞いてからだ」

勘兵衛にも何があったのか見当がつかない。

「お奉行さま、ご無沙汰をいたしまして恐縮にございます」

商人らしく勘兵衛に平伏した。

「急ぎのことかな？」

「実は、平野屋鬼左衛門の恥をお話ししなければなりません」

顔を上げて苦しそうに言う。

「お聞きいたしましょう」

「倅《せがれ》の清太郎のことでございます」

鬼左衛門は隠すことなく、勘兵衛に家の中の恥をすべて話し始めた。それを勘兵衛と喜与、宇三郎の三人で聞いたが、まだ奉行所に残っていた半左衛門も顔を出した。

「すると家を飛び出して吉原に向かったということかな？」

「はい、お奉行所にご迷惑をおかけするようなことになってはと……」

「店はどこかな？」

「椿楼の空蟬と本人から聞きました」

「半左衛門、心中の恐れがある。すぐ手配だ。何人残っているか？」

「当番を入れて同心が六、七人にございます」

「宇三郎、みな連れて吉原だ」

「畏まりました」

宇三郎と半左衛門が部屋から飛び出して行った。

「ご迷惑をおかけいたします。申し訳ございません……」

鬼左衛門がまた勘兵衛に頭を下げた。

「それで、どうなさる？」

「お上にご厄介をおかけしては、廃嫡にするしかないかと考えております」

「跡取りはおられるのか？」

「まだ小さいのですが、弟がおります」

「そうか、仕方ないか……」

勘兵衛も、勘十郎を廃嫡にしているから親の苦しい立場がわかる。二人は、人の親としてあれこれ先のことを話し合った。

平野屋に大きな傷がつくようでは困る。

それを口実に何んだかんだと因縁をつけて、強請りたかりをしようという連中が嗅ぎつけてくるからだ。

吉原に駆けつけた宇三郎は、雪之丞を傍に呼んだ。

「西田屋に走って、惣名主を椿楼に連れて来てくれ！」

「承知しました！」

日本橋吉原は二町四方と広い。日頃の見廻りで、吉原をよく知っている朝比奈市兵衛に案内され、宇三郎は初めての吉原の中を椿楼に走った。

宇三郎が飛び込むと、椿楼の主《あるじ》弥衛門《やえもん》が仰天して飛び出してきた。

「お役人さま！」

「主か？」

「はい、弥衛門にございます！」

「ここに清太郎という客がきているはずだが？」

「はい……」

「ここに呼んでくれぬか？」

椿楼が騒ぎになった。

「空蟬の部屋を見て来い！」

弥衛門が命じると、何人かの女が二階を走った。だが、時すでに遅く、空蟬の部屋はもぬけの殻《から》だった。

「足抜けだッ！」

「探せッ！」

椿楼がたちまち大騒ぎになった。

宇三郎は白粉のむせるような匂いに、椿楼から外に飛び出した。匂いで頭がくらくらしそうだ。

「望月さま！」

遊郭の灯りの中を、惣名主の甚右衛門が走ってきた。

その後ろには、惣吉が十人ばかりの忘八《ぼうはち》を連れて来ている。

「甚右衛門、女と二人で逃げたようだ……」

「惣吉！」

「へい、まだこの中だ。探せッ！」

惣吉は慣れたもので、忘八たちに手際よく探すところを指図した。

「それで望月さま、どのような事情で？」

「甚右衛門……」

宇三郎が甚右衛門を椿楼の暗がりに呼んで、平野屋鬼左衛門の事情をかいつまんで話した。

「鬼左衛門さまが？」

「かかわりがあるのか？」

「かかわりなんていうもんじゃございませんで、この吉原を作るにあたっては、万両の小判を用意していただきまして、まだ、だいぶ返済が残っておりますので……」

になる。


「そうだったのか?」

「平野屋さんの若旦那が……」

　まさかの事態に、甚右衛門も頭を抱えるしかない。恩を仇《あだ》で返すようなことになる。

「心中の恐れがあるのだ……」

「えッ、足抜けではなく心中?」

　甚右衛門の顔色が変わった。

「惣吉ッ、心中だぞ!」

「えッ!」

　話が違うと仰天する。

「心中じゃ道三河岸だ!」

　惣吉が走ると、雪之丞と金之助が追った。その後から甚右衛門の案内で、宇三郎も道三河岸に向かった。

　その頃、清太郎と空蟬ことお篠は、惣吉の言った通り、道三河岸から水に入って死のうとしていた。ところが、運がいいというか間が悪いというか、吉原の客を乗せた舟が水に入った二人を発見した。

「こらッ、馬鹿野郎ッ、何をするかッ！」

二人に舟をこぎよせると、客の男がいきなり清太郎をバシッとひっぱたいた。

「てめェッ、女を引きずり込むとはふてえ野郎だッ、許さねえッ！」

嫌がる清太郎を舟に引きずり上げると「この野郎ッ、馬鹿野郎ッ！」と、ぼこぼこに殴りつける。

「違う、違う！」

お篠が止めようとするが「てめえはすっこんでろッ、この野郎は許さねえ！」と、舟の中が大騒ぎになった。清太郎は頭を抱えて舟底にうずくまっている。

「お客さん、もう、いいんでねえか、舟を岸につけますんで……」

「おう、そうしてくんな！」

岸には二人を探して提灯《ちょうちん》が並んでいる。

「舟だぞッ！」

「水に入った馬鹿野郎を拾ってきた！」

「おう、二人とも無事かッ？」

「生きているよ！」

舟が岸に着くと、忘八たちが寄ってたかって二人を舟から引きずり上げた。

「乱暴するなッ、二人に乱暴するなッ！」

市兵衛が忘八に怒鳴る。

「甚右衛門、二人は奉行所で預かる。弥衛門もいいな？」

「へい……」

弥衛門が惣名主の甚右衛門を見る。甚右衛門がうなずいた。本来、遊郭内のことは遊郭内で始末をつけて、お上や奉行所に厄介はかけないのだ。

だが、この事件は、端から奉行所が持ち込んだもので、そうもいっていられない。

「惣名主も椿楼の主も、奉行所に出頭してもらいたい」

「承知いたしました」

「それでは先にまいります」

黒川六之助と村上金之助が、清太郎とお篠を連れて奉行所に向かった。二人は死ぬこともできずに、濡れ鼠《ねずみ》でのろのろとぼとぼと奉行所に向かう。

二人は寒さで震えている。

もう、二人に死ぬ元気など残っていない。

奉行所に連れていかれると、二人は砂利敷に入れられた。

そこに半左衛門が出てきた。

「何か言うことはあるか？」

二人は黙ってうな垂れている。

「相分かった。好き勝手なことをして、奉行所の手を煩《わずら》わせるとは不届き至極である。二人に入牢《じゅろう》を申し付ける。連れて行け！」

しばらくすると、平野屋から清太郎の着物が運ばれ着替えさせられた。女牢のお篠にも、椿楼から着物が運ばれてきた。

奉行所の恩情だ。

勘兵衛の部屋には鬼左衛門、甚右衛門、弥衛門の三人が集まっている。なんとも微妙な関係の三人だ。

甚右衛門も弥衛門も平野屋には大きな借金がある。

「平野屋は清太郎を廃嫡にする」

勘兵衛が口火を切った。

「申し訳ございません……」

弥衛門が鬼左衛門に謝罪した。

「平野屋さま、廃嫡までお考えにならなくても？」

甚右衛門が、鬼左衛門に思いとどまるように言う。だが、鬼左衛門の決心はもう変わらない。

「弥衛門、空蟬の残りはどれほどだ？」

「五十両ほどにございます」

「棒引きにできないか？」

「はい、構いません……」

心中で死んだと思えばあきらめがつく話だ。

「甚右衛門、二人の処分はわしに任せるな？」

「はい、お手を煩わせます」

「鬼左衛門、清太郎の廃嫡で処分を決めるがいいか？」

「結構でございます」

「相分かった。半左衛門、二人の様子は？」

「うちひしがれております」

「若い頃には有りがちなことだな鬼左衛門？」

「はい……」

「愚かだが、なんとか生かしてやりたいものだな甚右衛門？」

誰でも若い頃には思い当たることだ。好きな娘に心ときめいたことがある。

勘兵衛は、若い二人がのぼせ上がっているのだから、しばらく頭を冷やす刻《とき》が必要だと考えた。

「一ケ月ぐらい牢に入れておけば落ち着くだろう。平野屋の立場が苦しいだろうから、何もなかったことにしたい。弥衛門、店の者に口止めできるか?」

「はい……」

「鬼左衛門もそれでいいか?」

「有り難く存じます」

「双方、これまで通りのつき合いをいたせ。町奉行としてのわしのただ一つの願いだ。二人に処分を申し付ける時にはまた来てもらう……」

夜も遅くなって、勘兵衛は三人の考えをそれぞれ聞き取って帰ってもらった。

「お奉行、あの二人はまたやりそうに見えますが?」

「そこだ半左衛門、あの二人にどんな人生が待っているかわからないが、十八と十六では少し苦労をさせてみたくなるのが人情だろう」

「はい、あまりにも若くしてしくじりを?」

「恐れ入りまする……」

「うむ、そのしくじりだが、おそらくあの二人に先々はないように思う。心中にしくじった者がうまくいったとは聞いたことがない」

「確かに……」

「うまくいくように願うが、どんなものか誰にもわからないことだ」

「それでは……」

「処分は厳しくするつもりだ。それを乗り越えられれば、うまくいくかもしれないな」

傍で喜与が勘兵衛の話を聞いている。

銀煙管《ぎんギセル》に煙草《たばこ》を詰めて、美味《うま》そうにスパーッとやった。

それから十日ほど経って、平野屋鬼左衛門と番頭が奉行所に現れた。廃嫡にするとは言ったものの、清太郎の処分が気になる。

勘兵衛に重い菓子折りを差し出して、どんな処分になるかを聞いた。

「鬼左衛門、わしはまだ処分を決めていない。清太郎もお篠も少し落ち着いてきたから、二人の取り調べをして決めようと思っている」

「そうですか……」

「二人が生きていけるように考えている」

「それも考えたが、そこまですることもなかろうと思っている」

「ありがとうございます」

「そう心配するな。清太郎が生きられるように考えるが、女は難しいかもしれない」

「相当、泥水を飲んでいる？」

「取り調べないとわからないが、もう、一筋縄ではいくまいと考えている」

「そうですか、馬鹿な息子だ……」

「好きなようにさせるしかあるまい。違うか？」

「はい……」

「どんな男に出会い、どんな癖がついているかわからないのが悪所の女だ。今の清太郎には何を言ってもわかるまい。後々のことを考えておくことだな、鬼左衛門？」

「はッ、承知しております」

勘兵衛は、若い二人にうまくいって欲しいと思う反面、清太郎は女に捨てられることも充分にありえる。むしろその後が問題だと考えていた。

鬼左衛門が帰ると、勘兵衛は清太郎を砂利敷に出した。

「清太郎、少しは落ち着いたか？」

奉行の問いに、何も言わずに平伏した。

「厳しい処分になるが、覚悟はできているか？」

清太郎が顔を上げてチラッと奉行を見上げた。厳しい処分に反応した。

「奉行は、同じ三河生まれの鬼左衛門のことをよく知っている。その鬼左衛門が、そなたを廃嫡にすると奉行所に届けてきた。もう、そなたは平野屋の子どもではないということだ。わかるか？」

清太郎がうな垂れる。

「清太郎、そなたは生涯、平野屋には戻れないということだ。その覚悟をいたせ、世の中は、そなたになめられるほど甘くはないのだ。今日の用向きはそれだけだ。牢に戻しておけ！」

謝罪もしない清太郎を見て、この男は反省もしていないし、何もわかっていないと思う。

「半左衛門、どう見た？」

「なんとも困ったことで、清太郎は、どうしてここにいるのだという顔にございました」

「自分のしたことがわかっていないか？」

「はい、あのように自分の罪を自覚できないものが最も困ります」

「育ちか？」

「そうとも言えないように思います」

「女か？」

「女に狂ったからでしょうか？」

数々の事件を扱ってきた半左衛門も面食らっている。

「女にも会ってみるか、空蟬を出せ」

牢番に連れて来られたお篠は、長い髪を後ろで束ねて、地味な着物でどこにでもいる娘のように見える。苦界《くがい》に身を沈め泥水を飲んだとは思えない。

この娘ならと勘兵衛は思った。

「お篠だな？」

「はい……」

勘兵衛を見て頭を下げる。

「清太郎を好きか？」

「はい……」

「生まれはどこだ？」

「尾張《おわり》にございます……」

「ほう、尾張のどこだ？」

「詳しいことはわかりません。捨て子だったそうです」

「そうか、苦労してきたようだな、清太郎とやっていけると思うか？」

勘兵衛が聞くと小さくうなずいた。自信なさそうなうなずき方だ。勘兵衛は違和感を覚えてお篠を牢に戻した。

「どう思う？」

「なんとも嫌なものを感じました」

「それはなんだ？」

「お篠は自殺相手を探していたのではないでしょうか？」

「その相手が何も知らない清太郎だったということなのか？」

「はい、そのようにフッと……」

「なるほどな……」

「吉原のようなところには、そのような女がいると聞いたことがございます」

「自殺の道づれだな？」

「はい……」

「聞いても言うまいな？」

「言わないと思います。失敗すると、他の男を探すとも聞いております」

「厄介だな？」

「死ぬまで繰り返すとも聞いております」

「哀れな。なんとか防げないか？」

「はい、死にたいのですから、防ぐのは難しいかと思います」

勘兵衛と半左衛門の話を、黙って聞いていた宇三郎が考え込んだ。なにかいい方策はないかということだ。

厄介な話になった。

勘兵衛も、そんな娘がいるとは聞いたことがある。

目の前に座ったお篠は、そんなふうには見えなかったが、半左衛門がそう感じたのならば、ありえない話ではないと思う。

二人への裁断が遅れた。

どんな処分がいいのか勘兵衛が迷った。珍しいことだ。

平野屋鬼左衛門が何を恐れているかもわかる。廃嫡にすると決まった以上、江戸からなるべく遠くに離した方がいい。

清太郎は江戸払い、お篠は遠島などということも考えられたが、一緒の心中だからそういうこともできない。

勘兵衛の頭の痛いところだ。

そういつまでも長引かせるわけにもいかない。

登城の折に土井利勝と青山忠俊に面会を求め、平野屋事件の経緯をすべて話した。もちろん、利勝も忠俊も平野屋鬼左衛門を知っているが、事件のことは知らない。

「それで町奉行としての考えは？」

「平野屋鬼左衛門の江戸における功績も考え、江戸払いがよいところかと考えます」

「江戸払い？」

「はい、少々軽いかとも思われますが、廃嫡にもなっておりますので妥当なところかと……」

「それで平野屋の跡取りは大丈夫なのか？」

「次男がいるとのことです」

「そうか……」

「土井さま、平野屋の信用にかかわることゆえ、内々で済ませたいのではないかと思われますが……」

「うむ、そういうことであれば、町奉行の裁量でいいのではないか、平野屋は大御所さまのお声がかりでもある」

「なるほど、町奉行の考え通り、江戸払いでいいということだ」

青山忠俊が了承した。

それは、勘兵衛の考えを老中の二人が認めたということだ。ここに若い二人の刑が決まった。鬼左衛門に対する配慮が含まれている。

翌日、北町奉行所の砂利敷に清太郎とお篠が引き出され、関係者の平野屋鬼左衛門、吉原惣名主庄司甚右衛門、椿楼の主弥衛門が呼ばれた。

一同が揃《そろ》うと、北町奉行米津勘兵衛が公事場《くじば》に出た。

「この度の事件について処分を申し付ける」

勘兵衛は具体的なことは何も言わない。ただ処罰をいうだけだ。

異例中の異例だ。

「江戸城内において吟味の上、二人を明朝、江戸所払いに処すると決まった。神妙にいたすように……」

その夜、千鶴とお類が奉行所にきて、清太郎との面会を求めたが、勘兵衛はその願いを認めなかった。

翌朝早く、清太郎とお篠は東海道から追放された。

これには後日談があって、二年ほど経つと、二人は鬼左衛門からもらった金を使い果たし、清太郎はお篠に捨てられて江戸に戻ってくる。

だが、平野屋に入れることはできないということで、そのまま番頭に連れられて三河に行き、本家に預けられた。以後、清太郎が江戸に戻ることはなかった。

お篠は他の男を探した。

第十五章　大山詣《おおやま》り

春になって浅草の二代目鮎吉の屋敷では、小梢《こずえ》の大山詣《おおやままい》りで騒がしくなっていた。

浅草から舟で川崎まで行き、戸塚宿の手前で柏尾の佐平次と会い、その案内で柏尾からの大山道《おおやまみち》を行く予定だ。

正蔵と小梢とお昌の三人に、配下の若い衆が五人の一行は浅草から舟で出立した。

大山詣りは江戸から三、四日程度で行き来ができて、女の足でも楽に行けることから、江戸が発展するにつれて参拝人が増えた。

その最盛期には江戸の人口が百万人で、年に二十万人の人々が、安全のために大山講《こう》という集団で、大山詣りに向かった。

大山は別に雨降山《あめふりやま》といわれ、本来は雨乞いや五穀豊穣《ごこくほうじょう》を祈る山だったが、商売繁盛なども加わって、多くの参詣人を集めるようになる。

　正蔵一行は、まだ暗いうちに浅草を発《た》って、川崎大師を参拝してから東海道に出た。

　小梢は、初めて江戸から出る旅でウキウキしている。

　大山詣りには鎌倉の源　頼朝《みなもとのよりとも》が、平家討伐《へいけとうばつ》の成就を祈って太刀《たち》を奉納したということから、太刀の代わりに木刀を奉納する習わしがあった。

　ところが参拝する人が増えると、その木刀をより派手により長く競うようになる。派手で長い木刀を粋《いき》だと言い、三間（約五・四メートル）もの長大な木刀を担いで奉納するようになる。

　江戸というところは変なところで、粋ということになるとおかしなことが流行《はや》るのだ。

「小梢さん、いい日和《ひより》でようございました」

「そう、花も咲き始めてきれい……」

「旅には一番良い時ですね？」

「ええ、今日は柏尾の叔父さまのところまででしょ？」

　小梢が正蔵に聞く。小梢とお昌は、旅の陽気に誘われてすっかり浮かれている。

「うむ、そうだな。川崎宿から戸塚宿までは六里（約二四キロ）だから、ちょうどいいだろう……」

「えッ、まだ六里もあるの？」

小梢が驚いて聞き返した。川崎宿のすぐ先だと思っていたのだ。六里も歩くとは思っていない。

「ほぼ六里だな。次が神奈川《かながわ》宿、その次が保土《ほど》ケ谷《や》宿、次が戸塚宿だから……」

「そうなの……」

暢気《のんき》な小梢も、六里と聞いて気が沈む。

「駕籠《かご》にするか？」

「いいえ、まだ大丈夫、歩きます」

川崎まで舟できて、川崎からいきなり駕籠に乗っては、恥ずかしくて人に話せたもんじゃない。暢気な小梢にも意地がある。だが、浅草界隈《かいわい》から外に出たことのない小梢は、六里と聞いて不安なのだ。

「ゆっくり行けばいいんだから……」

「うん……」

お昌に励まされた。少し甘く考えたかと反省している。天気は最高、景色は上々なのだが小梢は心細い。

旅慣れた健脚の旅人が、のんびりゆっくりな小梢一行を追い越していく。旅などしたことのない小梢の歩く速さなど、たかが知れている。

七、八町しかない浅草寺に参拝するのに、お昌と二人であちこち立ち寄りながらとはいえ、一刻以上もかかるのだから、旅に出れば日が暮れて道遠しになりかねない。

正蔵は、何日かかってもいいと腹を決めている。

若い衆五人も三人の護衛なのだが、ダラダラ歩きにすっかり肝を抜かれて、つまらない女の話などをしながら締まりなく歩いていた。

ちょうどその頃、元和三年四月十三日の朝、九州関門《かんもん》海峡に浮かぶ船島に、新免《しんめん》武蔵という剣客が仲間四人と渡った。

大坂の陣で水野《みずの》軍に陣借《じんが》りしたが、武功を上げられず仕官の声もかからなかった。そのため武蔵は、無頼の仲間四人と旅を続けていた。

この時、武蔵は二十九歳だった。

その頃、九州小倉《こくら》藩に巌流小次郎《がんりゅうこじろう》という剣客がいて道場を開いていた。小倉藩の剣術師範だった。

武蔵はまだ無名の剣客だったが、七十歳の巌流小次郎は盲目の剣豪富田勢源《とだせいげん》の弟子で、一刀流を開く鐘捲自斎《かねまきじさい》や名人越後こと富田重政《しげまさ》などと同門だった。

既に、三尺三寸（約九九センチ）の大太刀で、虎切《とらぎ》りという秘剣を修め、巌流という流派を開いて、西国では名の知られた剣客だった。越前《えちぜん》の生まれで津田《つだ》小次郎という。

その小次郎の弟子と武蔵の仲間が、飲んだ勢いで自分の師匠を自慢して、つまらない喧嘩《けんか》になった。

無名の武蔵が名を上げるため、手ごろな剣客を探していたともいえる。老人の巌流小次郎は名の知られた剣客で、適当だったのかもしれない。

この頃既に、武蔵は自分より弱い者としか戦わないとか、負けても勝ったと喧《けん》伝《でん》するとか、悪評が噂《うわさ》されていた。

それはだいぶ前のことだが、大坂の陣の前にこんなことがあった。

それは、京の吉岡憲法直綱《よしおかけんぽうなおつな》の今出川《いまでがわ》兵法所に、武蔵が試合を申し込んだが、相手にされなかったことから始まる。

京の染物屋だった吉岡憲法直元《なおもと》が、京八流《きょうはちりゅう》を身につけて開いた吉岡流は、足利将軍家の剣術師範で名門だった。その道場である今出川兵法所には、なんとか世に出たい剣客といわれる武芸者が、引っ切りなしに現れて試合を申し込んだ。そんな試合を一々相手にしていられない。

吉岡直綱は四代目で、そういう試合を断っていた。

ところが武蔵はしつこく申し込んで、応じなければ五条大橋に、吉岡道場は負けを認めて逃げたと高札を立てると脅した。

風呂にも入らず異様な臭いをまき散らし、それも兵法の一つで、剣は勝てばいいというのが武蔵だった。

武蔵の振る舞いの悪さを吉岡道場ではわかっていた。強い相手は仲間と一緒になって滅多打ちにし、勝ったと宣伝するというのだ。

その武蔵の振る舞いを防ぐ手段は一つしかない。それは一対一の野試合ではなく、大勢の人が見ている御前試合にすることだった。

そこで吉岡道場は、京都所司代での御前試合を願い出た。

これを所司代板倉勝重が認めて試合が行われると、武蔵は眉間《みけん》に木刀を受けて血だらけになった。誰が見ても武蔵の負けだが、御前試合でもあり、勝敗はさほど問題ではなく、審判が引き分けを宣告した。

若い武蔵に対する審判の思いやりだった。

ところが武蔵なのかその仲間なのか、試合に勝った勝ったと宣伝した。さすがに武蔵は五輪書《ごりんのしょ》に、京で試合をして勝ったとしか書けなかった。

誰に勝ったのかは書いていない。

武蔵は兎に角、勝つことにこだわった。

船島《ふなしま》の巌流との試合も同じだった。武蔵の悪癖は治っていなかった。

一対一の野試合と約束していたが、先に船島へ四人の仲間を送り込んで隠した。

巌流の弟子たちが試合をやめるよう訴えたが「約束だから……」と、巌流は船島に一人で渡った。

結局、巌流は、五人に滅多打ちにされて命を落とした。

その様子を海から見ている者たちがいた。

船島でおもしろい試合があると聞いて集まってきた漁師たちだった。三人や五人ではなかった。漁師の船が小さな船島に近づいて見ている。

そこで起きた惨劇で、試合というよりは殺人だった。

たちまちその様子が噂になって広がった。黙っていないのが巌流の弟子たちで、百人近い大勢で武蔵を追った。

殺されると感じた武蔵は門司城《もじじょう》に逃げて、小倉藩の家老で城代の沼田延元《ぬまたのぶもと》に助けを求めた。

小倉藩の剣術師範を殺した武蔵だが、沼田はおもしろい男で、窮鳥懐《きゅうちょうふところ》に入れば猟師もこれを殺さずと、ちょっと粋がって男気を出し、武蔵を逃がした。

船島のこの戦いが、武蔵の名を卑怯《ひきょう》者の武蔵として広めてしまう。これが武蔵の生涯の失敗になる。

噂がたちまち広がり、巌流の死は、加賀前田藩の名人越後の耳に入った。

「おのれ武蔵、卑劣な真似をしおって！」

前田家から一万三千六百七十石の大名並みの大禄を知行し、剣術師範であり、前田家では生摩利支天《いきまりしてん》とあがめられる富田重政を激怒させてしまった。

巌流とは兄弟弟子だった。

武蔵はこういう狭い剣術界の人脈、人と人とのつながりをまるで知らなかった。強ければ将軍家の剣術師範になれると思っている。

この武蔵の振る舞いに怒ったのは、富田重政だけではなかった。この後、幕府の大目付に就任し、一万二千石の大名になる柳生宗矩《やぎゅうむねのり》をも怒らせたのは致命傷だった。

宗矩は、武蔵が死ぬまで、武蔵の剣は殺人剣だと言って許さなかった。

結局、武蔵は名人越後こと富田重政と、大目付の柳生宗矩によって、どこの大名にも仕官できなくなる。

精々、客人か客将である。

実は、この巌流との戦いで名を上げた武蔵は、ほとんど野試合をしなくなった。だが、武蔵は卑怯者だという評判が定着して、時すでに遅かった。

武蔵はどこの大名にも仕官できずに、熊本細川《ほそかわ》家の客人として生涯を終わる。

その武蔵には、絵と文が描けるという大きな才能があった。武蔵の書き残した絵と五輪書が、武蔵の悪評を覆い隠したのだ。

もう一つの武蔵の光明は、伊織《いおり》という養子がいたことだった。

伊織は父親の悪評を消すために、義父の武蔵を褒めちぎった、小倉碑文《こくらひぶん》というものを残した。武蔵の書いた五輪書と小倉碑文が、武蔵の正史として飾り立て美化し、伝説の剣豪宮本武蔵が生まれることになる。

そんな戦いが、遠い九州で行われていた。

やがてその新免武蔵が、徳川家の剣術師範になろうと江戸に現れる。

この頃、武蔵の父新免無二斎《むにさい》は、十手《じって》の名人として九州で生きていた。無二斎は播磨高砂《はりまたかさご》の生まれで、黒田官兵衛《くろだかんべえ》の家臣だった。

そのため、黒田家が九州に移封されて、無二斎も一緒に移った。

正蔵と小梢一行は、神奈川宿まで二里半（約一〇キロ）を歩いて一休み、保土ケ谷宿まで一里九丁（約四・九キロ）を歩いて一休み、足の遅いこと遅いことおびただしい。

小梢とお昌が楽しければいい。

正蔵は定吉と代わればよかったとしきりに思う。

「おい、駕籠を二丁探してこい……」

「へい……」

「戸塚に着く前に日が暮れてしまう」

戸塚宿まではまだ二里九丁もある。一刻ほどで歩けるはずだが、小梢とお昌では二刻でも着けるかわからない。

正蔵が心配なのは大山詣りだ。

大山というぐらいで、遠くから見れば端麗な山だが、参拝道は結構な山登り道だとだいぶ以前に思ったことを思い出した。

とても小梢が登れそうな山ではない。

足弱な小梢とお昌がどこまで行けるかだ。保土ケ谷宿で既に足が痛い小梢なのだ。ここまでよく歩いたということだ。

旅が楽しいのは最初だけで、疲れてくると体のあちこちが痛んで苦しくなる。

「へい、お待ち！」

山駕籠が二丁、茶店の前に止まった。

「これに乗るの？」

小梢は怖がり屋なのだ。

「落ちることない？」

「大丈夫、ゆっくりやってもらうから……」

「うん……」

「柏尾までやってくれ……」

「大山詣りで？」

「そうだ……」

「畏まりやした。相棒、行くぜ！」

「おう、がってんだ！」

小梢とお昌が山駕籠に乗って動き出した。

「ゆっくりやってくれ……」

「へい、承知しやした！」

駕籠も、あまり荒っぽい駕籠かきだと、揺れて客が落とされる。箱根山あたりでは酒代欲しさにそういうこともあるが、宿場をつなぐ駕籠にも、客を見てそういう悪さをする雲助《くもすけ》駕籠がいた。

正蔵一行には、駕籠かきより屈強な若い衆が五人もついていた。

懐から匕首を覗かせている粋がった奴《やつ》もいる。

一行は駕籠のお陰で、まだ日が高いうちに下柏尾に到着した。追分から大山道に少し入ったところに、佐平次と品川の寿々屋からもらい受けたお芳が住んでいた。

老いらくの恋に火をつけてしまった秘技のお芳だ。

大盗の柏尾の佐平次もお芳にまいってしまって、爺《じい》さんと孫のように楽しげに暮らしていた。

隣近所では佐平次さんのお嫁さんと呼んでいる。

気さくなお芳は、近所の女衆にすんなりと受け入れられた。お芳のお陰ですっかり若返った佐平次が、駕籠で着いた小梢をニコニコと迎える。

「よく来られましたな、二代目とお昌さんも一緒とは嬉しいね」

「柏尾の叔父さん、疲れて保土ケ谷宿から駕籠に乗っちゃったの……」

「旅慣れていないから仕方ありません」

「ええ、浅草から出たのが初めてなんですもの……」

「それでは、驚くことばかりだったのでは？」

「そう、楽しかった」

無邪気な小梢は駕籠に乗ったおかげで元気だ。

「二代目、わしの女房のお芳だ」

「そうでしたか、浅草の二代目鮎吉です」

「よくおいでくださいました。どうぞ中へ……」

小梢とさほど年が違わないように見える。お昌が驚いていた。

「佐平次さんはお若いですね」

お昌が言う。

「お昌さん、お芳のお陰で若くなったんですよ」

「それはようございました」

「二代目、あの増上寺で死ぬつもりだったんですがね、二代目に助けられましたんで、もう一度、生き直してみようと、もう先があまりないんですが、品川でお芳と巡り合ったのも阿夫利《あふり》さまのご利益《りやく》かと……」

「そうでしたか、あの時に。それは間違いなく大山阿夫利神社の御利益でしょう」

「わしに万一の時は、お芳に二代目を頼れと言い聞かせております」

「柏尾の親父《おやじ》さん、それはまだまだで？」

「いや、この年になるといつお迎えが来るかもしれず、頼みます」

「その時は任せておくんなさい」

「これで安心だ。感謝……」

佐平次が合掌する。

狭い百姓家が正蔵一行でいっぱいになった。夕餉の支度がされて賑《にぎ》やかだ。

「今日は早めに休んでいただいて、明日は早立ちで？」

「そうだね……」

お昌は足に自信がない。

「金太《きんた》、歩けなくなったら背負っておくれよ」

「へい、重そうだな……」

「なに言ってんだい、大飯食いが、あたしの一人ぐらい背負って登れないことないだろ！」

「いたって足弱でして……」

「馬鹿、なに言ってんだろうねこの子は、尻をひっぱたくよ。しっかりしな！」

「山の下からで？」

「当たり前よ。下から上まで、上から下までだね！」

「カッ、そりゃねえよ……」

「お前が一番頑丈なんだから、しっかりしな！」

「兄い、みんなで手伝いますよ」

「そうか、重いぞお前……」

「金太の馬鹿！」

少し太ってきているお昌が若い衆を叱った。

「二代目、大山詣りが済んだら、江《え》の島《しま》や鎌倉あたりまで足を延ばしませんか？」

「そうだね。江の島もいいところだ」

「行きたい、江の島……」

　小梢が正蔵にねだる。

「鎌倉の八幡宮《はちまんぐう》にもお祈りしたい」

　小梢は子が欲しいと願っていたのだ。

「そうだな。なかなか来られるところでもないから、柏尾の親父さん、お願いできますか？」

「お安い御用で……」

　一行の旅が大山詣りから江の島見物、鎌倉鶴岡《つるがおか》八幡宮参拝と長引くことになった。

第十六章　赤馬《あかうま》と飛猿《とびざる》

柏尾《かしお》の佐平次の百姓家を出立した一行十人が、柏尾通り大山道を西に向かった。

大山は修験道《しゆげんどう》の山でもあったが、家康に敵対したため、修験者は家康によってすべて下山させられた。

山を下りた修験者は御師《おんし》と呼ばれ、大山詣りの人々の先導をすることで生き残っていくことになる。御師は参拝者を宿泊させる宿も営んだ。

この後、三代将軍家光が、寛永の大改修に一万両を寄進したことで徐々に参拝人が増えて、最盛期には大山講が一万五千七百講もできる。

その大山講が数人から数十人で、入れ代わり立ち代わり山に登ってきた。

大山寺の檀家が七十万軒と言われるまでになる。

大山詣りの道も、東海道からは柏尾追分から柏尾通り、藤沢四ツ谷《ふじさわよつや》から田村《たむら》通り、羽根尾《はねお》から羽根尾通り、小田原《おだわら》から六本松《ろっぽんまつ》通りと、四か所から登る。他に松田《まつだ》から蓑毛《みのげ》通り、江戸から直接は赤坂《あかさか》御門から青山《あおやま》通り、府中《ふちゅう》から府中通り、八王子《はちおうじ》から八王子通りと、主に八道が開かれた。

その他にも多くの大山道が開かれて、すべての道は大山に通ずるとまで言われるようになる。

大山詣りが華やかな時を迎える。

大山は二千数百年前の崇神《すじん》天皇の御代《みよ》に創建された大山阿夫利神社と、天平《てんぴょう》勝宝《しょうほう》七年（七五五）に建立された雨降山大山寺の二つからなる。

阿夫利とは雨降山をあめふりやま、あふりやまと呼んだことからいう。大山は高い山で、山上は雲や霧に隠れることが多く、雨乞いの信仰の山とされて、近郷近在の百姓の信仰の山とされてきた。

それが関東総鎮護《そうちんご》の霊山として、鎌倉幕府や北条家、徳川家から庇護《ひご》されて、武勇の山、出世の山、家内安全、商売繁盛の山となって江戸に信仰が広がる。

お伊勢参りより手軽ということも人気を集めた原因だろう。

六月二十七日から七月十七日まで女人禁制とされた。元服時の十五歳の大山詣りをして一人前と認められる。

大山は滝の多いところで、元滝、追分滝、清めの滝、良弁滝、愛宕滝、禊《みそぎ》の大滝などがあり、山伏の白衣で滝に入り、禊の儀式をやるようになる。

柏尾通りを西に向かった正蔵一行は相模川《さがみがわ》を渡って、藤沢四ツ谷からの田村通りに入り大山に向かった。

正蔵と佐平次が相談して一行は、佐平次の懇意にしている御師の宿に入って一泊することにした。急ぐことはない。無事に参拝することが大切だ。

翌朝、大山阿夫利神社への登りが始まった。

「懺悔《さんげ》、懺悔、六根清浄《ろっこんしょうじょう》。懺悔、懺悔、六根清浄……」

「御師さん、なんて言ったの？」

不思議そうに小梢が聞いた。

「これはお山に登る時、苦しくならないようにというおまじないじゃ。懺悔、懺悔、六根清浄と唱えながら登るんです。すると、不思議なことに身も心もきれいになるんですな……」

事実、唱えながら登ると息苦しくならないという。

本来は、古くから高い山を仏の体内と考える信仰があり、高い山々を崇拝し、入山する時はすべての行いを懺悔して、六根を清浄にする必要があると考えた。

すなわち、人間の意識の根幹である、眼根、耳根、鼻根、舌根、身根、意根を清浄にするため、不浄なものは見ない、聞かない、嗅がない、味わわない、触れない、感じないために、俗世との縁を断って山に入るという思想である。

六根清浄はどっこいしょの語源ともいわれる。

「懺悔、懺悔、六根清浄……」

一行十人が唱えながら、白装束の御師に先導されてお山に登って行った。

金太が心配そうにお昌の後から登って行くが、杖《つえ》を突いたお昌は元気でひょいひょいと身軽に登って行った。

「こりゃ、六根清浄のお陰だな……」

重そうなお昌を背負ったら転げ落ちると、時々登ってきた山道を振り返ってため息をついた。

「六根清浄はありがていや、懺悔、懺悔、六根清浄……」

行いの懺悔などする気はないが、ご利益《りやく》がありそうなので唱えながら登って行く。だが、小梢は真剣だ。

三代目鮎吉が授かりますようにとの大願をかけての大山詣りだった。それはお芳も同じで、自分を助けてくれた佐平次の子が欲しかった。

いかんせん、佐平次は歳《とし》も年なのでかなり望み薄だった。そんなことはとっくにわかっている。そこんところを神さまに何《な》んとかしてもらいたい。

大概、人が神さまにお願いすることは無理なことが多い。ほぼ無理だと思っていながらお願いするのだから、神さまの方もちょっといい加減にしてくれよということになる。その折り合いがなかなかに難しい。

小梢のように真剣に頼まれると、神さまもその気になったりする。思わぬご利益が舞い込んでくるものだ。

そのご利益がいきなり現れたのがお芳の方だから、神さまもなかなか悪戯《いたずら》が過ぎるというものだ。まあ、柏尾の追分で世話になっていると思ったのか、神さまもえこひいきをしたのかもしれない。どこの神さまも結構な悪戯好きなのだ。

困ったものである。

「懺悔、懺悔、六根清浄。懺悔、懺悔、六根清浄……」

不思議な呪文を唱えながら、小梢もお昌もお芳も登りきった。六根清浄のご利益はてきめんに現れた。

神さまへの頼み事は秘密でみなバラバラだが、中には金太のようにぼーっとして何も頼まない、とぼけ者もいる。

その大山阿夫利神社から望む相模の海は広大無辺、極楽浄土に続く、まさに六根清浄の大海原である。神の息吹を感じる、天と地の交わる大絶景だった。

息を飲むとはこのことである。

「きれいッ……」

あまりの眺望に、一行はしばらく呆然と海を見ていた。

大山寺を参詣し、阿夫利神社を参拝して充分に満足な一行は、山を下り始めた。山帰《やまがえ》りという。

一行は山を下りて田村通りを南下、相模川を田村の渡しで越えて南に歩き、藤沢四ツ谷で東海道に出て、藤沢宿で泊まりたい。

翌日は、藤沢宿から江の島に行く予定なのだ。

柏尾通りの大山道から見ると、田村通りはずいぶん短い。半分より少し長い程度で、四ツ谷に出ることができた。女の足でも夕刻までには充分に歩けるところだ。

相模川は鮎《あゆ》の多い川で、古くは鮎川と呼ばれていた。

上流の甲斐《かい》では桂川《かつらがわ》と呼ばれている。

建久《けんきゅう》九年（一一九八）十二月二十七日に河口近くの東海道で、初めて相模川橋が架けられた時、落成供養に行った頼朝の馬が暴れて、落馬したことから馬《ば》入川《にゆうがわ》ともいう。

この落馬が原因で、鎌倉への帰りに体調が急変して、翌年一月十三日に頼朝が亡くなった。

一行は田村の渡しで相模川を渡り、四ツ谷に向かった。

さすがに小梢は疲れて正蔵に背負われた。

「姐《ねえ》さんは大丈夫ですかい？」

金太がお昌に聞いた。

若い衆は小梢を奥さま、お昌を姐さんと呼ぶ。

「金太、背負いたいかい？」

「いいえ、お疲れかなと思いやして……」

「金太はやさしいね、背負っておくれよ」

「へい……」

若い衆五人は、旅に出て何んの役にも立っていないようで気が引けている。

「兄い、あっしに先に背負わせておくんなせい、お願いしやす……」

「いや、おれが先だ！」

誰がお昌を背負うか奪い合いになった。

「お前たちはいい子だねえ、長松《ながまつ》、お前から背負ってもらおうか?」

「へい、承知!」

重いお昌を五人が四、五町ずつ背負うことになった。何んとも賑《にぎ》やかな一行だ。相変わらず元気なのが佐平次とお芳だ。少しだが畑などを作っているから、あれこれと忙しくしている。その分元気なのだ。

一行は藤沢宿に着いた。

藤沢は清浄光寺《しょうじょうこうじ》こと遊行寺《ゆぎょうじ》の門前として発展、慶長《けいちょう》元年(一五九六)に東海道の宿場になった。

この頃、藤沢には家康が造った藤沢御殿があった。

家康が関東に移封された時、その宿泊拠点にしようとして、天正十八年(一五九〇)に造った家康の御殿で、東西百六間(約一九一メートル)、南北六十二間(約一一二メートル)で幅六間(約一〇・八メートル)、深さ二間半(約四・五メートル)の水堀に囲まれていた。

門は東海道に面して、御殿というよりは城だった。

家康の頭の中には鎌倉や江の島、箱根や大山に近い藤沢に、幕府を開こうという考えがあったのかもしれない。

もし、それが実現していれば、日本の中心は江戸ではなく、藤沢だったかもしれないのである。

この藤沢御殿は、家康、秀忠、家光の三代にわたって使われた。

翌朝、正蔵一行は、藤沢宿から江の島に向かった。

その頃、江戸では北町奉行米津勘兵衛はいつものように、老中や他の奉行との打ち合わせのため登城した。

すると老中の土井利勝に呼ばれた。

江戸城には将軍の茶道具を管理したり、老中の雑務を世話する奥坊主と、登城する大名の世話をする表坊主がいた。後に若年寄が置かれるとその管理下に入った。

これらは、少年の頃に江戸城へ入れられて育てられた。

その若い奥坊主に案内されて行くと、勘兵衛を待っていたのは土井利勝、酒井忠世、安藤重信の三老中だった。

珍しいことだ。

「米津殿、津軽《つがる》藩にお預けの勘十郎のことで来てもらった」

「はい、勘十郎が何か？」

「津軽藩に厄介をかけたということではない。上さまが赦免《しゃめん》すると仰《おお》せだが、大御所さまが許されたわけではない。よって米津家に帰すことはできないということだ」

「はッ、覚悟いたしております」

「死罪になった者が多い中で、勘十郎はお預けで済んだが、元に戻すことはできない。将軍家に背いたのだから重罪だ。老中の考えは放逐《ほうちく》するということだ」

「承知いたしました」

「勘十郎に情けをかけること無用である！」

「はッ……」

土井利勝が厳しく勘兵衛に言い渡した。ここに米津勘十郎は歴史から消えることになった。以後、勘十郎の消息は誰も知らない。

腹を斬ったのか、それとも蝦夷《えぞ》にでも渡って生き延びたのか不明である。

勘兵衛には痛恨の思いだ。

明らかに勘兵衛の油断で息子を一人失うことになった。

あの大鳥逸平《おおとりいっぺい》事件が蘇《よみがえ》ってくる。

下城して奉行所に戻っても、このことを喜与には言わなかった。辛《つら》いことを思い出すだけである。

勘兵衛は心の奥深くに閉じ込めてしまった。

賑やかな大山詣りの一行は、江の島から、風光明媚《ふうこうめいび》な海沿いを鎌倉へ向かった。鶴岡八幡宮に参拝して、鎌倉の旅籠《はたご》に泊まることになった。

女連れの旅は無理がきかない。

小梢とお昌の足がだいぶ傷んできていた。

翌朝、佐平次とお芳は、鎌倉から戸塚宿の柏尾に向かい、正蔵一行は、小梢とお昌を駕籠に乗せて金沢八景《かなざわはっけい》に向かう。

「それでは大願成就の折には、また大山詣りにおいでください……」

再会を約束して別れた。

金沢の風景の美しさは鎌倉期に知られていたが、この頃、北条家の家臣だった三浦浄心《みうらじようしん》によって、瀟湘《しようしよう》八景と紹介されたばかりだった。

金沢八景が有名になるのは、歌川広重《うたがわひろしげ》の絵によってである。

正蔵一行八人は、漁師の船で舟遊びをして、翌日に江戸へ向かった。大豪勢な大山詣りになった。一行は無事に浅草へ戻ってきた。

この頃、盗賊に入った後に放火をする、とんでもない凶悪な盗賊が現れた。

江戸では火災を赤馬《あかうま》といって恐れる。

炎が馬の走るように燃え移るからで、消火方法の不備な江戸では、地震も雷も何んといっても火事が怖い。

江戸は日に日に大きくなり混雑してきて、火事が発生すると一軒で終わることがなく、二軒三軒と延焼することが多かった。

風が強いとたちまち五軒や十軒に延焼する。

その上、消火は風下の家を破壊して、延焼しないようにする破壊消火だから、周辺の家を何軒も曳《ひ》き倒すことになる。

神田の米屋に入った盗賊は、一家五人を皆殺しにして、奉行所の調べでは小判五十両ほどを奪い、何のためか火を放って逃げたのだ。

証拠が焼けてしまい、正確にはわかっていないのだが、奪った小判が少ないだろうことからまたやるのではと、奉行所は警戒を強めて夜回りを厳重にしていた。

この事件は米屋の他に三軒が燃えたが、火事に気付いて逃げるのが早く、亡くなったのは殺された五人だけで、焼死者はいなかった。

こういう事件が起きると半左衛門は忙しくなる。

幾松と三五郎も聞き込みに飛び回っていた。幾松の女房お元が始めた小間物屋もまあまあの繁盛で、三五郎の女房小春の甘酒屋は上々の繁盛だった。

それで勢いに乗ったのか、二人が相談して子分を一人ずつ使っている。

半左衛門が二人の方が働きやすいだろうと、ご用聞きの下っ引きとして許したのだが、もちろん幾松や三五郎のような特別な俸禄は出ない。

この凶悪犯は、直助やお駒も探していた。

奉行所ではこの犯人を赤馬と呼んでいる。火事で燃えてしまって、手掛かりはまったく残っていない。ただ、殺された五人のうち二人は匕首《あいくち》で刺された痕跡があり、三人は刀で斬られた傷だとわかっていた。

犯人の中に、浪人が一人か二人いるということだ。

奉行所では、その傷跡から犯人の人数は三人か四人と考えている。だが、探索の甲斐《かい》もなく、犯人の手掛かりも足取りも見つからない。

次の事件が起きる前に犯人を捕まえたいのだ。

「半左衛門、どうだ、手掛かりは見つからないか？」

「はッ、どうも、どこに潜り込んだのかまったく手掛かりが見つかりません」

「金使いが荒いという話もないか？」

「ございません。まだ金を使っていないのか、江戸から出たのかもわかりませ
ん」

「江戸から出たとは考えにくいな」

「はい、襲った米屋が小さすぎます……」

半左衛門も、この犯人はもう一回どこかを襲う気がしている。火を放ってなにもかも燃やしてしまうと、帳簿が残らず奪われた金額もわかりにくい。

「どこかに尻尾を出している気がするのだが？」

「酒と女？」

「そんなところだ。後は放火に気をつけることだ」

「火付けの癖のある犯人？」

「そういうことも考えられるだろう」

「はい、考えられます。夜の見廻《みまわ》りをより厳重にします」

勘兵衛と半左衛門が話し合って、赤馬の次の犯行を阻止するべく、見廻りなど警戒をより強化しようとしたその夜、これまでにないきれいな仕事をする盗賊が現れた。

日本橋の材木問屋木曽屋忠左衛門《きそやちゆうざえもん》に盗賊が入り、家の者や使用人など二十数人が居たのに、誰にも気づかれずに六千八百両からの大金が奪われた。

その手口は鮮やかで小判だけを奪い、重い箱などはすべて残していったのだ。

お絹《きぬ》という三十がらみの女中が一人消えていた。

夜が明けても気づかず、主人と番頭が支払いの小判を出そうと金箱の蓋《ふた》を開けて、中が空なのに気づいた。

さすがに大店《おおだな》の木曽屋忠左衛門である。

小判は一か所だけでなく金蔵の他に、母屋の奥にからくりの部屋を作って、そこに一万両を超える小判を積んであった。

盗賊も盗賊なら、木曽屋忠左衛門もなかなかの男だった。

この盗賊の行方《ゆくえ》も、杳《よう》としてわからない。

手掛かりは、お絹という盗賊一味を引き込んだと思える女だけだった。

事件が重なることはよくあることだが、こんなに対照的な事件が重なるのは初めてだ。

赤馬は米屋の五人を殺して五、六十両を奪い、一方は木材問屋から一滴の血も流さず、六千八百両もの大金を持ち去った。

木曽屋忠左衛門の話では、お絹という女は、四年以上も前に忠左衛門が木曽へ木材を買い付けに行った時、気に入って木曽から連れて来た山出《やまだ》しの女だった。

素朴で可愛《かわい》らしく、忠左衛門は何度か抱いたことがある。

そんな女が端から盗賊の一味だとすれば、四年以上も隠し続けたことになるが、忠左衛門は信じられない。

女の良し悪しぐらい、抱いて見ればわかる。

お絹は、抱く前も抱かれた後も全く変わらない女だった。女は一度でも馴染《なじ》むと態度が変わるものだが、お絹はそんなところがまったくなかった。

逆に抱かれた後はより恥ずかし気で、男に馴染もうとしないようにさえ見えた。そんなところが忠左衛門に気に入られた。

「いつまでも山出しのままじゃ困るよ。馴染んでおくれ……」

忠左衛門がそう言いたくなるような女だった。俗に言われるいい女というのとは真反対のいい女である。忠左衛門の密《ひそ》かな楽しみでもあった。

六千八百両が消えたのは残念だが、小判は稼ぎさえすればまた貯《た》まるが、お絹のようないい女はもう手に入るものではない。

「六千八百両なんかお前に上げるから戻っておいで……」

忠左衛門をそんな気持ちにさせる女がお絹だ。生きた檜木《ひのき》の皮をむいた時のような、しっとりとした瑞々《みずみず》しい柔らかな肌だと思ったものだ。

そんなお絹が消えたことが悲しい忠左衛門なのだ。

誰にも言えない豪商木曽屋忠左衛門の、小さくて大きな秘密だった。もちろん、忠左衛門とお絹の秘められた仲は誰も知らない。

「木曽屋さん、そのお絹という女に何か手掛かりはありませんか？」

半左衛門が聞いた。

「手掛かりと申しますと？」

「例えば黒子《ほくろ》とか人にはない癖《くせ》とかでござる」

「さて、そのようなものがありましたか……」

木曽屋忠左衛門は、お絹の話になると非協力的になる。

お絹の体のどこに黒子があり、どんな癖があったかすべてわかっている。だがそれを答えれば二人の仲がわかってしまう。

忠左衛門は、お絹との仲は隠し通したかった。

「格別に手掛かりになりそうなことは気づいておりませんが、ただ爪《つめ》を噛《か》む癖があったように思います」

「爪を噛む？」

「はい、何か考えている時でしょうか？」

忠左衛門はそういったが、実はそうではなく忠左衛門に抱かれた時に、お絹が子どものように指を噛む癖を見せたのだ。

六千八百両も盗《と》られても、鷹揚《おうよう》な木曽屋忠左衛門だ。

幕府の材木御用も務める男で、その身代は三十万両を下らないといわれている。江戸でも屈指の大店なのだ。

発展する江戸では、材木はいくらでも売れた。

火事が起きると材木はたちまち品薄になる。そうならないよう忠左衛門たちは、あちこちから大量の材木を買い付けた。

それは何万両、何十万両という莫大《ばくだい》な小判を積むことだ。

やがて江戸の大店や金持ちたちは、家一軒分の木材を確保し、大工が細工をしてしまい、火事になったらすぐ後片づけをして、その細工した木材を運んできて三、四日で組み立てるようになった。

そんな迅速《じんそく》さが流行《はや》り出す。

五日目には商売をしているというように、気の早いのが江戸っ子だと言いたいのだろう。

従って、材木はいくらでも必要ということになる。

鬼屋長五郎のような屋根師や鳶職《とび》は、一度大きな火事が起きると、復旧に寝る暇もなくなる。そんな騒々しいのが江戸だ。

北町奉行所では、木曽屋の事件を飛猿《とびざる》事件と呼んだ。音もなく闇を飛ぶ猿のようだという意味だ。

勘兵衛は難しい二つの事件を抱えた。

もう一つ事件が起きたら、奉行所は人手不足でお手上げになってしまう。それでなくても外回りの人数が足りていない。幾松や三五郎のようなご用聞きを増やすのも、そう易々《やすやす》とできる話ではなかった。

そんな中で、大坂の陣も終わって辻斬りが少し増え始めていた。旗本やその子弟には粋がって試し斬りをする者がいる。

新しい刀が手に入ると、どうしても切れ味を試したくなるようだ。

奉行所に依頼すれば、十両とか二十両の礼金で、罪人の試し斬りをすることになっているが、どうしても自分で斬ってみたいという者がいる。

戦いで人を斬った感触が手に残っているからだ。それが癖になると辻斬り魔になってしまう。

辻斬りは、金目当ての者が圧倒的に多い。

平気で何んの罪もない人を斬るのだから厄介なのだ。

赤馬も飛猿も辻斬りも手掛かりがない。それをなんとかしようと半左衛門は頭が痛い。

あの美女葛《かずら》に刺されて生死を彷徨《さまよ》っていた喜平次が生き返った。

母親のお近と恋人のお夕が必死に看病して、死にかけた喜平次を蘇生《そせい》させたといえる。二人の愛情が喜平次を助けた。その喜平次が復活してだいぶ経《た》つが、半左衛門は無理をさせずにきたが、そうも言っておれなくなった。

少ない与力と同心を手際よく使うしかない。

半左衛門は赤馬の時も飛猿の時も、品川、内藤新宿、板橋、千住に同心を出して見張ったが捕まえられなかった。

第十七章　赤馬伝吉《でんきち》

勘兵衛が登城すると、また土井利勝に呼び出された。

赤馬と飛猿のことかと思い、いつものように老中の部屋に伺った。そこには青山忠俊がいた。

老中は、町奉行と会う時は一人で会うことはない。

「火付けをする盗賊が出たそうだが、捕まえる目途は立っているのか？」

「いいえ、今のところ手掛かりがなく、奉行所を上げて尻尾をつかもうとしております」

「そうか、火事は困るぞ」

「はい、なんとしても捕まえる所存にございます」

火付改方も盗賊改方もまだないのだから、すべて町奉行の勘兵衛がしなければならない。

「木曽屋もやられたそうだな？」

「はッ、六千八百両ほど奪われましてございます」

「六千八百両か……」

「大金ではございますが、木曽屋は問題ございません」

「身代は三十万両だと聞いたことがある」

「はい、今はもっと大きいかもしれません……」

「そんなに大きいか？」

土井利勝も青山忠俊も驚いたようだった。

「ところで、今日の話は別のことだ。懸案だった例の目付の件のことだが、定員十人、役料五百俵で設置することになった」

「役向きは旗本、御家人を見張り監視、諸役人の怠慢を監察ということです」

青山忠俊が簡単に説明した。

「町奉行になるための登竜門にもなる」

勘兵衛は若干不満だったが、旗本、御家人の監視として、新たな仕組みができたことは望ましい。

大目付も若年寄もまだない。

この目付ができたことで、以後、町奉行になるには、目付を務めることが必須となる。

目付には一部犯罪の裁判権なども与え、有能な人材を育てて、町奉行、勘定《かんじよう》奉行に出世させようという考えだ。

将軍や老中に、不同意の理由を述べられる権限も与えた。

将軍家康の鶴の一声で、初代北町奉行米津勘兵衛が決まったようなことはなくなり、若い幕臣を競わせながら、幕府が人を育てるということだ。

この仕組みに勘兵衛が不満を持ったように、新設はいいのだが、機能的には極めて不充分だった。

旗本八万騎を十人で監視するというのは端《はな》から無理だった。戦《いくさ》目付のような感覚での新設だが、泰平の世の旗本八万騎はあまり目立たない。

幕府はその不備に気付いて六年後の元和九年に、目付の配下に徒《かち》目付百俵五人扶持を三、四十人置いて隠密活動をさせたり、その下に小人目付十五俵一人扶持を七、八十人ほど設置することになる。

だが、勘兵衛が期待している、火付改方や盗賊改方は置かれなかった。

そんな腰の重い幕府が、目付を十人も新設したことは大いなる進歩だった。

勘兵衛が下城して奉行所に戻ると、砂利敷に、直助とお駒に幾松と子分の寅《とら》吉《きち》、それに二代目鮎吉の配下の定吉ともう一人座っていた。

「お奉行、直助たちが砂利敷にまいっております」

「ほう、親父《おやじ》さんとは珍しいな」

「赤馬のことのようでございます」

「尻尾をつかんだか？」

勘兵衛は大急ぎで着替えると、公事場に出て行った。

「ご苦労……」

主座に座らず縁側に下りて行った。

「どうした、大勢で。親父、話を聞こうか？」

「はい、実はここにおります二代目鮎吉の大番頭定吉さんが、赤馬の尻尾をつかんだようでございます……」

「ほう、定吉、その話を聞こうか？」

「お奉行さま、ここにおります配下の益蔵《ますぞう》が、昨夜一緒に酒を飲んだ者が、娼家《しょうか》に上がって派手に遊んだというので、上野の親父さんに相談したところでございます」

「なるほど？」

「お奉行さま、あっしと手下の寅吉とで確かめてまいりました」

幾松が素早く浅草に走って、定吉と益蔵の話に間違いないことを調べてきた。

「益蔵、顔を見たのだな？」

「へい、二人とも顔はしっかり覚えておりやす」

「二人か？」

「へい、一人は刀の鍔《つば》で左目に眼帯をした浪人でございやす」

「なんだと、隻眼《せきがん》か？」

「隻眼？」

「伊達政宗さまのように片目ということだ」

定吉が益蔵を叱るように言う。

「へい、さようでございやす。もう一人の男は右の頬に、四寸（約一二センチ）ばかりの刀傷のようなものがありやす」

「眼帯と刀傷か、わかりやすいな……」

勘兵衛が後ろの半左衛門を見る。

「この上ない手掛かりにございます」

「お奉行さま、その眼帯の浪人を、上野不忍《しのばず》の池の腰掛茶屋で見たことがございます」

「お駒、それはいつのことだ？」

「もう、半月も前のことにございます」

「仕事の前だな……」

勘兵衛は、赤馬がまた仕事をするつもりだと直感した。

「どこに行ったかわからぬか？」

「その時は、根津《ねづ》の方に歩いていきました」

「何刻《ひ》ぐらいだった？」

「陽が落ちる夕刻にございます」

「ねぐらだな……」

「お奉行、根津から金杉《かなすぎ》村根岸《ねぎし》のあたりまで、根津と本郷《ほんごう》、巣鴨《すがも》村から駒込《こまごめ》村のあたりなどを、集中的に探索させます」

「うむ、定吉、益蔵を幾松に貸してくれ！」

「はッ、畏《かしこ》まりました」

「半左衛門、すぐ手配をしてくれ、腕の立つ浪人かもしれない。手に余るなら斬り捨ててよいぞ！」

「承知いたしました」

「お駒、無理をするな。向こうも顔を覚えているかもしれない」

「はい、気をつけます」

「親父、お駒を一人にするな」

「わかりました」

勘兵衛の勘では、その二人は赤馬一味に思えた。何んとしても次の仕事の前に捕らえないと、大きな犠牲を出しかねない危険がある。

「二人を捕まえるだけでなく、一味を一網打尽にしないとならぬ。どこに巣を作っているか調べてもらいたい」

赤馬探しは急ぐ仕事で、半左衛門の指示によって一味の探索が始まった。

奉行所からも与力、同心が常より多く出動した。このところ訴訟が多くなり、何《な》んでもしなければならない奉行所は、見廻りにあたれる同心が少なくなってきていた。

町々に木戸ができたり自身番所ができるのは、まだ何十年も先のことである。

浅草に近い金杉村根岸のあたりから、豊島《としま》村鬼子母神《きしぼじん》のあたりまで広く探すことになった。その割り当てが決まった。

江戸府内には、村上金之助と大場雪之丞に、三五郎とその子分久六《きゅうろく》が残って、赤馬一味が次に狙う店を探しているだろうと警戒した。

浅草や金杉村根岸周辺、谷中《やなか》村、本郷台、駒込村、上野周辺を、林倉之助、幾松、寅吉、益蔵の四人が調べに入った。

黒川六之助と直助とお駒は、巣鴨村、豊島村、板橋宿のあたりまで探索した。

与力の倉田甚四郎や同心の朝比奈市兵衛、元気になった松野喜平次なども探索に入っている。

赤馬一味に次の仕事をされる危険が、一刻一刻迫ってきていた。

そんな緊迫した中で、本郷台と上野台の間の低地、谷中村に入っていた林倉之助、幾松、寅吉、益蔵たちが、赤馬一味が隠れ家にしている百姓家を見つけた。

益蔵が、眼帯をした浪人が百姓家に入るところを見つけたのだ。

大胆にも仕事をした神田から谷中村と、一里も離れていないところに巣を作って潜んでいた。

中に何人いるかわからない。

一味がどんな連中なのかもわかっていなかった。

最大の問題は、仕事をした後に火付けをする男を絶対逃がさないことだ。

谷中村から寅吉が奉行所に駆け込んできた。

半左衛門は、奉行所にいた吟味《ぎんみ》与力秋本彦三郎や野田庄次郎《のだしょうじろう》、赤城登之助《あかぎのぼりのすけ》の三人を急ぎ向かわせ、倉田甚四郎と松野喜平次が戻ってくると、二人も谷中村に向かわせた。

与力の倉田甚四郎が到着して谷中村の百姓家を包囲すると、まだ西の空が明るいうちに踏み込んで、決着をつけることにした。

この時、百姓家には頭《かしら》の万太郎《まんたろう》と浪人の杉山弁之助《すぎやまべんのすけ》と、その配下の男二人はいたが、肝腎《かんじん》の赤馬伝吉《でんきち》は、火種《ひだね》の入った打竹《うちたけ》を持ったまま次の仕事先を探しに出ていた。

それを誰も知らない。

「踏み込めッ！」

百姓家の表と裏から一斉に踏み込んだ。

裏から林倉之助が飛び込むと、薄暗い百姓家の中で戦いになった。

浪人の杉山弁之助は、狭いところでの戦いを嫌って縁側の雨戸を蹴破《けやぶ》ると、まだ陽の残る庭に飛び降りた。

そこには倉田甚四郎が待ち構えている。

弁之助を追う倉之助と、出てくるのを待っていた甚四郎に挟み撃ちにされた。

二人の剣客に挟まれても、隻眼の弁之助は強い。

左右の倉之助と甚四郎を隻眼で五分ににらんで、なかなか隙を見せない、いい腕の浪人だった。なぜ、こんな人殺しの仲間なのか信じられないほどの剣客だった。

眼帯をして死角になっているだろう左側の小野派一刀流林倉之助が仕掛けた。

中段に構えて間合いをグイグイと詰める。

隻眼の弁之助には死角になっているはずなのに、一眼で周囲の気配を感じ取っているのだ。弁之助の剣が倉之助を迎え撃つように、左に構えを変えてスッと間合いを詰めてくる。

油断のできない強い剣だ。

倉之助は下がらずに踏み込んで、上段から剣を振り下ろす。それを弾《はじ》き返すと袈裟《けさ》に斬り上げた。そこに柳生新陰流の甚四郎の剣が、邪魔をするように迫ってきた。

咄嗟《とっさ》に弁之助の剣が甚四郎の剣を迎え撃って、シャリシャリと甚四郎の剣を擂《す》り上げて隙を狙う。

瞬間、弁之助の剣が甚四郎の胴を狙ったが、それを倉之助の剣が許さず弁之助を襲ってくる。一瞬、弁之助が斬られそうになる。

倉之助と甚四郎の呼吸が合っている。

そのため、弁之助の踏み込みがことごとく甘くなって浅い。

二人の剣客を相手に逃げずに戦うのは、相当な自信と覚悟があるからだが、所詮は何人もの血を吸ってきた殺人剣だ。

剣は剣士の心ひとつで、活人剣《かつじんけん》にも殺人剣にもなる。

倉田甚四郎の柳生新陰流の祖石舟斎《せきしゅうさい》は、柳生流の極意である活人剣無刀取りを、京の北山で家康に披露した。真剣白刃取りとは違う。

その無刀取りの技に感服した家康は、石舟斎に仕官するよう要請した。

それを高齢であるとの理由で断り、息子の宗章《むねあき》と宗矩を自分に変わって推挙する。石舟斎の四男柳生宗章は修行の旅を望み、五男の柳生宗矩は徳川家の剣術師範を望んで仕官する。

以来、柳生新陰流は活人剣という。

戦いは二対一で、弁之助には圧倒的に不利だった。その上、隻眼である。

左右から間合いを詰められ、倉之助に横一文字に胴を抜かれて、顔面から庭の土に突っ込んで倒れた。

この百姓家で、頭の万太郎と配下二人が捕まり、杉山弁之助が斬られるのを、草むらに隠れて、顔に傷のある赤馬伝吉が見ていた。

「クソッ、みんなが捕まってしまった。おれ一人か……」

懐の打竹を握りしめて伝吉は冷静だ。慌てて逃げるでもなく、暗くなってきた闇の中に姿を消した。

この赤馬伝吉の存在はすぐわかった。

捕らえた一味に、益蔵の見た顔に傷のある男がいなかったからだ。

北町奉行所に引き立てられた一味の中から、配下の一人がすぐ吟味方の秋本彦三郎に調べられ、石を抱かされて伝吉の名前と打竹を持っていると白状した。

「お奉行、火種を持っているのが顔に傷のある男で伝吉といいます。逃げられました。すぐ手配いたします！」

勘兵衛が最も恐れていることが起きた。

最も逃げられては困る男に逃げられたことは重大だ。あちこちに放火される危険が出てきた。

夜の奉行所から次々と与力、同心が飛び出して非常警戒網が張られた。

伝吉が赤馬を走らせるとすれば、火種を持っている今夜だ。

勘兵衛も緊張した。

江戸を焼き払われるようなことになりかねない。

「宇三郎、風はあるか？」

「はい、南からの弱い風が吹いております」

「風があるか……」

強い北風でなければ大丈夫だと勘兵衛は自分に言い聞かせる。勘兵衛の傍《そば》に喜与と宇三郎、藤九郎、文左衛門、半左衛門が集まっていた。

その時、勘兵衛はフッと、伝吉が赤馬を走らせるとしたらどこかを考えた。それは奉行所だと思い当たった。

奉行所であれば恥をかかせられる。

うまく奉行所が燃え上がれば、仲間を助けられるかもしれない。

「宇三郎、志乃たちをここに呼べ。半左衛門、伝吉が赤馬を走らせるのはこの奉行所だぞ！」

「なんとッ！」

「この奉行所の周辺に伝吉は現れる。必ず捕らえろ！」

「承知いたしました！」

「奉行所の四方に隠れて見張れ、周辺の物陰にも隠せ、特に風上の南側を厳重にしろ！」

勘兵衛が指図して奉行所の守りを固めた。

厄介なことになった。

「喜与、着替える。わしも見張りに立つ！」

「はい！」

宇三郎が、お志乃、お登勢、お滝を呼んできた。藤九郎、文左衛門が襷《たすき》に鉢巻を締めて戦いの準備だ。

勘兵衛が着替えると、喜与たち女も火事に備えて支度をする。

奉行所に残っていた与力の秋本彦三郎と同心の沢村六兵衛《さわむらろくべえ》、野田庄次郎、岡本《おかもと》作左衛門《さくざえもん》、赤城登之助が、砂利敷に集まってきた。

勘兵衛と内与力の宇三郎、藤九郎、文左衛門の四人だ。半左衛門はいつものように奉行所に残る。

どこかに次々と放火されるより、奉行所を狙うならその方が捕らえやすい。

勘兵衛の勘が試される時だ。

「奉行所の周りに身を隠せるようなところはあるか？」

「隠せるところ？」

いざとなると自分の足元のことがわかっていない。

奉行所の周りに何があるのかなど、半左衛門はまったくわかっていない。

こういう時に当てになるのがお滝だ。鬼屋の娘だったお滝は、どこへでも出歩くから色々なことを知っている。

そんな物知りのお滝を勘兵衛は知っている。

「文左衛門、お滝を呼んで来い！」

奉行所を守るために、あらゆる知恵を総動員だ。呼ばれたお滝はどこに何があるか、そこには何人ぐらい隠れられるか、次々と披露する。大した知識だ。隣近所のことを諳《そら》んじているのには、誰もが恐れ入った。

お陰で、表と裏に、左右へと配置が決まった。

問題の南側には宇三郎と秋本彦三郎と野田庄次郎の三人が見張りについた。

勘兵衛は表門を見張った。

月明かりはなく、わずかに星明かりが降っている。

奉行所を赤馬伝吉から守るため、物陰や暗がりに身を潜めている。奉行所が狙われるとは誰も考えていない。

半信半疑の見張りだ。

亥《い》の刻（午後九時〜一一時）から始まった見張りが一刻半ほど続き、子《ね》の刻（午後一一時〜午前一時）が過ぎて丑《うし》の刻（午前一時〜三時）に入った頃、カサカサとかすかな音がして、人影が風上に現れた。

人影は着ていた蓑《みの》を脱ぐと塀の下にうずくまった。

懐から火種の入った打竹を出すと、火を吹いて勢いを励ましながら蓑に火を移した。

「おい、伝吉ッ、そこまでだ！」

「クソッ！」

伝吉が、火のついた蓑をポイッと奉行所の塀の中に投げ入れた。ほぼ同時に野田庄次郎がピーッと呼子《よびこ》を吹いた。

勘兵衛を始め、見張りの同心が一斉に呼子の鳴った南に走った。

庄次郎は投げ込まれた火を消そうと、裏口から奉行所に飛び込んだ。庭に堕ちてきた火を、お志乃たちが囲んで、お滝が消そうとしていた。

「伝吉、奉行所に火をつけようとは、いい度胸だな……」

秋本彦三郎が、伝吉を奉行所の塀に追い詰めた。ゆっくり刀を抜いた。

「着物を脱げ！」

刀の切っ先が伝吉の首に触る。髷《まげ》の元結《もとゆい》も斬られ、ざんばら頭になった。

「脱げッ！」

刀を突きつけられ渋々伝吉が着物を脱ぐ。奉行所へ入る前に、火種のないことを確認しないと危ない。

「全部脱げ！」

「全部だ……」

「伝吉、その薄汚い褌《ふんどし》もとれ！」

「ふ、褌？」

「取れ、取れというのがわからないのかッ！」

彦三郎の刀がカタッと鳴る。

怯《おび》える伝吉が、いやいや褌も取った。

「草鞋《わらじ》も脱いで裸足《はだし》になれ！」

沢村六兵衛が、伝吉の脱いだものをすべて調べる。

「お奉行、火種の入った打竹でございます」

勘兵衛は伝吉が使う打竹を手に取った。ずいぶん温かい竹筒だ。それを傍にいた藤九郎に渡す。

「手を頭に乗せて、その場で回れ、回れッ！」

彦三郎に徹底的に調べられ、裸足で素っ裸にされた伝吉が、そのまま奉行所の牢《ろう》に放り込まれた。それを万太郎たち三人が迎える。

「伝吉……」

「お頭、やられた……」

伝吉が身につけていたものは厳重に調べられた。

庭に投げ込まれた火のついた蓑は、庭の植え込みを少し焦がしただけで、火を怖がらないお滝によって消された。

翌朝から、赤馬一味は一人ずつ牢から引き出されて、秋本彦三郎の拷問で徹底的に調べられた。あちこちで皆殺しにし、付け火したことを白状させられた。

その数は二十件を超えていた。

火事を最も嫌う江戸では、付け火をした者は火刑と決まっている。

万太郎や伝吉たち四人も、火焙《ひあぶ》りの刑に処せられた。

一方、木曽屋忠左衛門に入った飛猿一味の行方は、まったくわからなかった。六千八百両もの大金を奪って、霧のように消えてしまった。

第十八章　居直り強盗

夏が過ぎても暑さがまだ残っていた。

「あの……」

「どうした？」

「ごめんなさい……」

「できたのか？」

「ええ、そうなの……」

「そうか、できたか、よし、よし……」

喜与のごめんなさいに慣れてしまった勘兵衛はもう驚かない。

「こっちにきなさい」

勘兵衛が喜与を引き寄せて抱きしめた。いつまでも仲のいい二人なのだが、勘兵衛はもう五十五歳になって、少し疲れを感じている。

この頃、ふたたび上方《かみがた》から続々と江戸に浪人が集まり出していた。

大坂夏の陣から数年が経ち、大阪城でもらった小判を使い果たすと、今度は江戸に出てくれば仕事にありつけると安易に考えている連中だ。

そんな浪人のできる仕事などほとんどない。

力仕事でも汚れ仕事でも選ばなければ、食いつなぐぐらいの仕事はいくらでもあるが、おれは武家だと威張《いば》るようだと仕事はほとんどない。

そこが難しいところで、賢い浪人は人々の中に溶け込もうとするが、見栄を張ったり、粋がったり、意地を張る浪人にはほとんど仕事がない。

そうなると、やることは決まってくる。息の合う無頼《ぶらい》の連中が寄り集まって、良からぬことを考え始めるのが常だ。

「どうだ。銭になる話はないか？」

「そんな仕事があれば、わしがやっているよ……」

「そうだな。それにしても、こう水腹では力が入らないぞ」

「刀も抜けないか？」

「ああ、腰の大小が重い……」

「竹光じゃないのか？」

「馬鹿言え、家代々の家宝だ」

「家宝の刀か、錆《さ》びなきゃいいが……」

「斬《き》ってみるか？」

辻《つじ》斬りをするかという物騒な話だ。

「辻斬りはまずかろう……」

「そうだ。辻斬りはまずい。強請《ゆす》りのできそうなところが一つある」

「ほう、どんな強請りだ？」

「小耳に挟んだんだが、京橋《きょうばし》の紙問屋、井筒屋徳兵衛《いづつやとくべえ》が店の女に手を出して、女房に叱られて放り出したということだ」

「おもしろそうな話だが本当の話か？」

「間違いない」

「幾らぐらいになる？」

「話の持っていきようにもよるが、少なくとも十両や二十両にはなるだろう」

良からぬ相談というものはすぐまとまる。

「女の名前は？」

「わからねえな？」

「店の小僧でも捕まえて聞けばわかるだろう」

「よし、誰がやる？」

「おれがやる！」

眼付きの鋭い男が名乗り出た。

「大越《おおこし》か、他には？」

「わしもやろう」

「武藤《むとう》か、いいだろう」

「笹川《ささがわ》、おれも入れてくれ……」

「西山《にしやま》か、よし、四人でやる」

京橋の紙問屋井筒屋徳兵衛を強請ることが決まった。何んとも質《たち》の悪い瘦《や》せ浪人だ。

この頃、町奉行所の支配管轄は、町方《まちかた》と呼ばれている町人地だけで、寺社門前地は寺社奉行の管轄、武家地は武家の管轄となっていた。

従って、こういう瘦せ浪人たちが寺社地に巣を作ると、町奉行はなかなか手を出しにくい面があった。それが問題だったのか、延享《えんきょう》二年（一七四五）には、寺社門前地五百六十七カ所が、町奉行の管轄に編入される。

人手は増えずに管轄が増えるので、結局、幾松や三五郎のようなご用聞きを五百人も使い、その下ッ引きを三千人も使うことになる。

それも幕府からはまったく俸禄が出ない。与力や同心の個人抱えのご用聞きで俸禄とはいえない小遣いほどは出るが、多くは町家から袖の下や駄賃をもらうようになる。

江戸は大雑把に山の手と下町、武家地と町方と分けられるが、当初は山の手には武家、下町には町人と分けようとした。

事実分けたのだが、やがて山の手にも町人が大量に入り込み、下町にも武家屋敷が増えて、混然とした城下に江戸は発展する。

そんな中で町奉行所は、武家屋敷にだけは決して手を出せなかった。

武家を取り締まるのは大目付と、目付の役目とされる。

井筒屋徳兵衛に強請りたかりをして、十両でも二十両でも、兎《と》に角《かく》、銭にしようという質の良くない痩せ浪人だから、嚙みつかれる井筒屋徳兵衛は大いに迷惑だ。

翌朝、以前に美男葛《かずら》の黒木左内が使っていた浄圓寺の離れから、笹川、大越、武藤、西山の四人の浪人が京橋に向かった。

京橋川に架かる橋で、南側には銀座《ぎんざ》が置かれていた。

銀座は痩せ浪人の近寄れるような場所ではない。金座と銀座は小判や丁銀《ちょうぎん》を作るところで、幕府の最重要な町である。

京橋は東海道の最初の橋だった。木造で擬宝珠欄干《ぎぼしらんかん》の美しい橋で、幕府が架けた橋である。その北側に紙問屋の井筒屋はあった。

武家の必需品である懐紙を始め、紙という紙を集めている問屋で大店だ。

「おい、小僧……」

店から出てきた小僧に、親分気取りの笹川が声をかけた。

「はい？」

「つかぬことを聞くが、井筒屋で、近頃やめた女中はいないか？」

「どちらさまで？」

「その女中の知り合いなのだが、姿を見ないので心配しておるのだ」

「ああ、それなら半月ほど前に、急にやめられたお直《なお》さんのことでしょうか？」

「そうだ。そのお直だが、どんなわけでやめたか知らぬか？」

「知りません。どうしてお武家さまがそんなことを聞くのですか？」

「いや、顔が見えないので心配しておったのだ。それでお直がどこに行ったかわからぬか？」

「親は鳥越《とりごえ》神社のあたりにいると聞きました」

「百姓か？」

「いいえ、ご浪人さまだそうです」

そこまで言うと、小僧が店へ逃げるように戻って行った。

「おい、聞いたか？」

「聞いた。浪人の娘らしいな……」

「厄介なことにならぬか？」

「かえって都合がいいのではないか、浪人ならわしらの仲間だ」

「その浪人と話がまとまっているということはないのか？」

「そんなことは構うものか。向こうは向こう、こっちはこっちだ。井筒屋を強請って銭を引き出せばいいのだ。そうだろう？」

「そうだ。それでいい！」

「よし、やろう！」

瘦せ浪人たちは兎に角、井筒屋を強請って銭にしたい。

「大越と武藤は外で見張ってくれ、西山行くぞ！」

「おう！」

笹川と西山が暖簾《のれん》を潜って店に入った。

「いらっしゃいませ……」

「あッ、お武家さま……」

「小僧、お前に用はない！」

西山が小僧をにらみつけた。

「お前は番頭か？」

「はい……」

「お直のことで徳兵衛に会いたい」

「お、お直のこと、しばらくお待ちを……」

番頭が慌てて奥に引っ込んだ。すぐ、井筒屋徳兵衛が顔を出した。

「ここは店先にございます。お一人だけ、奥へ……」

「西山、ここにいてくれ」

「おう……」

笹川が一人で奥に向かった。広い座敷に通されてポツンと座ると、その前に徳兵衛と番頭が座った。

「井筒屋徳兵衛ですが、お武家さまのお名前は？」

「それがしは笹川文吾郎《ぶんごろう》という」

「それで、お直のこととはどのようなことを？」

「井筒屋、そなた、お直に手を付けて放り出したな？」

「手を付けて放り出したとは、どんなことでございましょう？」

「しらばっくれるな！」

笹川が凄《すご》んだが、徳兵衛は平然としている。

「確かにお直は当家の女中ですが、放り出したりしておりません」

「黙れッ、わしを誤魔化《ごまか》せると思うな！」

「誤魔化すも何も、お武家さまの申されることがわかりません。お直は、来春にはこの井筒屋の嫁になることになっております」

「何ッ！」

「お武家さま、お直はこの井筒屋の若旦那に嫁ぐため、その支度《したく》で里に帰っているだけにございます。何かのお間違いかと思いますが……」

「そんなことはない！」

「そんなこともこんなことも、本当のことは一つしかございませんです」

番頭の言葉に、笹川が逆上して立ち上がると刀を抜いた。

「徳兵衛ッ、いい加減なことを言ってなめるなッ、銭を出せッ！」

「お武家さま、まずその刀を収めてくださいまし……」

「黙れッ、銭を出せッ！」

強請りたかりが強盗に居直った。

「番頭さん、持ってきなさい……」

「旦那さま……」

「いいから、お店から持ってきなさい」

番頭が部屋から出て行くと、小判を持って戻ってきた。三両を笹川の足元に置いた。

「番頭ッ、なめやがってッ！」

三両では少ないと思ったのか、いきなり番頭に斬りつけた。悲鳴を上げて番頭がひっくり返ると、西山と店の者が飛び込んできた。

「誰も入るな！」

徳兵衛は落ち着いている。

「誰か、店の金を全部持ってきなさい！」

そう命じて番頭を抱き起こした。番頭は肩を斬られている。

「なんということをなさる……」

強気に徳兵衛が笹川をにらんだ。

「浅手だ。命は取らぬ！」

「斬ったのか？」

「ああ、なめた真似をしやがって！」

「なるほど三両か、少ないな。井筒屋、子どもの使いじゃあるまいに、三両では斬られても仕方あるまいよ」

西山が番頭を抱いた徳兵衛をにらみつける。

そこに店の金箱が運ばれてきた。

「もらって行くぞ！」

金箱から笹川と西山がそれぞれ懐に小判をねじ込むと、刀を鞘《さや》に戻して表から堂々と帰って行った。

この時、銭箱には百両ほど入っていたが、二番番頭が気を利かして、五十両あまりを抜いていた。笹川と西山がつかんだのは四十両ほどだった。

番頭は血だらけになったが浅手で、笹川の言ったように命は取り留めた。

「いいかみんな、騒ぐんじゃないぞ。変な噂《うわさ》が立つと徳次郎《とくじろう》の祝言に傷がつく。あの浪人が聞いた噂も、この井筒屋を恨んでいるか妬《ねた》んでいる者が流したものだろう」

「旦那さま、奉行所には届け出ないので？」

「そうだな……」

徳兵衛はこの事件をどうするか考えた。奉行所に届け出れば、かえって厄介をかけるようなことになる。かといって放置すれば、痩せ浪人どもをつけあがらせる。

その夜、井筒屋徳兵衛は、小僧を一人連れて北町奉行所に現れた。

「京橋の紙問屋井筒屋徳兵衛にございます」

対応に出たのは半左衛門だった。既に、半左衛門の耳に井筒屋の事件は聞こえていた。

「井筒屋、災難だったな。誰か行かせようと思っていたところだ」

「恐れ入ります。お奉行所にご迷惑をおかけするのも、どうしたものかと思いましたが、お届けするのが筋と考えましてございます」

「そうか、しばらく待て……」

半左衛門が勘兵衛に、井筒屋徳兵衛の来訪を告げた。

「紙問屋の井筒屋か、会おう……」

勘兵衛は徳兵衛とは会ったことはないが噂は聞いていた。なかなかの商人だという噂だった。幕府にも紙を収めている大店だ。

「井筒屋、浪人の強請りだと？」

「はい……」

「お奉行、強請りたかりの居直り強盗のようです」

「なるほど、どんな男だ？」

「はい、笹川文吾郎と名乗りましてございます」

「一人か？」

「店の外に二人、店の中に入ってきたのが二人にございます」

「四人組か、それで何を強請ってきた？」

「それが妙な話で、息子の嫁になるのが金子《かねこ》さまというご浪人さまの娘さんで、その娘を放り出したという因縁でございました」

「ほう、違うのか？」

「はい、来春の祝言のために、里へ帰しておりましただけでございます」

「なるほど、浪人どもが勘違いしたということか？」

「さようでございます」

「祝言に傷がつくのを狙ったか？」

「誰かがそうたくらんだのかもしれませんが、変な話にございます……」

「恨まれる覚えは？」

「ございません」

勘兵衛は、誰かが井筒屋の祝言に不満なのだろうと思った。

そんな間違った噂に質の悪い痩せ浪人が飛びついて、居直り強盗になったという お粗末な話だが、番頭一人が傷つけられ、四十両からの小判を取られたとなれば事件だ。

「四人だと、どこかに巣を作っているな？」

「はい、浪人が四人となれば、探す場所も限られてまいります」

半左衛門が浪人を追えるという口ぶりで言った。長屋などに浪人が四人で住むということは考えられない。

そういう痩せ浪人が屯《たむろ》するところとなれば、無住の荒れ寺とか、捨てられた百姓家とか、粗方《あらかた》想像のできるあたりにいると半左衛門は思う。

逃げて江戸から出たかもしれないが、こういう質の良くない浪人は、横着《おうちゃく》で行くところがなく、平然と悪さを繰り返す奴《やつ》らなのだ。

その上、いざとなれば刀で決着をつけたがる乱暴者でもある。

四半刻ほどで井筒屋から迎えの人がきて、徳兵衛と供の小僧が帰ると、勘兵衛は半左衛門の考えを聞いた。

「祝言の話は本当でしょう。徳兵衛は何も言いませんでしたが、その祝言をおもしろくなく思っているのが誰なのか、徳兵衛はわかっていると思われます」

「なるほど、それで騒ぎたくないか？」

「はい、銭を奪われただけでなく、番頭が傷つけられてはそうも言っておられずに、訴え出たものと思われます」

「そんなところだろうな……」

勘兵衛が半左衛門の考えに同意した。

「祝言に反対しているのは身内でしょうから、そこには手をつけずに浪人だけを追うことにします」

「身内か？」

「はい、徳兵衛のごく身近でしょう」

「だとすると、浪人の娘というのは危なくないか?」

「お直の住まいは鳥越神社のあたりといいましたので、幾松にでも見回りをさせて、どんな浪人か調べさせます」

「それがいい。それに笹川文吾郎と名乗ったのは本名であろう」

「はい、そのように思います。居直る前に名乗っておりますから、強請れると思って名乗ったのでしょう……」

「それに、その痩せ浪人は四人だけとは限らぬから、用心して勝手に手出しをしないように言ってくれ……」

「承知いたしました」

このところ、飛猿事件が未解決のままで、他に大きな事件は抱えていなかった。半左衛門はすぐ、見廻りの同心に浪人の探索を命じた。

その頃、浄圓寺の離れにいる浪人七人が、四十三両の小判を抱いて品川宿に繰り出していた。

小判が手に入ればやることは決まっている。

兎に角、腹いっぱいに美味《うま》いものを食って酒を飲むことだ。

「みな一緒ではまずい、二、三人ずつに別れよう……」

「おう、それがいい、そうしよう」

一人でさっさと旅籠にしけこむ奴もいる。馴染みの女でもいるのだろう。一人六両の分け前は悪くない。飲んで食って女を抱いても当分の間は心配ない。豪胆というか横着というか、逃げようとしないのだから質が悪い。銭がなくなればまた悪さをするに決まっていた。

「目立たないようにしろよ……」

笹川文吾郎はすっかり親分気取りだ。次にこの男が考えているのは、百両、二百両を狙った押し込み強盗だった。井筒屋で易々と小判を手に入れて味をしめた。

大金を手に入れたら上方に逃げる。

そんな魂胆を、笹川は腹に抱えていた。

第十九章　お昌《まさ》の純愛

平安の頃、江戸郷前島村《まえじまむら》と言った。

江戸の江は入江のことで、戸は入り口を意味する。江戸とは入江の入り口ということになる。日比谷《ひびや》入江という大きな入江があり、そこに平川《ひらかわ》の砂州《さす》が半島のように大きくできていた。

それを前島と言った。

八重洲《やえす》から丸の内のあたりは前島村、神田あたりには芝崎《しばさき》村、一《ひと》ツ橋《ばし》あたりには平川村があり、江戸湊《みなと》、浅草湊、品川湊があって、古くから交通の要衝《ようしょう》とされてきた。

その頃、秩父《ちちぶ》地方には秩父党と呼ばれる大きな豪族がいた。その秩父重綱《しげつな》の四男に重継《しげつぐ》という男がいる。

この男は四男坊ながら野心家で、秩父から河越《かわごえ》方面に進出、河越から入間川《いるまがわ》沿いに平地を探し、江戸郷に入り桜田《さくらだ》の高台に拠点を構える。

江戸城の最初の姿はこの桜田の高台に、秩父重継の築いた、城とは言えない砦《とりで》のようなものであった。

秩父重継は桓武平氏江戸重継と名乗って、鎌倉の源頼朝に敵対するが、和解して御家人《ごけにん》になる。その江戸家は新田義貞《にったよしさだ》に味方して、足利尊氏に敵対するなどしたため、室町期には衰退してしまう。

重継には重長《しげなが》という息子がいたが、正嘉《しょうか》の大飢饉《だいききん》で重長は領地を治めきれず、前島村を鎌倉の北条家に寄進して被官《ひかん》となる。

その前島村は、北条家から鎌倉五山の円覚寺《えんかくじ》に寄進される。

この頃既に、周辺には鎌田《かまた》、六郷、原《はら》、鵜《う》の木《き》、丸子《まるこ》、金杉、石浜《いしはま》、牛島《うしじま》、柴崎《しばさき》、阿佐谷《あさがや》、飯倉《いいぐら》、小日向《こひなた》、渋谷《しぶや》、中野《なかの》などという村々が点在していた。

やがて関東管領《かんれい》の上杉家が力を持ち、その家老太田道灌《おおたどうかん》が、衰退した江戸家の居館跡に、江戸城と呼べるような城を築いた。

そこに応仁の大乱が京で勃発すると、細川軍と山名軍が、双方十万を超える大軍を集結させて、十年にも及ぶ戦いを始めてしまう。

京はもちろん五畿内も、二十万人を超える大軍に踏みにじられ、たちまち荒廃してしまうと、そこに住めなくなった学者や僧侶が大量に関東に流れ込んで、平川村を中心にその周辺に定住することになる。

江戸城の城下ができていった。東国から西国に向かう陸と海の要衝の地として発展していった。

そこに秀吉の命令で徳川家康が入ってくる。

家康が入ってきた時、江戸は百軒そこそこの寒村だったというが、大嘘《おおうそ》である。

大権現さまが何もないところから、苦労に苦労を重ねて作り上げたのが江戸なんだと、家康の功績を美化し、極大化するために、幕府が権現さま大事を言いふらしたのが江戸の寒村説で、大きな嘘だった。

応仁の大乱を逃れてきた人々が、名門関東管領の上杉家を頼って江戸郷に住みつき、城下と言えるような村々を既に作っていた。

全国に広がった応仁の大乱の火の手は、人々の大移住を促したのである。

京の文化を一気に地方へ運んだということではよかったかもしれないが、大乱の犠牲はあまりにも大きく、次に百五十年も続く群雄割拠の戦国乱世では、なお大きな犠牲を払うことになったのである。

その家康の江戸は、発展に発展を続けていた。

日に日に大きくなる勢いは衰えない。何《な》んといっても人の流入が止まらない。

幕府は、生まれた土地を捨てて江戸に集まることを禁止するが、人の移動こそが発展の源泉で、人はもちろんのこと、生き物は移動することで世界を広げ繁栄してきたと言える。

ことに人が移動すると、そこには物と銭がついてくる。

この物と銭というのが魅力的で、人を引き付ける魔力を持っている。人が集まると物と銭が集まり、そこにまた人が集まるを繰り返して江戸は大きくなった。

最初に人の移動ありきなのだ。

人間や生き物の最も重要な唯一の習性が、移動なのかもしれない。

それにしても江戸は女が足りない。

相変わらず男が五、六人に女が一人の状況で、幕府も町奉行も頭が割れるほど痛いのだが、女を集める方法というのは、遊女屋に集めるぐらいで、なかなか有効な手段がないのが実情だった。

男は鉄砲玉のようにどこにでも飛んでいけるが、女はそういう危なっかしいことはしないし、できないようなのだ。

当然、所帯を持てない男が増えてくる。

何か女を増やす方法はないか考えても、よい思案が浮かばない。

泰平の世になって、土井利勝のような優秀な人材も出てきたが、この女を増やす問題だけは妙案が出ないのだ。

なんとかしなければならないとわかっているが、手の施しようがない。

そんな中で、井筒屋徳次郎のように、浪人とはいえ武家の娘を嫁にできるなどというのは、千金を積んでも叶《かな》うことではないのだ。

大贅沢《ぜいたく》、幸運、言語道断、笑止千万である。

江戸で娘を探すのは難しく、鬼屋の万蔵がもらったお京のように、親類縁者を頼って地方からもらうというのが多い。

数が少なく、年頃の女がいないのだから仕方がない。

その貴重な存在の、金子直の周辺に出没しているのが、飛び切りの美女でやさしいお元を妻にできた、果報者の幾松だ。

鳥越神社のあたりをうろうろしながら、お直の長屋を突きとめると調べ始めた。近頃の幾松は、ご用聞きも板について、持ち前の人懐っこさが誰からも好かれた。

三日もすると、お直のことはほとんど調べ上げて奉行所の半左衛門に報告に来た。

「お直は金子伝一郎《でんいちろう》という浪人の一人娘です」

「金子とはどこの浪人だ？」

「芸州《げいしゅう》だそうです」

「芸州広島《ひろしま》か、それで母親はいないのか？」

「はい、五年前に病で亡くなったそうにございます。その時の借財がまだ残っているようです……」

「それでお直は仕事に出ているのだな？」

「そのようです」

「お直の年は？」

「十五歳です。年が明けると玉の輿《こし》だと噂《うわさ》しておりました」

「十六になって嫁ぐということだな？」

「はい、井筒屋の徳次郎は十七歳だということです。年が明ければ十八ですから、双方が納得したものかと思います」

「そうか……」

幾松の話は筋が通っている。徳兵衛が勘兵衛に話したことと合致する。

「一つだけ気になることを聞きました」

「なんだ？」

「はい、徳次郎の母親お辰《たつ》の兄が、娘を徳次郎に嫁がせようとしていたそうで……」

「なんだと、その母親の兄はどこにいるのだ？」

「京の紙屋だそうです」

「京？」

「井筒屋徳兵衛が、若い頃に修行した京の店だそうで……」

「誰に聞いた？」

「お直の長屋の若い女房で、お直がずいぶん悩んでいたということです。今度の事件とかかわりがありましょうか？」

「あるかもしれぬな。お奉行に相談する。幾松、お直から目を離すな！」

「へい、がってんで！」

「お駒も助っ人に出す」

「承知いたしました」

半左衛門は、お直が狙われるかもしれないと思った。こういう身内の問題が最も厄介なのだ。

「その京の娘というのを徳次郎は嫌いなのか？」

「ええ、歳《とし》が徳次郎よりだいぶ上だそうで、一度、京の紙を買い付けに行った時に会ったそうなんですが、がっかりして帰ってきて、すぐお直に嫁になってくれと言ったそうです」

「それでお直が迷ったか？」

「はい、徳次郎も贅沢な野郎で……」

「そういうな幾松、お前だってお元を嫁にするには苦労しただろう？　お奉行に取り上げられたと思って」

「旦那、それは言わねえで下さいよ。必死だったんですから……」

「徳次郎も同じだろう。江戸は娘が少ないんだ。お前や三五郎は幸せもんだぞ。お元を大切にしろ……」

「へい、旦那、藪蛇《やぶへび》だ……」

「馬鹿野郎、お元に逃げられたら、ご用聞きは首にするからな！」

幾松が半左衛門に叱られて奉行所を飛び出した。

「お元弁天《べんてん》だからな、ちょっと顔を見て行こうか……」

鳥越神社に行く前に、神田の小間物屋によって、恋女房のお元を拝んでから行きたい。幾松が、お元の顔を見に立ち寄ると、お駒が店の前に立ってお元と立ち話中だった。

「あら、幾松さん、どうしたの？」

「お奉行所に行ってきた」

「そう、鳥越神社でしょ？」

「うん、長野の旦那が、お駒さんに助けてもらえって……」

「まあ……」

「立ち話もなんだからお前さん、お駒さんと中でどうぞ……」

「そうだな……」

幾松は、お駒を誘うと座敷に上がって、半左衛門に話したことを説明した。

「お直さんが危ないということだ？」

「そうなんだ。こういうのは何が起きるかわからず厄介なんだな。お駒さん、力を貸しておくれよ」

「いいけど、一緒に鳥越神社に行く？」

「うん、お直が出歩く時、後をつけるということだな……」

「そうしよう」

話が決まって、幾松とお駒がお元の小間物屋を出た。

その頃、浅草の二代目鮎吉の家で大問題が起きていた。

大山詣りに行って小梢が懐妊したのはめでたいが、困ったことが起きたのは、お昌に叱られてばかりいた金太が、二十幾つも年の違うお昌に惚《ほ》れてしまって、嫁になってくれと迫ったのだ。

お昌も、大男で間抜けな金太が可愛《かわい》い。

「お前は馬鹿だねえ、こんな婆《ばあ》さんのどこがいいんだい。お小遣いを上げるから、みんなと一緒に吉原に行ってきな……」

「嫌だよ。姐《ねえ》さんがいいんだ。お願いだから……」

「馬鹿だねえ金太は、そんなこと言って困らせるんじゃないよ」

「姐さんが好きなんだ。大山の阿夫利さまのご利益だから、お願いだよ……」

「そんなお前、嫁なんてなれるわけないだろ馬鹿なんだから……」

「それでも姐さんがいいんだ……」

息子のような金太に迫られたお昌は、そんな一途《いちず》な大男を放っておけなくなった。

気の迷いというものは幾つになってもあるもので、そのお昌が金太を抱いてしまったから大問題になった。

それも一度ならずも二度、三度と「金太は馬鹿なんだから……」と言いながらである。そんなことを隠しておけるはずがなかった。

金太は定吉に呼び出され、ことの真相を問い詰められた。

「へい、どんな罰でも受けます」

「馬鹿野郎ッ、てめえッ、よくも姐さんをッ！」

定吉の足元に這《は》いつくばって、金太が謝る。奥の部屋では、正蔵とお昌が難しい顔で座っていた。

「二代目、金太は悪くないんだ。金太が可愛くてね。ふらふらっと、ふらふらっとだからさ、勘弁しておくれよ」

「お昌さんがそういうならそうしますが、これから先、どうします？」

「そこなんだ二代目、金太に火がついているから……」

「金太よりお昌さんの方はどうなんです？」

「そりゃ二代目、こう見えても女だから、金太に極楽を見せてもらったから……」

「金太と一緒になりてえと？」

「二代目、いくら何んでもそこまではいいませんよ。ただ金太が可愛くてねえ、この歳になって恥ずかしいんだが、どうにかなりませんかね二代目、老いても枯れるまでは花は花なんだと金太に教えられましたよ……」

「なるほど、どうです。思い切って二人で住んでみては？」

「二代目、そりゃ駄目だ。毎日ということになると十日もしないで捨てられてしまう。こういうものは時々だからいいんで、毎日となると金太が可哀《かわい》そうだ」

「そうですか？」

「そういうもんです。金太をどうこうしようという気はないんだから……」

お昌はさっぱりしていた。金太に好きな女ができればそれでいいと思っている。むしろ、そうなってほしいと願っている。

大山の阿夫利さまもどっちを見ているんだか、いい女が金太の周りにもいるだろうに、阿夫利さまが恨めしい。

「二代目は知らないだろうが、浅草寺さんの裏にはそういう茶屋ができているんです。金太と初めて行った時は何が何んだか……」

お昌がのろけるようでは、もう行くところまで行くしかない二人だと正蔵は見た。できてしまったことは仕方のないことだ。

小梢の面倒を見て男と縁のなかったお昌が、若い金太に言い寄られてどんなにうれしかったか、よろめくのもわかるし、火がついてしまったのもわかる。

この頃、男女の密会や逢引《あいび》きを助ける出合茶屋や、男色の陰間《かげま》茶屋などというものまででき始めていた。

お昌はその出合茶屋に金太と行ったのだ。

「それではお昌さんはこのままでいいと？」

「二代目、御免なさいよ。色は男だけじゃないんだ。女も同じなんだ。ただ、金太のようにやさしい男がいないだけさ、金太は実のあるいい男だ……」

そこに、定吉に散々怒られた金太が現れた。

定吉と金太が並んで正蔵の前に座る。

「金太、御免ね……」

「姐さん、御免なさい」

「いいんだ。今、二代目にもお願いしたから……」

「姐さん……」

金太を叱った定吉はがっくり、何がどうなっているんだかわけが分からない。なんとも姐さんが喜んでいるのだから、金太を二、三発ぶん殴ればよかったと思う。

「二代目、すみません……」

「金太、お昌さんを大切にするんだぞ……」

「へい！」

正蔵があきれ返って座を立つと定吉が「あの馬鹿野郎が……」と、ブツブツ言いながら後を追った。

「金太、お前は馬鹿なんだから、こんなお婆ちゃんを……」

「姐さん、また、藤屋《ふじや》に行こう？」

「そんなこと言って、また困らせるんだもの……」

「行こうよ。この間みたいにさ……」

「もうこんな時に、馬鹿なんだからお前は、仕方ないねえ、観音さまにお参りしてからだよ金太」

「わかった！」

口に紅などさして「観音さままでちょっと……」と小梢に言って、いそいそと出かけるお昌なのだ。こうなると十歳も若くなってしまう。

実は、その大男の金太とお千代を一緒にさせて、浅草周辺を見廻《みまわ》るご用聞きにしようと正蔵は考えていたのだ。

その金太をお昌に取られたのだから、他に誰がいいか考えるしかない。

お千代のようなお転婆を黙らせるには、金太のようなやさしい大男がいいのだが、お昌がいいというのでは致し方ない。

金太をあきらめて、もう一人の大男の益蔵がいいと思う。

正蔵は、時々上野のお民《たみ》のところに帰る。子どもも長女と長男が生まれていた。

「お民、お千代のことなんだが、益蔵と一緒にしようと思うんだ」

「金太さんじゃないの？」

「うむ、金太には他に好きな女がいるようだ」

「まあ、そうなんですか？」

「こっちに来るか？」

「はい……」

正蔵とお民の間に娘と息子が寝ていた。

「益蔵では駄目か？」

「そんなことはありませんが、お千代さんがどう思うか？」

「金太を好きなのか？」

「わかりません。お千代さんはそういうことを口にしませんから……」

「そうか、お千代がいなくなってもお前は大丈夫か？」

「ええ、お信さんがいますから……」

「だが、お信はお繁《しげ》の手伝いもあるだろ。どうだ、手ごろな娘がいたら使ってみるか？」

「いいんですか？」

「心配するな」

「はい……」

正蔵は、お民の店がそんなに儲かっていないことを知っている。正蔵の糟糠《そうこう》の妻お民は、二代目鮎吉になってからも正蔵を愛している。二人の子どもは、二代目になってから生まれたのだ。

「益蔵とお千代の話は急ぐ話ではない。北町のお奉行さまにもまだ話をしていないのだ」

「幾松さんのご用聞きはうまくいっているようですね？」

「浅草と、この上野にも欲しいと思っている」

「金太さんと益蔵さん？」

「いや、金太は駄目だな……」

「何かあったの？」

お民が正蔵に覆いかぶさってきた。

「お昌さんを知っているか？」

「はい、確か先代の奥さんの妹さん……」

「そうだ。そのお昌さんに金太が惚れた」

「まあ……」

お民が驚いて体を起こした。

「そんなこと……」

「その金太を可愛くて仕方ないんだからどうにもならん」

「本当なの？」

「本当だ。二人に火がついて消すに消せない」

「消すなんて、そんな……」

「金太はそういうことなんだ」

「どうしたんでしょう？」

「わしにもわからんよ……」

正蔵が引き寄せると、久しぶりにお民を抱きしめた。

第二十章　徳次郎《とくじろう》とお直《なお》

鳥越神社は白雉《はくち》二年（六五一）に日本武尊《やまとたけるのみこと》を祀《まつ》って、この辺りが白鳥村《しらとり》だったことから、白鳥神社と称したのが初めてで、その後、源頼義《よりよし》、義家《よしいえ》親子が、陸奥《むつ》の戦いへ赴く途中に通りかかって、鳥越大明神と改めたと伝わる。

鳥越神社は鳥越山を中心に、周辺に二万坪の広い敷地を持っていたが、この三年後の元和六年に、山を崩して大川沿いに整地し、幕府に集まる全国の天領の米を入れる浅草御蔵《おくら》を作った。

そのため鳥越神社の広大な敷地は、幕府に没収され、山は崩され池は埋め立てられる。

神社の北側に、姫《ひめ》ケ池《いけ》という美しい池があった。埋められてしまうのだが、その池の傍に、黒川六之助と林倉之助、お駒と幾松の四人が立っていた。

「お駒、お直に変わりはないか？」

「変わりはないんですが、昨日あたりから遊び人風の男がうろついています。あれはきっと懐に匕首《あいくち》を入れています」

「ほう、匕首を……」

「右手を懐に入れて、いつでも抜けるように握っているようです」

「物騒な男だな？」

「目つきが鋭いのですぐわかります」

「そうか、油断できないな」

「お直さんが長屋を出たら後ろにつきます」

「そうしてくれ、その男が何もできないようにな、後ろには気をつけろ……」

「はい、わかりました」

お駒は後ろの帯の間に、いつも護身用の匕首を入れている。いざという時はそれを抜いて戦う。

昼過ぎ、お直が長屋から出てくると、通りに出て西に歩き出した。

すると、物陰から男が出てきてお直の後ろについた。お駒の動きも速かった。

男がお直との間合いを詰める前に、サッと二人の間に割って入った。

「チッ……」

男が不満そうに舌打ちをする。

お駒が邪魔で、お直との間を詰められない。男の後ろ五間ほどのところには幾松がいた。その後ろに林倉之助、三間ほど後ろを黒川六之助が歩いている。

男が横道に入って姿を消した。

その前を幾松は通り過ぎたが、倉之助は咄嗟《とっさ》に、男がお直の帰りを狙うつもりだと察知、六之助と二人で通りから姿を消した。

お直は一町（約一〇九メートル）ほど離れた米屋に入った。

「すみません……」

「ああ、金子さまのお嬢さま？」

「お米をいただきたいのですが……」

「いかほどでしょう？」

「五升ほど……」

「承知いたしました。お持ちになるのは重いですから、すぐお届けに上がります」

「ありがとう……」

お直はうなずくと、小さく微笑《ほほえ》んで店を出た。

ないとわかる。

米櫃《こめびつ》が空なのに気づいて、お直は米を買いに出たのだ。裕福な暮らしはしてい

父親の金子伝一郎は力仕事に出ていたが、腰を痛めて、今は近所の子ら三、四人に読み書きを教えているが、どこも貧乏で束脩《そくしゅう》も何ももらっていない。

偶《たま》に子らの母親が野菜などを持ってくる。

伝一郎はそんな生活を心配するお直に「母の分まで幸せになりなさい」と、井筒屋徳次郎との結婚を許したのだ。

浪人でも、笹川文吾郎のような悪党もいれば、金子伝一郎のように、痩せても枯れても武士として生きようとする者もいる。

黒木左内のように武士を捨てる者もいた。

その生き方はさまざまである。

米屋を出たお直は、道草をせずに長屋に向かった。その後をお駒と幾松が追っている。お直が狙われていることがはっきりした。

そんな危険が迫っているとは夢にも思わないお直が、男の消えたあたりまで来ると、その男が再び現れた。お駒が走る。幾松が後を追った。

「金子直だな？」

「はい、どちらさまでしょうか？」

お直が、怖い男の目に怯《おび》えて後ろに下がりながら、気丈に誰何《すいか》した。男が気味悪く黙って匕首を抜いた。

「待てッ！」

お駒が握っていた石を男に投げつけ、男とお直の間に割って入った。

「お前さん、若い娘に何をするんだね！」

「邪魔だッ、どけッ！」

「ふざけんじゃねえよお前さん……」

啖呵《たんか》を切ったお駒が、帯の後ろから匕首を抜いた。

「おのれッ！」

お駒の傍に幾松が走ってきた。だが、幾松は丸腰だ。二人の後ろにお直が呆然《ぼうぜん》と立っている。そこに倉之助と六之助が駆けつけた。

六之助が素早く男の後ろに回って逃げ道を塞いだ。

「北町奉行所の者だ。神妙にしろ！」

「うるせいッ！」

男が近寄るなと叫びながら匕首を振り回す。

「往生際の悪い野郎だ……」

倉之助がゆっくり刀を抜くと峰に返した。

「斬り捨てる甲斐《かい》もねえ野郎だ。来い！」

一気に間合いを詰めた倉之助が男に襲い掛かると、男の左から胴を抜いた。

「ゲッ……」

匕首を握ったまま男が道端に崩れ落ちる。お粗末な暗殺者だ。誰が見ても素人の手口だとわかる。

幾松が男をキリキリと縛り上げた。

「お駒、怪我《けが》はないか？」

「はい、大丈夫です」

「お駒、いい啖呵だったぞ」

「お恥ずかしいことで……」

六之助に褒められて、お駒がニッと照れた。

「娘さん、名は？」

六之助が知らんふりで尋ねた。

「金子直です」

「直さんか、お駒、お直を家に送ってくれるか？」

「はい、承知いたしました」

驚いて倒れそうなお直に近づき「行きましょう」とお駒が促した。

「これは？」

「お父上さまにお話しいたします。行きましょう」

「はい……」

二人が長屋に向かい、林倉之助と黒川六之助は、幾松が引き立てる男を連れて奉行所に向かった。

お駒は井筒屋徳次郎との祝言のことは言わずに、お直に悪戯《いたずら》したい馬鹿者の仕《し》業《わざ》だろうと伝一郎に説明した。だが、伝一郎は祝言とのかかわりだと直感した。

捕らえられた男を待っていたのは、容赦しない吟味方の秋本彦三郎だ。

何を聞いても沈黙する男に石を抱かせる。

「名前は？」

彦三郎をにらむ強情な男だ。

「足の骨が砕けるぞ。石を載せろ！」

二枚、三枚と正座した膝の上に石が積み重なる。

「喋《しゃべ》るなよ。何枚まで我慢ができるかお前と根競べだな。もう一枚載せてみろ！」

「クッ！」

後ろ手に縛られている男は苦痛にもがき、血が出るほど唇を嚙《か》んだ。

「ぼちぼちだな。娘を殺そうとは馬鹿な野郎だ。もう一枚だ！」

「ングアッ！」

「もう一枚載せろ！」

「秋本さま、本当に歩けなくなりますが？」

「構わぬ。こいつが選んだことだ！」

「言う……」

「何？」

「宗六《そうろく》だ……」

「白状するか？」

「する……」

「よし、石を二枚下ろせ。誰に頼まれた？」

「名前はわからねえ、五十がらみの男だ……」

「一枚下ろせ。いくらもらった？」

「前金十両……」

「後金は？」

「二十両だ……」

「ほう、豪勢だな。もう一枚下ろしてやれ……」

彦三郎が温情を見せた。

「徳次郎のことは聞いていないか？」

「徳次郎は別の奴《やつ》がやるはずだ……」

「何ッ……」

彦三郎の顔色が変わった。

「別の奴がやるはずだ……」

「宗六を牢《ろう》に戻しておけ！」

彦三郎が半左衛門のところに走った。

「徳次郎が危ない！」

「なんだと？」

「他の奴が徳次郎を狙っていると白状した！」

「よし、来い！」

緊急を要する事態に、二人が勘兵衛の部屋に飛び込んだ。話を聞いた勘兵衛が、徳次郎に護衛をつけるように命じた。

林倉之助と村上金之助が、京橋の井筒屋に派遣された。

勘兵衛は宗六を牢から引き出させて公事場《くじば》に向かった。砂利敷の筵《むしろ》に座った宗六は、すっかり観念している。

「宗六、お奉行さまのお取り調べだ。神妙にお答えしろ……」

足を拷問でやられた宗六がうずくまっている。もう、正座することができない。勘兵衛が縁側まで出てきた。

「井筒屋徳次郎をやるとは誰に聞いた？」

「話を持ってきた男で、徳次郎とお直のどっちをやるかと……」

「それでお前は女の方を選んだのだな？」

「へい……」

「徳次郎を引き受けた男のことは知らないか？」

「浪人だそうで、それ以外は知らない」

「浪人か、いつやるか知らぬか？」

「今年中に……」

宗六は神妙に勘兵衛の問いに答えた。

「話を持ってきた男に何か特徴はないか？」

「その男の左眉の端に豆粒のような疣《いぼ》が一つ……」

「言葉の訛《なま》りは？」

「上方《かみがた》かと……」

「うむ、神妙である。半左衛門、誰かに宗六の足の手当てをさせろ……」

「はッ、承知いたしました」

「それに徳兵衛を呼んでくれ……」

「はい、早速に……」

事件の全貌が浮かび上がってきた。問題は姿を消した笹川文吾郎一味だった。

この凶悪犯を野放しにすると、何が起きるかわからない。

まだ、江戸に留《とど》まっていることを前提に、同心たちが探索に当たっている。

その夕刻、井筒屋徳兵衛が北町奉行所に現れた。

「お奉行さま、とんでもないことになりまして申し訳ございません」

徳兵衛は平身低頭だ。

「井筒屋、徳次郎は無事だな？」

「はい、お陰さまで、お直の命まで狙うとは……」

「祝言をつぶそうとの魂胆だ。間違いない。ところで左眉の端に豆粒のような疣のある男を知らぬか？」

「左眉の疣……」

「心当たりがあるのだな？」

「はい、ございます」

「誰だ？」

「それは……」

徳兵衛は信じられないという顔で勘兵衛を見る。商売上、徳兵衛が信頼している男だ。

「上方の男であろう？」

「はい、取引先の番頭にございます」

「それは京の紙問屋か？」

「そうです……」

「言いにくいか？」

徳兵衛が江戸に店を持つ前に修行をした、親のような京の紙問屋だ。今も井筒屋の紙の半分はそこから運ばれてくる。

「お奉行さま……」

「井筒屋、人の命が狙われたのだ。穏便にというわけにはいかないぞ」

「はい、京の紙問屋、桂屋《かつらや》の番頭吉松《よしまつ》かと思われます」

「徳次郎の嫁を考えていた紙問屋だな？」

「はい、桂屋のお粂《くめ》さんです」

「桂屋の主はどんな男だ？」

「桂屋杢兵衛《もくべえ》さんとは兄弟のように育ちましてございます。そのようなことをする人ではありません」

「吉松が勝手にしたことか？」

「吉松も勝手にこんなことをする男ではないと思います」

徳兵衛が二人を庇《かば》うように言う。

勘兵衛は徳兵衛の話の内容から、誰がこういうことを考えたか、わかっている口ぶりだと感じた。

「徳兵衛、お前の息子は今も命を狙われているのだ。桂屋を庇いたい気持ちもわからないではないが、そういうことならば奉行所は手を引くしかないぞ」

勘兵衛が徳兵衛を脅した。

奉行所が徳次郎とお直を助けるために動いているのに、知っていることを言わないのは神妙ではない。

「申し訳ございません」

「糸を引いているのは誰だ。言えないのか？」

「これを申し上げますと井筒屋も桂屋もつぶれますが……」

「両方か？」

「はい、仕方ありません。お奉行さまを信じて申し上げます」

徳兵衛が腹をくくった。

「実は、桂屋杢兵衛さんの奥方さまは、とあるお公家《くげ》さまの愛妾《あいしょう》が生んだお子にございます。そのお公家さまはまだ生きておられます」

「公家だと？」

「はい、お調べになればすぐわかることにございます。それに徳次郎の弟徳三郎《とくさぶろう》が桂屋に修行に行っております。その徳三郎とお粂さんがいい仲だと徳次郎が気づきまして、それでお直をもらうことにしたのです」

「井筒屋を徳三郎に継がせたいという思惑なのか？」

「はい、李兵衛さんは知らないことではないかと思われます」

「公家の愛妾は生きているのか？」

「いいえ、だいぶ前に亡くなっております」

勘兵衛には江戸と京の絵図がはっきり見えてきた。厄介なことになりそうだ。

幕府でも、天皇の臣下である公家には迂闊《うかつ》に手を出せない。

「これは公家と桂屋の奥と番頭の吉松が仕組んだということか？」

「はい……」

「徳三郎とお粂はかかわりないか？」

「はい、李兵衛さんも……」

「祝言はいつだ？」

「年明けの十五日にございます」

「一月十五日か……」

勘兵衛は、うまくまとめる何かいい策はないか考えた。できれば井筒屋にも桂屋にも傷をつけたくない。うまい落としどころはないか考える。

公家が出てくるとは思わなかった。

「井筒屋、徳次郎とお直の祝言に、杢兵衛と吉松を呼べないか？」

「祝言に桂屋さんと番頭を？」

「無理か？」

「いいえ、江戸見物を兼ねて、下《くだ》って来てくれるよう書状を用意しますが、断られた時にはどのように？」

「その時は仕方ない。京の所司代の手を煩わすことになる……」

「それでは桂屋さんが……」

「所司代板倉勝重さまの考えしだいということになる」

「板倉さま……」

「そうなれば闕所《けっしょ》など厳しい処分も考えられる。徳次郎とお直の命を狙ったのだから。軽い罪ではないのだぞ。まだ事件は終わっていない。徳次郎を殺すためどこかに刺客が隠れている」

勘兵衛は厳しい顔で徳兵衛をにらんだ。

「調べ方しだいでは桂屋杢兵衛、その妻、番頭、お粂、徳三郎も罪に問われるのだ。井筒屋、奉行所の調べを甘く見るな」

「恐れ入ります」

「こういう事件は根が深いこともある。井筒屋の内部に、加担している者がいれば調べることになるぞ。徳次郎と徳三郎に店の中が割れていることはないだろうな？」

「それはございません……」

そう言ったが徳兵衛には自信がない。店の一人一人が何を考えているかまで徳兵衛は知らない。

「いいか井筒屋、騒ぐなよ。何もない素振りをするのだ。店の者が京と通じていないともいえない。悟られぬようにしろ。わしに言われた通りにな……」

「はい、畏まりました」

徳兵衛は足元に火が尽きそうになって青ざめた。居直り強盗事件がここまで大きな事件になるとは考えてもいなかった。

第二十一章　小豆《あずき》

品川宿も、江戸の発展と同時に日に日に大きくなった。

東海道の玄関口であり、東海道の初宿であることから、幕府は端から品川宿を重要視していた。

慶長六年（一六〇一）、関ケ原の戦いの翌年に、家康は品川湊に宿場を設置、以来、品川宿は内藤新宿、板橋宿、千住宿の四宿の中で最も大きい宿場にたちまち成長する。

品川宿はやがて、北品川宿と南品川宿と大きくなり、北品川宿の北に徒歩新宿《かちしんしゅく》ができるまでに発展する。

旅籠《はたご》の数も多ければ、女衆も多く、幕府は五百人までと飯盛女の数を定めるが、他の宿の倍の数を認めたにもかかわらず、一度も守られたことがない。

飯盛女は全国の宿場にいたが、本来は違法なのだ。

品川宿が道中奉行に摘発された時、五百人どころか千三百四十八人も検挙された。逃げたり隠れたりして検挙を逃れた者を入れると、その倍ほどはいた可能性が高く、北の吉原に南の品川と言われるようになる。

品川宿の北、高輪《たかなわ》台地の南端御殿山《ごてんやま》は、将軍の鷹狩《たかが》りの猟場として大切にされた。品川宿はそんな御殿山の静寂と真反対に、喧騒《けんそう》と雑踏の遊興の町に発展する。

最盛期の品川宿は、まさに天下一の宿場だった。

高輪より茶屋ありて品川宿の中央に小橋あり、それより上は女郎銭店、橋より下は大店なり、女郎屋はいずれも大きく、浜側の方は縁先より品川沖を見晴らし、はるか向こうに上総房州の遠山見えて、夜は白魚を取る篝火《かがりび》がちらつき、漁船に網あり、釣あり、夏は納涼によく、絶景なり。

女郎屋すこぶる多し、中にも土蔵相模、大湊屋など名高し、丘側の家は後ろに御殿山をひかえ、浜側は裏に海をひかえ、往来は奥州出羽より江戸を過ぎて京、西国へ赴く旅人、下る人は九州、西国、中国、畿内の国々より行く旅人ども、参宮、金毘羅《こんぴら》、大山詣り、富士詣、鎌倉、大磯《おおいそ》の遊歴やら箱根の湯治《とうじ》、参勤の大名小名、貴賤《きせん》を論ぜず通行すれば、にぎわしきことこの上なし。

　表の間は板敷にて玄関構え、中店は勘定場にて泊り衆の大名、旗本衆の名札を張り、中庭、泉水、廊下を架し、琴《こと》、三味線《しゃみせん》の音など聞こえ、道中女郎屋の冠たるべし。

「おい、ご用聞きの三五郎……」

「何だ親父《おやじ》？」

「おめえ、いつも前を素通りだが、偶《たま》には寄って行かねえかい？」

「ほう、ケチな親父にしては珍しいこともあるもんだ。雪が降るんじゃねえだろうな？」

「この野郎、寝ぼけんじゃねえ、正月はまだ先だい……」

「ふん、親父、またいい女が手に入ったそうだな？」

「小春に内緒で浮気でもしてみるか？」

「親父、その小春がよ。これなんだ、これ……」

　三五郎が両手で膨らんだ腹を作った。

「おめえ、遂《つい》にやったか？」

「やった。うまいことといったよ」

「そうか、そうか、やったか、良かったな三五郎……」

寿々屋の親父が破顔一笑、わがことのように大喜びだ。

「それじゃおめえ、いい女は目の毒じゃねえか？」

「そうかもしんねえ……」

「おい、小豆《あずき》、ちょっと来てくれ！」

「はーい！」

元気のいい声がして可愛らしい娘が顔を出した。まだ、十四、五だろうと三五郎は思った。どことなく小春に似ている。

「この野郎が三五郎親分だ。挨拶《あいさつ》しておきな」

「はい、小豆です。お世話になります。よろしくお願いします……」

ニッと照れるように微笑《ほほえ》むと両頬に笑窪《えくぼ》が顔を出した。三五郎はポーッとなっている。

「おう、小豆か、おれが三五郎親分だ……」

「うん……」

ペコッと頭を下げてすぐ消えた。

「どうだ三五郎。気に入ったか？」

自慢げに言う。

「親父、小豆を抱きてえ……」

「馬鹿野郎、小豆はまだねんねだよ。小春に殺されるぞてめえ……」

「殺されてもいい……」

「馬鹿、お前は本当に馬鹿なんだから、それよりお前に頼みがある」

「なんだよ頼みって、小豆はいいな……」

「その小豆を狙って浪人が通ってくるんだ。小春をおめえに取られ、お芳を柏尾の爺《じじい》に取られ、今度、小豆を浪人に取られたら、おれは首をくくるしかねえ、女運が落ちてしまった。それも三五郎、てめえが小春を連れて行ったからだぞ」

「今さら、そんなこと言うなよ親父……」

「今さらもあのさらもあるか、おめえがおれの女運を持って行ったんだ。兎に角、その浪人がどんな奴なのか調べろ。小豆は誰にもやらねえ、百両積んでもやらねえ……」

「わかった。小豆のためならやるから、その野郎はどこからくる?」

「それがな。おめえが小春と一緒になる前、小春目当てに通ってきた黒木左内っていう大泥棒がいただろ、あいつのねぐらだった浄圓寺の離れにいるらしいんだなこれが……」

「真葛《さねかずら》の野郎だ。今度は浪人か、名前は?」

「それは小豆が知ってるはずだ。小豆ッ、居るか?」

「はーい!」

また可愛らしい小豆が顔を出した。

「いつも来る浪人の名前、なんだっけ?」

「笹川さんだよ……」

「さ、笹川?」

「うん……」

「小豆、ちょっと来てくれ……」

「三五郎、まだ小豆に手を出すなよ」

「ああ、小豆を一番に抱くのはおれだ。な、小豆……」

三五郎は小豆を寿々屋の裏の浜に連れて行った。

「小豆、その笹川という浪人のことを聞かせてくれるか?」

「どんなこと?」

「そうだな、目印になるものだ。顔に黒子《ほくろ》があるとか傷があるとか?」

「なんでもいい、歩き方とか、そうだ。刀、刀はどんな刀だ。鞘《さや》の色は？」

「刀の鞘は黒……」

「何かないかな、見てすぐわかるもの？」

「そんなものないよ。明日くるから顔を見てみれば……」

「明日の夜か？」

「うん、いつも酒飲んだら泊まらずに帰るから……」

「小豆、そいつとは親しくするな」

「いいよ、怖そうな浪人さんだもの……」

「小豆、お前を抱くのはおれだからな、忘れるな」

「うん、いいけど、いつ？」

「お前いつがいいんだ？」

「今晩……」

「今晩？」

「裏を開けておくから、必ず……」

小豆は三五郎を一目で気に入ったようで積極的だ。


「そんなのない」

「戌《いぬ》の刻（午後七時～九時）に待っている……」

「小豆……」

「内緒だよ？」

「うん、わかった……」

二人は今夜の再会を密約した。

「親父、話は分かった。浄圓寺を見廻っておくようにする。小豆はそんな野郎にはやらねえ！」

「おう、頼む。それに、もう一つ頼みてえことがあるんだ……」

「なんだもう一つって？」

「おめえと小春にこの旅籠を譲りてえ、おれも年だ。身寄りもねえ、お前と小春なら安心だからさ……」

「いいけど親父、まだ老け込む年じゃねえだろう。弱気になるんじゃねえよ、そんな話は十五年も先のこった。ひとっ走り奉行所まで行ってくる。今日は遅くなるって小春に伝えてくれ！」

「わかった……」

三五郎が着物の裾を端折《はしょ》って後ろ帯に挟むと走り出した。

「いい野郎だ。あんな息子がいたらな。お奉行さまが気に入るのもわかるよ……」

寿々屋の親父が三五郎の後ろ姿を見ている。

散々遊んだ親父だ。

三五郎と小春になら旅籠を譲ってもいい。商売上手な小春なら旅籠の一つぐらい、いくらでもやれる。小春が三五郎の嫁になる前から親父が考えていたことだ。

「おい五郎助《ごろすけ》、六郷橋まで行くか?」

店の前を通った馬借に声をかけた。

「ああ、保土ケ谷までだ。何か?」

「小春によ、三五郎が遅くなると知らせてくれ!」

「おう、がってんだ。親父、小春がこれなの知ってるか?」

「ああ、今、三五郎に聞いたところだ。そんなに腹が膨らんでいるのか?」

「ありゃ男が入っているな。三五郎に似た餓鬼《がき》が生まれるぜ……」

「そうかい、男か、そりゃいいな……」

「小春に言っておくよ」

荒くれで貧乏な馬借たちだが、みな気のいい連中なのだ。そんな奴らに寿々屋の親父は好かれている。

品川宿から呉服橋御門内の北町奉行所まで走った三五郎が、砂利敷に飛び込んだ。

「長野の旦那ッ、ていへんだよ！」

「どうした。慌てて、少し落ち着け！」

「笹川だッ、井筒屋の笹川だッ！」

「なんだと！」

「居場所は品川宿で、明日には品川宿に現れる！」

「三五郎、お前、少し落ち着いて話せ、笹川がどうしたんだ？」

「旦那よ、笹川が品川宿に居るんだ！」

「だから、品川宿のどこだ？」

「浄圓寺だ！」

「何ッ、あの浄圓寺か？」

「あの浄圓寺で……」

「居やがったか、よし、お奉行がおられる。奥に回れ！」

「へい！」

三五郎は自分が馬糞臭いと言って、未だに座敷へ上がろうとしない。いつも奥の庭に回ってお奉行にお会いする。

「三五郎！」

勘兵衛が縁側に出てきた。三五郎は地べたに正座してお奉行に頭を下げる。

「三五郎、ここに来い。ここに腰掛けろ……」

縁側に呼んで腰を下ろさせる。

「笹川を見つけたそうだな？」

「まだ顔は見ていないんで、明日、見ることになっておりやす」

「明日の夜か？」

「はい、品川宿の寿々屋という旅籠に現れるんです」

「そうか、よし、半左衛門、井筒屋の番頭に顔を確かめさせてから捕縛だが、翌朝、ねぐらの寺に戻ったところを捕らえろ、一人も逃がすな。手におえない時には斬れ！」

「はッ、早速、手配いたします」

「三五郎、小春の甘酒屋はどうだ。繁盛しているか？」

「はあ、お奉行さまのお陰で繁盛しております」

「そうか、六郷橋は江戸の入り口だ。これから益々《ますます》繁盛するぞ」

「へい、有り難いことで……」

「ところでお前がいつも腰に差していた鉄の棒はどうした？」

「あれは重いので甘酒屋に置いてあります」

「少し短くしてはどうだ。一尺（約三〇センチ）ほどにすればそう重くなかろう。腰に差しては落とすこともあろうから懐に匕首のように入れておけ。いざという時のためだ」

やがて町奉行所は、幾松や三五郎のように、与力や同心に正式に雇われて手伝うご用聞き、小者ともいうが、これらの者には身分を保証するものとして、鑑札と十手を渡すことになる。

その十手は奉行所においておき、捕り物の時に必要に応じて持って出るというものだった。腰に差して見せびらかしたりはせず、懐に入れておいていざというときや、身分を明かさなければならない時に「こんな者でござんす……」と、チラッと見せるにとどめていた。

正式に雇われていない岡っ引きとか目明しに、鑑札や十手を渡すことはない。

幾松や三五郎の仕事を身内は知っていたが、ほとんどの場合、身分を隠して、目立たないように仕事をしていた。

正式に与力や同心に雇われていない、岡っ引きとか目明しというのは非合法で、勝手に十手を鍛冶屋に作らせて持つようになる。

町奉行所から鑑札と一緒に渡される十手は、身分証明書であって、十手袋というものに入っており、懐に入れておくのがほとんどだった。従って大きさも小さく、刀と戦えるようなものではなかった。

何んとか親分のように、十手を腰から抜いて、御用だ、御用だ、と大立ち回りをするようなことは不可能である。町奉行所は、武家でもない岡っ引きや、目明しにそんな強い権限は与えないし認めてもいない。

お上から御用を預かるのは同心であって、その同心に正式に雇われて鑑札を持っているご用聞きでも、戦う時は同心と一緒であって、勝手に捕り物などできない。

そんな勝手なことを許したら、危なくて仕方がないことになる。

三五郎は勘兵衛と話をしてから、半左衛門に翌日の段取りを聞いた。

「三五郎、明日のことだが、倉之助と井筒屋の番頭を、旅の者として寿々屋に泊まらせる」

「旦那、笹川は酒を飲むと泊まらずに帰るそうで……」

「その時は倉之助と番頭も帰る」

「へい、わかりやした」

「その夜から、浄圓寺を見張る。まず一味が何人かだ。井筒屋に現れたのは四人だが、他にもいることが考えられる？」

「調べましょうか？」

「いや、今は近寄るな。奴らの遊ぶ銭がなくなる頃だ。次の仕事を考えているかもしれんのだ……」

「次の仕事？」

「そうだ。ここで一網打尽にしたい」

「承知しやした」

三五郎は北町奉行所を出ると、のんびりと南に戻った。戌の刻までに寿々屋の裏口まで行けばいい。そこには小豆が待っている。

北からの風がずいぶん寒くなった。三五郎は首を縮めて日本橋を南に渡った。

「そうか、あの鉄棒を短くするか、一尺ぐらいなら半分の長さだな」

暗くなり始めた街道をとぼとぼ歩いている。

「こりゃ本当に雪になるかもしれないぞ。親父をからかったのがまずかったか……」

いろんなことが頭に浮かんで消えて行くが、ここで笹川を捕らえれば久々に大きな手柄になる。

「明日だな、小豆……」

寒いのだが、三五郎は小豆のことを考えてウキウキだ。

「小豆はあんな親父の旅籠には勿体《もったい》ねえよな……」

ブツブツ言いながら品川宿まで戻ると、街道から浜に出て寿々屋の裏口に歩いて行った。海には漁火がポツンと浮かんでいる。

この時期の魚は、一年でも一番美味いなと思った。

引き戸に手をかけるとスーッと開いた。

「小豆？」

「うん……」

小豆が三五郎の手を引いた。

「二階？」

行った。

「うん……」

二人は泥棒にでも入ったように抜き足差し足で、階段が軋《きし》まないように上って行った。

「やはり馬鹿野郎が、来やがったな……」

親父が起きていた。

小豆の様子が夕方からおかしいと気づいたのだ。

「小春一人じゃ物足りないか、馬鹿が、それにしても小豆も隅に置けないな……」

親父は若い二人だから仕方ないと思っている。咎《とが》めれば小豆は逃げて行くかもしれない。そんな年ごろなのだ。

「小豆……」

「三五郎さん……」

三五郎はすっかり小春のことを忘れている。

「これから時々来てくれる？」

「いいよ……」

「うれしいな……」

「小豆……」

「やさしくだよ……」

「うん……」

とんでもないご用聞きで、どこでご用を聞いているのか、小豆の惚れっぽいのにも困ったものだ。三五郎は家に帰るのも忘れて小豆に夢中になった。

親父はあきらめて寝てしまった。

三五郎は夜通し小豆と絡み合っている。小豆も三五郎を気に入ってどうにもならない。

翌朝早く、そこを親父に見つかってしまった。

小豆は叱られなかったが、三五郎が親父に散々叱られた。

「てめえ一人前に浮気なんかしやがって、小春が知ったら追い出されるぞこの野郎！」

「親父、勘弁してくれ、この通りだ」

平身低頭、三五郎が謝る。

「今回限りだぞ！」

「そりゃ、約束できねえ……」

「なんだと！」

「小豆はいい女だ。そんな約束はできねえ……」

「馬鹿野郎、てめえ、腹の大きな小春はどうするんだ！」

「小春は小春、小豆は小豆だ……」

「好き勝手なことを言いやがって！」

「親父、小豆はいい女だ、頼むよ。時々でいいんだから……」

「小春を捨てないな？」

「当たり前だ。小春ほどいい女はこの世にはいねえ……」

「小豆は？」

「小豆もこの世で一番だ……」

「この野郎、女たらしが、おれは知らねえからな。小春が怒ると怖いぞ。わかっていんのかてめえ！」

「小春はおれに惚れている。心配ねえよ……」

トントンと階段を上って行くと、小豆の部屋に飛び込んで「小豆……」と、寒そうに布団《ふとん》に潜り込んだ。

「大丈夫なの？」

「うん、いいだろ……」

「うん……」

親父もお手上げの二人だ。

早立ちの客が起き出すと、まだ暗いうちに寿々屋を飛び出した三五郎は、六郷橋を一気に駆け抜けて家に帰った。

「小春、寒いよ……」

「あら、いい匂いですこと……」

「わかるか？」

「うん……」

「いいか？」

「お腹が邪魔だよ……」

小春は三五郎がどこかで遊んできたとわかっている。初めてのことだ。

「寿々屋の小豆だ……」

「新しい子？」

「うん……」

「そう、良かった？」

「うん、親父に叱られた……」

「見つかったの？」

「見つかった……」

小春がクスッと笑って三五郎を抱いた。破《わ》れ鍋《なべ》と綴蓋《とじぶた》とはよく言うが、この二人はそこを突き抜けて愛し合っている。

「小豆ちゃんは幾つなの？」

「十四、五だな……」

「まあ、そんなに若いの、大切にしてあげないと……」

「小春……」

「大丈夫、お前さんを大好きだから……」

「小春が好きだ……」

「きっと、いい子を産むから……」

「うん……」

三五郎の母親のお種が起きて、甘酒屋の支度を始めた。そこに三五郎の手下の久六が飛び込んできた。小春の腹が大きくなってからは久六が甘酒屋を手伝っている。

「親分は？」

「まだ寝ている。昨夜は遅かったから……」

「そうですか……」

「久六！」

寝間から三五郎が久六を呼んだ。

「親分！」

「おれの鉄の棒、どこにある？」

「へえ、あっしが持っておりやす……」

「鍛冶屋に持って行って半分に切ってもらえ、半分はお前にやる。お奉行さまの命令だ！」

「承知しやした！」

クスクス笑いながら小春が三五郎に抱かれている。

「どうしたの？」

「今夜から明日の朝まで捕り物だ……」

「どこで？」

「浄圓寺だ……」

「まあ、強く抱いて、怪我しないでね……」

「大丈夫だ。お奉行所から旦那方が何人も出張ってくる」

「そうなの……」

いつまでもダラダラと起きない二人だ。

第二十二章　浄圓寺《じょうえんじ》の戦い

昼過ぎ、林倉之助と井筒屋の二番番頭が、旅姿で品川宿の寿々屋に入った。

寿々屋には三人の女中がいる。

誰にもわからないように、旅人として二人は部屋に通された。しばらくして三五郎が現れ、親父《おやじ》の部屋に入った。

「親父、笹川が来たら、今の客の隣の部屋に入れてくれ……」

「わかった。小豆が怖がってな……」

「抱いてやろうか？」

「馬鹿野郎、だが、小豆が悟られるとまずいぞ……」

「小豆には何も話していないが、何かあると感じたのかな？」

「女は勘がいいから、それに笹川は怖い顔なんだ……」

「小豆を抱いてくる」

「馬鹿野郎、こんな時に、おーいッ小豆！」

「はーい！」

小豆が二階から下りてきた。

「あッ、三五郎さん……」

「小豆……」

三五郎が小豆の腕を引いて抱きしめた。

「お、親父さんが……」

「小豆、おめえ、この野郎を好きか？」

「あの……」

「好きなようだな。仕方ねえ、ほどほどにしろよお前ら……」

小豆が驚いた顔で三五郎を見る。

「小豆、今夜もな？」

「いいの？」

「いいんだ」

「この野郎、逢引《あいび》きは裏の砂浜でしろい！」

親父が怒って部屋を出て行った。

「いいのか？」

「うん、いいよ……」

二人は走って階段を上ると小豆の部屋に入ってしまった。傍若無人《ぼうじやくぶじん》、天真爛漫《てんしんらんまん》、笑止千万だ。

それから一刻半ほどして、笹川文吾郎が一人で現れた。

「親父、酒だ。小豆はいるか？」

「はい、小豆！」

「はーい！」

いつもの返事で小豆が二階から下りてきた。三五郎は料理場の隅から笹川の顔を確認した。二階の井筒屋の番頭も、強請《ゆす》りに来た男だと認めた。

「こちらでお待ちください。すぐお酒をお持ちいたします」

小豆が緊張した顔で料理場に入ってきた。三五郎を見ると泣きそうな顔になった。相当に怖いのだ。

「もう少しだ……」

「うん……」

小豆が酒と魚の膳を持って戻って行った。

それからしばらくして、二階の客間はすぐいっぱいになった。

笹川は小豆に酌をさせながら酒を飲んでいる。

「どうぞ……」

怖い笹川を見ないで小豆が酌をする。

「小豆、どうした？」

「何《な》んでもないです」

「男くさいな？」

「うん……」

「なんだ抱かれたのか？」

「うん……」

「ほう、どんな男だ？」

「荷運びをしている男……」

「馬方か？」

「うん……」

「そうか、酌をしてくれ……」

笹川は小豆に酌をさせるとクイッと飲んだ。ただ酒を呷《あお》っているようで美味《うま》そうではない。

「そうか、馬方か……」

笹川は女を愛せなかった。

多くの人を斬ったりするとこういうことになることがある。笹川はただ小豆に酌をさせ、酒を飲むだけなのだ。酔っているかさえよくわからない。

クイッ、クイッと酒を飲んでも、不気味なほど青い顔で冷静なのだ。

この頃、陰間《かげま》というものが少し出てきた。

室町期には衆道《しゅどう》というものが流行ったが、江戸期にはこの五、六十年後に陰間茶屋というものが流行る。

江戸初期は、まだ陰間というよりは売色衆道というべきものだ。

それが陰間になると非常に高価で、一日遊ぶと三両とか、外に連れ出すと二両とか、お大尽でないとなかなか手が出なかった。

陰間とは寛永六年（一六二九）に、一切の女が舞台に立つことを禁じられて、歌舞伎の女形を男が修行する、まだ舞台に立てない十二、三歳の陰の間の少年のことを言う。

女形の修行の一環としてではあるが、男娼《だんしょう》は女装をしなかった。男色だけでなく、御殿の女中衆や後家などの女衆も、陰間を買うことが多かった。

男だけの世界の衆道とは違っている。

最盛期には日本橋芳町《よしちょう》、日本橋葺屋《ふきや》町、湯島天神前、芝神明《しんめい》、麴町《こうじまち》、神田花《はな》房《ぶさ》町、木挽《こびき》町、八丁堀、市谷八幡町などに遊女屋ほどではないが、多くの陰間茶屋ができた。

笹川のようなすさんだ浪人は、そういうところにも出入りできない。もちろん、貧乏浪人には、高価で手の出せるものではなかった。

笹川のような女を愛せない浪人は、吉原のような遊女屋にも行き場がなかった。

一刻ほど酒を飲むと、笹川は膳の上に二分金を一枚置いて「また来る……」と言って座を立った。

隣の部屋で息を殺していた倉之助と井筒屋の番頭が出てきた。既に三五郎と久六は笹川を追っている。

「間違いございません。一番番頭を斬った男です」

「よし、行こう」

二人が三五郎を追った。

その頃、北町奉行所から青木藤九郎と青田孫四郎に率いられ、倉田甚四郎、木《き》村惣兵衛《むらそうべえ》、朝比奈市兵衛などの剣客が品川宿に向かった。

元気になった松野喜平次と大場雪之丞も急いでいた。

この日の朝、登城した米津勘兵衛は、老中の土井利勝と安藤重信に、浄圓寺で浪人の取り締まりをする旨の了承を取り付けていた。

老中には紙問屋の井筒屋に対する強請りが、居直り強盗になったことは報告したが、井筒屋の家督問題に発展しそうだとはまだ話さなかった。

浄圓寺の離れには、笹川が帰る前から灯りがついていて、人がいることはわかっていた。何人いるかはわからない。

浄圓寺を見張っているのは、三五郎と久六、林倉之助の三人で、浪人の顔を知っている井筒屋の番頭が残っている。

見張りの人数が揃《そろ》ったのは子《ね》の刻（午後一一時～午前一時）頃だった。

真冬の寒さの中での見張りは辛《つら》い。

このままでは戦いの時に、体が動かなくなると考えた藤九郎と孫四郎は、三五郎と久六を残して一旦寿々屋に引き上げた。

半刻ごとに二人ずつ交代する。辛い戦いになりそうだ。

この時、浄圓寺の離れには三人が居て五人が遊びに出ていた。

「体を温めておかないと戦いの時に動かないぞ」

「少しでも仮眠を取ろう」

寿々屋の親父が、茶碗で酒を振る舞った。

「これは有り難い……」

「一杯だけだぞ！」

「親父、出かける時にも一杯くれるか？」

「承知しました」

「寒い朝の戦いになる。景気づけだ」

孫四郎がニッと笑う。

「お気をつけられて……」

「親父、これは三五郎の手柄だぞ」

「さようで……」

親父は本当の手柄はおれだと言いたい。親父の一言から笹川の素性が三五郎に発覚したのだ。

そのうち早立ちの客たちが動き出すと、孫四郎たちも動き出した。

親父が用意した酒を一杯ずつ飲んでから出陣する。敵がどの宿から出てくるかわからず、浪人に気をつけて浄圓寺に接近する。

「何人だ。帰ってきたのは？」

「三人です」

「まだ全員ではないだろう？」

「早めに帰って、寝直すのでは？」

「そうだな。明るくなるまでもう少し待ってみよう」

早朝は一段と寒い。指が冷たくならないように懐に入れている。常に指を動かして刀を抜く準備だ。浪人の中にどんな剣客がいるかわからない。

「一人、境内に入ったぞ」

「四人か？」

「笹川が帰った時、離れに灯りがついていましたから、一人か二人は中にいた勘定になります」

「すると二、三人いるところに四人が帰ったから七人だな……」

「みな、揃ったんではないか？」

この時、中に七人がいた。

「踏み込むか？」

「そうだな。だいぶ海の空が白くなってきた」

「夜が明ける」

「よし、行こう！」

青木藤九郎と青田孫四郎、倉田甚四郎、木村惣兵衛、朝比奈市兵衛、林倉之助、松野喜平次、大場雪之丞に三五郎と久六が、街道から寺の境内に入った。

藤九郎と市兵衛と倉之助の三人が、離れの裏に回った。

孫四郎が引き戸を開けて中に入る。

「北町奉行所だッ、神妙にしろッ！」

「起きろッ！」

「手が回ったぞッ！」

「叩き斬れッ！」

浪人たちが次々と刀を抜いた。この時、西山だけがこの離れにいなかった。孫四郎がゆっくり刀を抜いた。屋内では足場が悪い、だが、狂犬を相手に戦うしかない。

何人かが戸を蹴破って庭に飛び出した。

戦う気がなく、離れの裏から逃げようとする者もいた。

「逃げられないぞ！」

藤九郎が立ち塞がる。

「クソッ！」

刀を抜くと、いきなり藤九郎に襲い掛かった。柄《つか》に置いていた藤九郎の手が動いた。踏み込むと後の先で鞘走《さやばし》った刀が、浪人の右胴に入って袈裟《けさ》に斬り上げた。一瞬で血飛沫《ちしぶき》が飛び散った。

居合の恐ろしい剣筋だ。

屋内でも庭でも戦いが始まった。

そこに馬に乗った勘兵衛が、宇三郎と文左衛門を連れて駆けつけた。

「宇三郎ッ、そこの浪人を捕らえろッ！」

境内に入らず様子を見ていたのが西山だった。

「クソッ！」

西山が、刀を抜きざま宇三郎に襲い掛かった。二人は街道で戦いを始めた。

「文左衛門ッ、中だッ！」

勘兵衛と文左衛門が寺の離れに走る。屋内と庭で乱戦になっていた。笹川と大越がなかなかの剣を使う。強い。

「お奉行ッ！」

「三五郎、怪我《けが》をするなよ！」

「はいッ！」

「藤九郎は？」

「裏です！」

「そうか……」

文左衛門が刀を抜いて屋内に飛び込んだ。孫四郎と甚四郎が屋内の戦いで苦戦している。その援護に文左衛門が向かう。

すると大越が庭に飛び出した。屋内では戦いにくいのだ。大越を見た番頭が、笹川と一緒の男だと気が付いた。番頭は足がすくんで動けず、境内の石像の裏に隠れている。

大越を追って孫四郎が庭に飛び出してきた。

その孫四郎が肩で息をしている。

勘兵衛が二、三歩前に出て刀を抜いた。

「三五郎、宇三郎を見て来い！」

「はいッ！」

「孫四郎、変わろうか？」

「お奉行！」

大越がじろりと勘兵衛をにらんだ。

「米津勘兵衛……」

「浪人、名乗れる名前を持っているか？」

「大越武衛門《ぶえもん》……」

「北町奉行の米津だ。来い！」

無言で大越武衛門が下段に構えた。勘兵衛は中段に構える。下段から斬り上げてくるあまり見かけない剣だ。大越が一足一刀の間合いに詰めてきた。

一撃で倒そうという自信が見える。

勘兵衛は中段の構えを崩さず、下段から襲ってくるのを待った。大越が左に回ろうとするのを勘兵衛が動いて抑えた。

その瞬間、下段の剣が襲ってきた。

「シャーッ！」

踏み込んで斬り上げる大越の剣に、勘兵衛の剣がシャリッと擦《す》り合わせると同時に、吸い込まれるように、勘兵衛の剣が大越の胸に突き刺さった。

槍《やり》のような勘兵衛の剣に驚いたのか、大越が戸惑ったような、どうしてだという顔で勘兵衛を見る。

勘兵衛の剣は大越の心の臓を貫いていた。

大越が微《かす》かに笑ったようだ。

膝から崩れると、池の中に顔から突っ込んで行った。

そこに、甚四郎に追われて笹川が庭に飛び出してくる。甚四郎の剣が、笹川の頬を斬り裂いている。木村惣兵衛も笹川を追ってきた。

甚四郎と惣兵衛に孫四郎が加わって三人がかりだ。

血に染まった笹川の顔は眼光鋭く、三人との間合いを見ている。強い。三人が無理に仕掛けないで隙を探す。

その頃、離れの裏手では、市兵衛と倉之助が武藤の剣に手古摺《てこず》っている。藤九郎は裏から離れに飛び込んできた。

「中にはいないようだ！」

文左衛門と藤九郎が屋内を探している。松野喜平次と大場雪之丞も庭で二人がかりだ。

浪人はみなそれなりに剣を使う。油断すると斬られる。

そこが厄介なのだ。

街道では宇三郎が西山を倒していた。街道を行き交う旅人が、早朝からの斬り合いに足を止めて野次馬になる。

「危ないから境内に入らないでくれ……」

三五郎と久六が野次馬を門前で抑えている。誰でも斬り合いを近くで見たい。

井筒屋の番頭は、あまりの恐怖に石像の裏でへたり込んでいた。

戦いは長引いた。

寺の者が境内に出てきて見ている。

先に決着がついたのは離れの裏だった。少し手古摺ったが、市兵衛と倉之助が武藤を倒して戦いが終わった。

「逃げた者がいないか辺りを確かめろ！」

市兵衛と倉之助が、墓地の方まで探しに行く。

屋内にもう人がいないのを確認して、藤九郎と文左衛門も庭に出てきた。勘兵衛が懐紙を出して刀の血を拭って鞘に戻した。

「もういないか？」

「はい、中には誰もおりません」

三人が並んで戦いを見ている。

「文左衛門、喜平次と雪之丞を助けてやれ……」

「はい！」

池の反対側に文左衛門が走って行った。

「藤九郎、あの男が笹川だな？」

「はい、なかなかに強いようで、倉田殿が手古摺るとは珍しいことです」

「そうだな……」

「だいぶ疲れてきたようですから決着がつきます」

居合の達人青木藤九郎は冷静だ。笹川の動きを見ている。文左衛門が加勢に入って、池の反対側の戦いが終わった。

「お奉行、街道の方は片付きました」

「おう、ご苦労、宇三郎、あれが首魁《しゅかい》の笹川だ……」

「まだ若いようですが？」

「四十前だろう……」

一人だけになった笹川は、三人の剣客に囲まれて肩で大きく息をしている。こうなると戦いは続かない。甚四郎がグイグイと押していく。

　頬、肩、太股を斬られ、満身創痍《そうい》の笹川の悪の命運も尽きた。甚四郎に合わせて惣兵衛と孫四郎も間合いを詰める。

「甚四郎ッ！」

「はいッ！」

　孫四郎の声に、倉田甚四郎の剣が笹川の胴に走った。二人がすれ違った瞬間、深々と胴を抜かれて笹川が棒立ちになった。ガクッと膝から崩れた。

　決着がついた。

「三五郎、数を数えろ！」

「へい！」

　狂犬はすべて倒した。松野喜平次がかすり傷だがまた斬られた。勘兵衛は、喜平次がお澪《みお》に祟《たた》られていると思う。

「松野、大丈夫か？」

「はッ、かすり傷にございます」

「ちょっと耳を貸せ……」

「はい……」

喜平次が勘兵衛に寄ってくると、その耳に「お澪の祟りだぞ。愛宕《あたご》神社でお夕と一緒にお祓《はら》いをしてもらえ……」とささやいた。

他の誰にも聞こえない。喜平次が驚いて勘兵衛を見た。

「お前が斬られるのを見ておれん。そうしろ、いいな？」

「はい……」

お澪の祟りだと言われて喜平次は思い当たる。行きずりだったが深く愛した女だ。お澪も喜平次を好きだったのだ。そのお澪を喜平次は供養していない。

奉行の言葉でそれに気づいた。

自分を殺そうとした女だが、愛していたからかもしれない。

「お澪。すまない……」

喜平次は心の中でつぶやいた。かすり傷でも金瘡《きんそう》は相当に痛い。

「お奉行さま、一味は八人でございます」

「そうか、おそらく全員であろう。三五郎、住職を呼んで来てくれ……」

「はい！」

三五郎は浄圓寺の和尚とは顔見知りだ。

「親分……」

和尚は困った顔だ。

「終わった。和尚、北町のお奉行さまがお呼びだ」

「叱られるか？」

「そんなことはねえだろう。離れを貸しただけだから……」

「黒木さんのこともあるからよ……」

「和尚、離れを壊した方がいいんじゃねえか？」

「そんな……」

「兎に角、お奉行さまに挨拶しろよ」

三五郎が和尚を勘兵衛の前に連れて来た。

「お奉行さま、面倒をおかけしまして、離れはこの際、壊します」

びっくりして三五郎が和尚を見た。

「ご住職、寺を血で汚した。相すまぬがこの取り締まりはご老中もご存じのことだ。おって沙汰がある。斬り捨てたのは八人だ。悪人どもだが地獄に堕《お》ちぬようにしてやってくれ……」

「はい、畏《かしこ》まりました」

「三五郎、ご住職と相談して後始末をな……」

「へい、承知しました」

「よし、引き上げだ。文左衛門、登城するぞ」

「はい！」

勘兵衛は騎乗すると馬腹を蹴って奉行所に向かった。巳《み》の刻（午前九時〜一一時）の登城には充分に間に合う刻限だ。宇三郎と文左衛門の二騎が勘兵衛を追った。

第二十三章　潮見坂《しおみざか》

江戸城は広い。

勘兵衛は毎日登城して老中と打ち合わせをする。

何もないということはほとんどない。今日は浄圓寺の取り締まりのことを、老中酒井忠世と安藤重信に細かく報告した。

「全員、斬り捨てたのだな？」

「はい、なかなかの使い手で手古摺りましたが……」

「浪人はこれからも増えるだろうな？」

「そのように考えられます。江戸に行けば何んとかなると思うのでしょう」

「この度の笹川文吾郎のような凶暴な奴《やつ》もいるということだ？」

「はい、少なからず……」

「浪人は刀を振り回すから厄介だな？」

「そうでございます」

幕府にとっても浪人問題は困っている。武家をやめさせることもできず、刀を取り上げることもできない。浪人を否定すれば、武家社会が崩壊しかねない。お家断絶、改易にされた大名家からは大量の浪人が出る。外様大名の取り潰《つぶ》しは幕府の方針でもあった。

兎《と》に角《かく》、幕府は大名に歯向かわれないようにしている。それには危険な外様大名を取り潰してしまうのが一番なのだ。

圧倒的武力を背景に、幕府は諸大名を抑え込んでいる。

浪人問題は幕府の統治問題でもあった。迂闊《うかつ》なことをすると、幕府の屋台骨を揺るがしかねない。

勘兵衛はそれを知っている。

その勘兵衛が下城して奉行所に戻ってくると、砂利敷に井筒屋徳兵衛と息子の徳次郎、浪人の金子伝一郎と娘のお直が来ていた。

勘兵衛が喜与に着替えを手伝わせていると、半左衛門が入ってきた。

「お奉行……」

「わかっている。待たせておけ……」

着替えが終わると、勘兵衛が銀煙管《ぎんギセル》に煙草《たばこ》を詰めて一服した。

「半左衛門、三五郎が来たら褒美《ほうび》を出してやれ、よく働いた……」

「はい、畏まりました」

勘兵衛は煙草盆に煙管の灰をポンと落として立ち上がった。公事場に出て行くと、四人が平伏する。

「徳兵衛、事の重大さがわかったか？」

「はい、お奉行さまの仰せの通りにいたします」

「うむ、砂利敷だが取り調べではない。その方が金子伝一郎か？」

「はッ、この度は娘の危難をお救いいただき御礼申し上げます。仔細《しさい》はお駒殿からお聞きいたしました」

「そうか。こういう事件は厄介でな。徳兵衛、番頭から聞いたか？」

「はい、今朝ほど聞きましてございます」

「品川の浄圓寺で浪人を八人斬り捨てた。いずれも強い剣士だった。その中には井筒屋へ行った者も含まれていた」

「ご厄介をおかけいたしました」

「徳兵衛、ここまでは奉行所の仕事だ。身の廻《まわ》りは自分で守れ、奉行所は忙しいのだ」

「ははッ、申し訳ございません。三人ばかり腕の立つ方にお願いいたします」

「それがいいな」

「徳次郎とお直、無事に祝言を上げるように、奉行も応援するからな」

「有り難く存じます」

「お奉行さま、お助けいただきましてありがとうございました」

「お直、病で亡くなった母親の分まで幸せになれ……」

「はい……」

「徳次郎、井筒屋がお上のご用を務めていることを忘れるな」

「はい、肝に銘じております」

はきはきと二人ともよい若者だ。

「うむ、しっかりした二人だ。徳兵衛、隠居でもするか？」

「お、お奉行さま……」

いきなり隠居の話になって井筒屋徳兵衛が仰天する。

「徳兵衛、よくよく考えることだな？」

「はあ……」

勘兵衛が井筒屋徳兵衛に謎をかけた。

「みな、大儀であった」

座を立つと勘兵衛が奥に引っ込んだ。

その夕刻、浅草の正蔵が、配下の益蔵とお千代を連れて奉行所に現れた。三人も座敷を遠慮して砂利敷に入った。

勘兵衛は二度目の公事場だ。

日に二度も公事場に座るのは滅多にない。縁側まで下りた。

「どうした正蔵？」

「お奉行さまにお願いがございましてお伺いいたしました」

「そうか、聞こう……」

「ここに控えておりますのは初代鮎吉の配下益蔵と、その女房になる千代にございます」

二人が勘兵衛に頭を下げる。

「二人とも盗賊か？」

「はい、昔はそうでございます」

「そうか、ところで正蔵、盗賊の女とはどうして美人が多いのだ？」

お千代がうな垂れて顔を赤くした。

「お奉行さま、盗賊は女を選ぶのにうるさいからでございます」

「ほう、吟味して女を選ぶのか、初耳だな？」

勘兵衛がニッと笑った。なるほどと思う。盗賊の女で醜女《しこめ》を見たことがない。美人の方が悪党に向いているということなのか、おかしな話だと思った。

「それで願いとは何だ？」

「はい、この二人に浅草で掛茶屋をやらせますので、お奉行所のご用聞きを仰せつけいただきたくお願いに上がりました」

「ほう、盗賊の配下がお上のご用聞きか？」

「恐れいります」

「益蔵、盗賊から足を洗うこと、喧嘩《けんか》をしないこと。約束できるか？」

「はい、お約束いたします」

「お千代、益蔵と仲良くやっていけるか？」

「はい……」

「自信なさそうだな？」

「はい……」

「お千代、男というのは厄介な生き物でな。お前たち女のように賢くはないのだ。益蔵に多くを望むな。それぐらいわかっているだろ？」

「はい……」

「ならばいい。半左衛門、正蔵には考えがあるようだ。益蔵を孫四郎の配下にするのはどうだ？」

「まことに結構でございます」

「正蔵、奉行所に青田孫四郎という与力がいる。小野派一刀流の剣客だ。今朝早く、品川の浄圓寺で浪人を斬り捨てた。恐ろしく強い。その配下に益蔵をつける」

「はッ、有り難く存じます」

益蔵とお千代が、勘兵衛の大袈裟な言い方に驚いている。そんな恐ろしい与力の配下かと思う。与力というのは怖いというのが巷《ちまた》の噂《うわさ》なのだ。

「どうした益蔵？」

「いいえ、有り難く存じます」

正蔵の真似《まね》で感謝する。

勘兵衛はお千代を気が強い女だと思う。おそらく益蔵はすぐ尻に敷かれるだろうと見た。正蔵もそれを見越して、益蔵をご用聞きに推薦したのだとわかる。

益蔵は大男で腕っぷしは強いが、気はやさしいのだ。

正蔵はその益蔵を使って、浅草を支配するつもりでいると勘兵衛は読んだ。正蔵なら任せられると思う。

正蔵も、自分の思惑を勘兵衛は見抜いていると感じた。

勘兵衛は正蔵の配下が百人以上もいることから、そこに入ってくる噂話の数は相当なものがあると思う。与力や同心と違い、町人のことをよく知っている。

それに盗賊のことにも詳しい。

益蔵は、そこから危ない話を拾えるのだから仕事になる。一石三鳥だ。

孫四郎の力になれると読んでのご用聞きだ。

正蔵たち三人が帰ると、勘兵衛は遅い夕餉《ゆうげ》を取った。朝餉も取らずに動き回っていた。来客もあった。

早朝から品川宿に馬を飛ばし、なんとも忙しい一日だったと思う。

「忙しい一日でご苦労さまでした」

喜与がいつもニコニコだ。

「今朝、久しぶりに刀を抜いた」

「刀を重く感じるようでは歳《とし》だな？」

「まあ、弱気ですこと……」

「腹が空《す》いたのも忘れておったわ」

「大御所さまからお奉行を命じられました時に、喜与は覚悟いたしました。楽なお役目ではないと……」

「そうか、確かに楽なお役ではないな」

家康が将軍宣下《せんげ》を受けて十四年、勘兵衛が北町奉行を命じられて十三年になる。江戸の幕府もまだ充分とは言えない。

油断すれば、幕府といえども自壊しかねない。

何んといっても家康が生きているうちに、大阪城の豊臣秀頼を殺しておいたのは実に大きかった。

徳川家に歯向かうにも大義名分がなく、よって立つ旗印が死んでしまったのだからどうにもならない。すべては大御所家康の深謀遠慮だと、勘兵衛はわかっている。

二代目将軍秀忠はまだ三十九歳だが、老中に土井利勝、酒井忠世、青山忠俊ら側近を配置して、自らの考えを実行する力を発揮していた。

家康の側近だった老中の本多正純らと軋轢《あつれき》が生じている。大名家が代替わりすると、新旧の側近の間によく起きることだ。

勘兵衛は、そんな城中の変化を敏感に感じ取っている。

そういうことにはかかわらないのが勘兵衛の考え方だ。

加増してもらおうとも思っていない。

将軍になったばかりの家康が、勘兵衛を呼んで「江戸を頼むぞ……」と言ったあの一言で本望である。

徳川家譜代の家臣として、家康に命じられたことがすべてなのだ。

その命令に一命を賭して殉ずる。

勘兵衛はそれを本懐と考えていた。あの世でもし家康にお目通りできたら「ご命令通りにいたしました」と言える。

神階に昇られた家康とお目通りできるとは思っていないが、家臣として命令に命をかけるのは本望である。

「大御所さまがお亡くなりになってもう一年が過ぎたな……」

「はい、早いものです」

「わしは大御所さまの家臣だが、将軍さまの御使番でもあったからな……」

「はい、それが何か？」

「いや、何んでもない。大御所さまはすべて見ておられたということだ」

「ええ……」

勘兵衛は、こういう新旧の側近の確執が起きることを読んで、新旧どちらにも通用する自分を家康は指名したのだと思い当たる。

本多正純の父本多正信とも仕事をしてきた。

大鳥逸平事件の時に勘十郎のことがあっても、咎《とが》められることもなく、町奉行の任に留《とど》まれたのは、家康と本多正信のお陰だと思う。

「もう、お休みになられますか？」

「そうだな……」

「ゆっくりお休みになれば元気が出ます」

勘兵衛は喜与に励まされた。

このところ、勘兵衛の頭から離れないのが、奉行所が勝手に名付けた飛猿のことだ。

日本橋の材木問屋木曽屋忠左衛門から六千八百両もの大金を持って行った。それも一滴の血も流さずにである。

その小判と一緒にお絹という女が消えた。それ以外の手掛かりがない。この仕事をした一味がどんな盗賊なのかまったくわからなかった。

かつて、時蔵という一味がいたが、やはり神出鬼没、一度は鎌倉に追い詰めたことがあったが、その後ぱったりと姿を現さない。

京の東山鳥辺野《とりべの》で文左衛門たちが偶然に出会ったが、そこでも捕らえることができなかった。

その時蔵の顔を見ている勘兵衛は、時々、武家の姿で夢に現れることがあった。時蔵も杳《よう》として行方がわからない。

大阪の陣で時蔵が戦死したことを勘兵衛は知らない。

飛猿がその時蔵なのか、いったいどんな男がやった仕事なのか、勘兵衛はその鮮やかな仕事から、会ってみたいと思う。

木曽屋忠左衛門ほどの男を籠絡したお絹という女も見てみたい。

勘兵衛はどこかに、見落としている手掛かりがあるはずだと、半左衛門と話をしてみたりする。

どこかで再び大きな仕事をするような気がしてならない。

大御所家康が亡くなって最初の年、元和三年は混乱もなく暮れようとしている。

勘兵衛にとって気になるもう一つは、井筒屋徳兵衛の家督問題に、京の公家が絡んでいるということだ。

公家は朝廷の管轄で、公家諸法度があっても幕府が簡単に手の出せることではない。町奉行の勘兵衛が何か言える立場にはない。

天皇の権威に守られている公家の扱いはそれほど難しい。

暮れになって井筒屋徳兵衛が奉行所に現れた。

勘兵衛は座敷に上げて徳兵衛と会った。

「京から返事がございました」

「そうか、それで桂屋は来るか？」

「はい、桂屋さんが徳三郎と番頭の吉松を連れて、祝言に来てくださるとの返事にございます」

「来るか。徳次郎とお直の様子はどうだ？」

「徳次郎には二人、お直には一人、用心棒を雇いましてございます。三人とも腕の確かなご浪人さんでございます」

「ほう、三人か、豪勢だな……」

「何かありましてからでは遅いので、用心に、用心をいたしました」

「結構だ。祝言までだ」

「はい、油断のないようお願いしてございます」

「ところで、お直の父金子伝一郎は剣の方はどうなのだ？」

「それが、からっきし駄目だと申します。浪人する前は、家代々勘定方《かんじょうがた》の方だったということでございました」

「なるほど、好人物のようだったが剣は駄目か、泰平の御代《みよ》だからそれもいいだろう」

「はい、勘定ができると雇ってくれるところが多く、食うには困らないと笑っておられました。そんなお方でございます」

「それはいい。そういう浪人だと何の心配もないのだが、笹川のように刀を振り回すことしかできない浪人がほとんどだから困るのだ」

「誠に、仰せの通りにございます」

その金子伝一郎は、口では駄目だと言いながら、若い頃には充分に剣の修行をしてなかなかの腕なのだ。

「井筒屋、徳三郎をどうするつもりだ？」

「今は修行の身ですから、先々のことはまだ……」

「そうか、桂屋に跡取りはいるのか？」

「ございます。杢之助《もくのすけ》さまという立派な後継者がおられます」

勘兵衛は徳三郎を桂屋の婿にと考えていたが、世の中、そう話がうまくいくとは限らない。

桂屋は井筒屋にとって本家のようなものだが、その身代は井筒屋の方が大きくなっていた。公家はそこを狙ったとも思える。だが、勘兵衛は公家のことには一切触れない。

「くれぐれも油断するな」

「祝言を上げた後も、用心するよう考えております」

「厄介だがそれがいい」

「お奉行さまにはご迷惑をおかけいたします」

「そのうち決着をつける」

「よろしくお願いいたします」

井筒屋徳兵衛は、ようやく事態の危険性を理解したようだ。

この頃、上野の不忍池《しのばずのいけ》のお繁の掛茶屋に、六十半ばぐらいの老人が時々現れていた。

一〇〇字書評

臥月の竜

切り取り線

購買動機（新聞、雑誌名を記入するか、あるいは○をつけてください）	
□（　　　　　　　　　　　）の広告を見て	
□（　　　　　　　　　　　）の書評を見て	
□ 知人のすすめで	□ タイトルに惹かれて
□ カバーが良かったから	□ 内容が面白そうだから
□ 好きな作家だから	□ 好きな分野の本だから

・最近、最も感銘を受けた作品名をお書き下さい

・あなたのお好きな作家名をお書き下さい

・その他、ご要望がありましたらお書き下さい

住所	〒				
氏名		職業		年齢	
Eメール	※携帯には配信できません	新刊情報等のメール配信を 希望する・しない			

この本の感想を、編集部までお寄せいただけたらありがたく存じます。今後の企画の参考にさせていただきます。Eメールでも結構です。

いただいた「一〇〇字書評」は、新聞・雑誌等に紹介させていただくことがあります。その場合はお礼として特製図書カードを差し上げます。

前ページの原稿用紙に書評をお書きの上、切り取り、左記までお送り下さい。宛先の住所は不要です。

なお、ご記入いただいたお名前、ご住所等は、書評紹介の事前了解、謝礼のお届けのためだけに利用し、そのほかの目的のために利用することはありません。

〒一〇一－八七〇一
祥伝社文庫編集長　清水寿明
電話　〇三（三二六五）二〇八〇

祥伝社ホームページの「ブックレビュー」からも、書き込めます。
www.shodensha.co.jp/bookreview

祥伝社文庫

初代北町奉行《しょだいきたまちぶぎょう》　米津勘兵衛《よねづかんべえ》　臥月《がげつ》の竜《りゅう》

令和 3 年 12 月 20 日　初版第 1 刷発行

著　者　岩室忍《いわむろしのぶ》

発行者　辻　浩明

発行所　祥伝社《しょうでんしゃ》

東京都千代田区神田神保町 3-3
〒 101-8701
電話　03（3265）2081（販売部）
電話　03（3265）2080（編集部）
電話　03（3265）3622（業務部）
www.shodensha.co.jp

印刷所　堀内印刷

製本所　ナショナル製本

カバーフォーマットデザイン　中原達治

Printed in Japan ©2021, Shinobu Iwamuro　ISBN978-4-396-34782-6 C0193

祥伝社文庫の好評既刊

祥伝社文庫の好評既刊

岩室　忍

初代北町奉行　米津勘兵衛④　雨月《うげつ》の怪《かい》

江戸に大鳥逸平という途方もない傾奇者が現れる。しかも、勘兵衛の息子が仲間と発覚、家康の逆鱗に触れ……。

門井慶喜

かまさん　榎本武揚《えのもとたけあき》と箱館《はこだて》共和国

最大最強の軍艦「開陽《かいよう》」を擁して箱館戦争を起こした男・榎本釜次郎《かまじろう》武揚。幕末唯一の知的な挑戦者を活写する。

門井慶喜

家康、江戸を建てる

湿地ばかりが広がる江戸へ国替えされた家康。このピンチをチャンスに変えた日本史上最大のプロジェクトとは！

宮本昌孝

風魔〈上〉

箱根山塊に「風神の子」ありと恐れられた英傑がいた――。稀代《きたい》の忍びの生涯を描く歴史巨編！

宮本昌孝

風魔〈中〉

秀吉麾下《きか》の忍び、曾呂利新左衛門《そろりしんざえもん》が助力を請うたのは、古河公方氏姫《こがくぼううじひめ》と静かに暮らす小太郎だった。

宮本昌孝

風魔〈下〉

天下を取った家康から下された風魔狩りの命――。乱世を締め括《くく》る影の英雄たちが、箱根山塊で激突する！